KB101319

카마쿠라 향방 메모리즈

鎌倉香房メモリーズ

아베 아키코 지음
이희정 옮김

BOOK HOLIC

차례

제 1 화

꽃지기의 송가送歌

1

기말고사가 간신히 끝나고 안도하며 돌아갈 준비를 하는데 누군가가 사쿠라, 하고 불렀다. 고개를 들자 검은 차이나 칼라 교복을 입은 토노오카가 다가왔다.

"시험 어땠어?"

"응……, 할 수 있는 건 다 했으니까 이제 결과를 기다려야지."

"나도 진인사대천명이라는 느낌이야."

온화하게 웃는 토노오카는 코시고에에 있는 세이신지라는 유서 깊은 절의 주지 스님 아들로, 또래 남학생들보다 성숙한 분위기를 풍긴다. "그건 그렇고." 하고 토노오카는 손바닥 크기의 봉투 두 개를 책상에 내려놓았다. 봉투 안에는 스테인드글라스로 만들어진 키홀더가 들어 있었다. 키홀더는 두 개로, 하나는 아주 연한 녹색에서 검은색에 가까운 짙은 녹색으로 그러데이션 된 네 조각의 유리가 네 잎 클로버 모양을 이루고 있었다. 다른 키홀더도 디자인은 완전히 같고 색깔만 파란색 계열의 유리를 사용했다.

"예뻐라……."

"이건 그룹 홈 졸업생들에게 선물하기 위해 아이들이 직접 만드는 거야. 사회에 나가서도 행운이 깃들기를 기원하는 부적으로 아버지의 지인이 운영하시는 유리공방에서 해마다 만드는데, 사토시가 신세 진 보답으로 사쿠라와 키시다 형 것도 만들고 싶다고 해서."

세이신지 절에서는 다양한 사정으로 보호자와 함께 살지 못하는 아이들을 양육하는 그룹 홈을 운영한다. 그 중심이 되는 사람이 토노오카의 어머니인 후미 선생님(다도부 강사이기도 해서 우리는 이렇게 부른다)이고, 후미 선생님과 그룹 홈에서 사는 초등학생 사토시와는 작년 연말부터 정월에 걸쳐 여러 가지 사건이 있었다. 유키야 오빠가 도와준 덕에 그 일들은 무사히 수습되었지만 아직 어린 사토시나 후미 선생님의 아들인 토노오카에게는 무척 힘든 사건이기도 했다.

하지만 그런 사토시도 지금은 기운을 되찾았고, 게다가 나와 유키야 오빠를 위해 이렇게 근사한 키홀더까지 만들어주었다. 나는 감동해서 눈물을 글썽였다.

"시간이 좀 빠듯해서 나도 거들었어. 기회가 있으면 키시다 형한테 전해줄래? 어쩌면 대학생은 이런 유치한 건 달갑지 않을지도 모르지만."

"아니야, 그렇지 않아. 틀림없이 기뻐할 거야. 토요일에 만나니까 전해줄게."

힘주어 그러겠다고 하자 토노오카는 작게 웃으며 두 개 나란히 있는 네 잎 클로버 키홀더 중 투명한 파란 유리로 만들어진 쪽을 가리켰다.

"일단 이쪽이 네 거고, 녹색이 키시다 형 거야. 사토시는 둘 다 녹색으로 만들고 싶어 했지만 넌 파란색을 좋아하는 것 같아서. 스마트폰이나 목도리 색깔도 파랗잖아."

"토노오카, 눈썰미가 좋구나……!"

"뭐, 겉보기에는 그런데 속마음은 색깔까지 똑같으면 역시 열불이 날 것 같아서……."

어? 하고 굳어버린 나에게 토노오카는 히죽히죽 웃으며 "3학년 때도 같은 반이 되면 좋겠다." 하고 손을 흔들며 떠났다. 그 후 치요와 함께 돌아가는 길에 치요가 물었다.

"카노, 얼굴이 빨간데 무슨 일 있었어?"

"아, 아무 일도 없었는데?"

나는 고등학교 바로 옆에 있는 에노시마 전철역으로 향하면서 괜스레 발걸음이 빨라졌다.

그리고 3월 둘째 주 토요일. 다 입은 기모노의 자잘한 벚꽃무늬가 흐트러지지 않았는지, 뒤통수에 동그랗게 말아 올린 머리가 이상하지는 않은지 보느라 거울 앞을 떠나지 못하던 아침

9시 반 무렵, 초인종이 딩동 울렸다. 나는 서서히 발동하는 얼굴의 난감한 기능에 쩔쩔매며 현관으로 서둘러 갔다. 툇마루에 쏟아지는 눈부신 봄의 예감으로 가득한 햇빛이 복도 마루를 비추었다.

"좋은 아침이에요."

유키야 오빠는 미닫이문을 열고 첼로 같은 중저음의 목소리로 인사했다.

3월에 접어들었지만 공기는 여전히 차가웠으므로 슬림한 바지에 검은 코트를 입었다. 앞머리와 옆머리를 조금 다듬은 듯했다. 외까풀의 눈은 기품 있었고, 오늘도 검은 메탈 프레임 안경이 잘 어울렸다. 실물 유키야 오빠가 눈앞에 있다는 사실에 감동한 나머지 어질하며 정신이 아득해지자 유키야 오빠가 미간을 찡그렸다.

"왜 그래요? 몸이 안 좋아요?"

"아, 아, 아뇨, 그런 건……."

유키야 오빠는 사정이 있어서 작년 11월부터 올해 2월까지 카게츠 향방 아르바이트를 그만두었다. 그 기간에는 유키야 오빠의 (자칭) 절친 타카하시 선배가 대신 가게에서 일을 해줬다. 그 유키야 오빠가 다시 카게츠 향방으로 돌아오기로 결정되었고, 그리고 바로 일주일 전부터 아르바이트에 복귀한 참이었다.

한참 쉬다가 운동을 다시 시작하면 그 전보다 근육에 훨씬 큰 자극을 느끼는데, 나도 오랫동안 만나지 못한 사이에 완전히 유키야 오빠에 대한 내성이 떨어지는 바람에 유키야 오빠를 가까이에서 보기만 해도 얼굴이 새빨개지고, 목소리만 들어도 심장 박동이 빨라졌고, 유키야 오빠가 걱정하며 얼굴을 가까이 들이대자 기절할 지경이었다. 나는 의아해하는 유키야 오빠에게 서둘러 토노오카가 전해준 것을 내밀었다. 아름다운 스테인드 글라스로 만든 네 잎 클로버 키홀더. 사토시가 만들어줬다고 설명하자 유키야 오빠는 놀라면서도 감탄하며 키홀더를 찬찬히 보았다.

"그 애는 잘 지낸대요?"

"네. 토노오카는 그렇다고 했어요. 그룹 홈이나 학교 친구들과도 친해졌대요."

그래요, 하고 유키야 오빠는 미소 지었다. 그 미소가 너무 다정해서 나는 또 다시 머리가 어질해졌고, 유키야 오빠가 "역시 어디 아픈 거 아니에요?" 하고 얼굴을 들이미는 바람에 얼굴이 새빨개져서 괜찮아요, 괜찮아요 하고 필사적으로 양손을 저었다.

"유키야, 왔니?"

목소리를 들었는지 미하루 할머니가 웃으며 다가왔다. 오늘 할머니가 입은 기모노는 하얀 나비가 춤추는 봄을 형상화한 디자인이다. 유키야 오빠는 "안녕하세요?" 하고 예의 바르게 인사했다.

"늘 쓰는 방에 기모노 내놨으니까 갈아입어."

"고맙습니다. 그럼 일단 실례할게요."

유키야 오빠는 인사하고 다다미방으로 이어진 복도를 걸어갔고, 나도 가게 쪽으로 가려는데 할머니가 소매를 살짝 잡아당겼다. 돌아보니 미간을 살짝 좁힌 할머니가 얼굴을 바짝 들이댔다.

"얘, 카노. 그냥 확인차 묻는 건데, 너희 둘, 그러니까 그런 사이 맞지?"

"응? 그런 사이라니, 어떤 사이……?"

"그러니까 카노랑 유키야는 서로 사귀는 거지?"

한 박자 늦게 내 얼굴의 난감한 기능이 마치 축제처럼 대폭발했다.

"뭐?! 하, 할머니, 무, 무슨 말을 하는 거야?!"

"뭐긴, 요전에 유키야가 너한테 그랬잖아? 계속 함께 있어달라고. 그거, 어디로 보나 고백 아니니?"

"그걸 어떻게 알아?! 할머니, 엿들었어?!"

"얘는, 엿듣다니 무슨 말이 그러니? 우연히 들린 거야, 우연히. 그런데 둘 다 섀기도 부족하고 전혀 진전도 없어 보이고—사실은 어떻게 된 거니?"

할머니가 바짝 추궁하자 나는 입만 뻐끔뻐끔하며 고개를 숙였다.

"자, 잘, 몰라……."

“응? 잘 모른다니, 무슨 뜻이야?”

“그러니까 사……, 사귄다든가 그런 거……, 잘, 몰라…….”

“왜? 할머니야말로 도통 모르겠구나.”

왜냐고 물어도…….

계속 함께 있어달라고는 했다. 하지만 그걸로 사귀게 되는 건지, 유키야 오빠는 어떻게 생각하는지 잘 모르겠다. 왜냐하면 나는 이 세상에 태어나서 단 한 번도 남자와 사귀어본 적이 없는, 목소리도 작고 기도 약한 수수한 여자애다. 이런 보잘것없는 학생이 그런 고등 문제를 풀 수 있을까, 아뇨, 불가능해요. 하고 울상을 지으며 고민하자, 나와 달리 파란만장한 연애 편력을 가진 할머니는 ‘얠 어쩌면 좋니’ 하는 느낌으로 눈꼬리가 내려갔다.

“그럼 빨리 분명히 해둬. 중요한 일이야. 할머니도 놀려도 되는지 아닌지 모르면 곤란하니까.”

“놀리지 않아도 돼……! 그리고 그, 그런 건 별로 상관없이, 건강하게 살아만 준다면 나는 그걸로 충분하고…….”

“어머! 카노, 무슨 툇마루에서 차나 홀짝이는 노인네 같은 소릴 하고 그러니? 너는 청춘 한복판에 있는 여고생이잖아. 정신 차려.”

할머니가 어깨를 흔드는 대로 “아.”나 “으.” 하고 소리를 내고 있는데 복도 안쪽에서 발소리가 들렸다. 등줄기를 곧게 펴고 걸어오는 유키야 오빠는 기품 있는 연보라색 나가기남녀 기모노의 가장 기본이 되는 복식. – 역자 주에 100년 동안 숙성시킨 포도주 같은 색조의 하오리기모노 위에 입는 짧은 상의. – 역자 주를 덧입었다. 또다시 어질해서 비틀거릴 것 같은 나와, 내 양어깨를 붙잡은 할머니를 보고 유키야 오빠는 어리둥절했다.

"무슨 일 있어요?"

아뇨, 없어요, 하고 필사적으로 고개를 가로젓는 나를 유키야 오빠는 신기한 생물 보듯 한참을 보았다.

북쪽과 동남쪽은 산으로, 남쪽은 바다로 에워싸인 카마쿠라에는 아주 오랜 옛날에 산을 깎아 만든 길이 아직도 존재한다. 그중 하나인 아사히나 오솔길과 카마쿠라의 중심이라고 할 수 있는 츠루가오카하치만구 신사를 잇는 길이 카나자와 도로인데, 할아버지 사쿠라 긴지가 연 카게츠 향방은 그 길가에 고즈넉하게 자리하고 있다.

개점 시간은 아침 10시로, 시간이 되면 가게 앞에 '향'이라고 붓글씨로 쓴 하얀 포렴을 건다. 유키야 오빠가 포렴을 거는 모습을 엿보던 나는 감동해서 눈물을 글썽거렸다.

유키야 오빠는 4개월의 공백이 전혀 느껴지지 않을 만큼 유능해서, 예전과 변함없이, 아니, 예전보다도 훨씬 더 일을 척척 해냈다. 오히려 내가 유키야 오빠와 눈이 마주칠 때마다 심장이 두근거리고 얼굴이 빨개지는 탓에 자꾸 손이 엉켜서, "역시 어디 안 좋은 거 아니에요?" 하고 유키야 오빠에게 걱정만 시키는 꼴이었다. 사쿠라 카노, 한심하구나…….

이쯤에서 일단 머리를 식혀야 한다. 손님이 기분 좋게 내점할 수 있도록 바깥 청소를 하려고 안쪽 창고에서 빗자루를 들고 나오자, 진열대를 둘러보며 새로 나온 봄 향 라인업을 체크하던 유키야 오빠가 "잠깐 기다려요." 하고 불러 세웠다.

"청소하려고요? 내가 할게요."

"네? 괜찮아요, 지금은 딱히 할 일도 없고……."

"아직 밖은 추우니까 카노는 안에 있어요."

유키야 오빠는 싸리비를 빼앗아들고 칠하지 않은 미닫이문 너머로 사라졌다. 나는 이미 어질어질하는 수준을 넘어 무릎이 푹 꺾일 것 같아 봄이 물씬 느껴지는 파스텔컬러 부채와 향을 입힌 주머니 등이 진열된 전통 소품 선반에 비틀거리며 손을 짚었다. 어, 어떡하지. 생각보다 훨씬 유키야 오빠에 대한 내성이 떨어져 있다. 심장이 너무 두근대서 긴장을 늦추면 이상한 폴카를 출 것 같았다.

뺨을 부여잡고 몸부림치고 싶은 마음을 억누르는데 조금 전에 할머니가 물어봤던 게 떠올랐다. —나와 유키야 오빠는 지금 어떤 관계일까.

애당초 사귄다는 것은 무엇을 하는 사이일까? 어딘가에 같이 놀러 가는 사이일까? 같이 밥을 먹는 사이? 응? 하지만 그런 건 유키야 오빠가 2년 전에 아르바이트를 시작했을 때부터 같이 해오지 않았나? 그렇다면 우리는 이미 사귀는 사이였던 걸까? 아니, 아니, 아니, 아니……! 혼자서 온갖 망상에 사로잡혀 다양한 표정을 지으며 선반을 먼지떨이로 탁탁 터는데 가게 안의 벽걸이 시계가 눈에 들어오면서 벌써 10분 가까이 지났음을 깨달았다. 유키야 오빠는 아직도 청소 중인 걸까? 바깥 청소는 끝이 없는 작업이기도 해서 오랜 시간을 들여 꼼꼼히 하기보다 간단하게 자주 청소하는 게 더 좋은데.

칠하지 않은 미닫이문을 열자 가게 앞 주차 공간에 유키야 오빠의 모습이 보였다.

빗자루를 든 유키야 오빠는 어딘가 먼 곳을 보고 있었다. 문 앞에 서 있는 내 쪽에서는 그늘진 하얀 옆얼굴이 보였다. 어째선지 말을 걸 수가 없었고, 지금의 모습을 본 것도 들키면 안 될 것 같아서 소리가 나지 않도록 조용히 미닫이문을 닫았다.

사람에게는 다른 누구도 들어갈 수 없는 마음 깊은 곳의 영역이 있다.

사람의 감정을 호수 수면에 생긴 파문이라고 한다면, 나는 그 파문을 알아채고 수면을 들여다보았을 때 예상하지 못한 깊은 수심에 숨을 삼킨다. 얼마나 깊은지 정확한 수치는 몰라도 겁이 날 만큼 한없이 깊다는 느낌은 받는다.

지금 유키야 오빠는 내면의 그 깊은 영역에 있는 얼굴이었다. 내가 결코 발을 들일 수 없는 곳에서 무슨 생각을 하는지 나는 알 방법이 없으니 그것이 두려웠다.

그 뒤로 가게 안에서 자잘한 작업을 처리했지만 시간이 상당히 흘러도 유키야 오빠는 돌아오지 않았다. 아무리 그래도 너무 늦는다고 걱정이 되어 다시 미닫이문을 열었다.

가게 앞 주차장에 있던 유키야 오빠의 모습이 보이지 않았다.

무심코 가게에서 달려 나가 길 좌우를 둘러보았다. 하지만 없었다.

"유키야 오빠……?"

귀 안쪽에서 가늘고 날카로운 이명이 울렸다. 심장 소리가 큰 북을 두드리는 것처럼 요동치고 숨이 막혔다.

"유키야 오……!"

"네?"

목소리는 등 뒤에서 들렸다. 돌아보자 빗자루를 든 유키야 오빠가 걸어오는 중이었다.

"미안해요. 관광객이 카마쿠라구 신사로 가는 길을 물어서 그쪽 길까지 안내를……."

유키야 오빠가 중간에 말을 삼키고, 안경 너머의 눈이 동그래졌다. 뺨을 타고 흐른 눈물 자국을 따라가듯 또 다른 눈물방울이 흘러내렸다. 정말로 갑작스런 반응이라 억누를 틈도 없었다.

나는 어떻게든 얼버무리려고 눈가를 비비며 웃었다.

"미안해요, 잠깐, 어디 갔나 하고 깜짝 놀라서—."

말꼬리가 한심하게 갈라진 순간, 무언가가 부러지며 다시 세차게 눈물이 쏟아졌다.

또 사라진 줄 알았다. 다시는 돌아오지 않을지도 모른다고 생각했다.

틀림없이 유키야 오빠는 영문을 몰라 어리둥절할 것이다. 내가 멋대로 착각했을 뿐이다. 그걸 아는데도 유키야 오빠가 아무데도 가지 않았다는 안심보다 불안과 공포의 흔적이 너무 강해서 몸이 얼어붙는 심정에서 빠져나올 수가 없었다.

눈가를 손등으로 누르고 숨을 죽이며 필사적으로 울음을 그치려고 하는데, 머리에 가만히 손이 올라왔다. 가늘고 긴 손가락 모양을 눈으로 본 것처럼 선명하게 느꼈다.

"—미안해요."

목소리가 나만을 향해 속삭였다.

"이제는 말도 없이 사라지지 않을 거예요."

나는 또 눈물이 차올라 고개를 숙인 채 몇 번이나 작고 빠르게 끄덕였다.

2

"어머나. 여자를 울리다니 젊은 남자가 아주 못쓰겠네."

생기 있는 여자의 목소리에 나는 깜짝 놀라 고개를 들었다.

소리 없는 미소를 입가에 건 기모노를 입은 노부인이 유키야 오빠의 뒤에서 얼굴을 내밀었다. 봄 내음 물씬한 버드나무색 기모노에 미치유키방한과 먼지막이용으로 겉에 입는 전통 상의. – 역자 주 코트를 걸친 모습이 무척 우아하고, 그러면서도 입술 오른쪽에서 살짝 아래에 난 점이 요염한 분위기를 자아냈다. 누가 있었구나! 나는 얼굴이 새빨개져서 뒷걸음치며 두 팔을 휙휙 휘저었다.

"아, 아니에요. 제가 멋대로 운 거지 유키야 오빠는 아무 잘못도……!"

"학생은 유키야라고 하니? 좋은 이름이네. 그리고 네가 미하루의 손녀?"

"아, 할머니를 보러 오셨어요……?"

"뭐, 그렇지. 너는 몇 살이니? 초등학생?"

"초!"

"이쪽의 카노는 열일곱 살이고 고등학교 2학년이에요. 다음 달에 3학년이 되고요."

"어머, 그러니? 미안해. 얼굴이 아주 어려 보여서 영락없이 초등학생인 줄 알았지."

중학생 때 초등학생이라고 오해받은 적은 있고, 고등학생이 된 뒤로는 중학생으로 오인받는 경우는 몇 번이나 있었다. 하지만 고등학생이 된 뒤로 초등학생으로 착각하는 경우는 처음이었다. 아직 충격에서 빠져나오지 못하고 유키야 오빠를 보자, 심정은 이해해요, 하고 다독이듯 손바닥을 들며 유키야 오빠가 설명했다.

"이쪽은 쿠즈미 사쿠라코 씨라고 하시는데, 관광객에게 길을 설명하고 있는데 이분이 카게츠 향방이 어디 있는지 물어보셨어요. 그래서 모셔왔어요."

"20년 정도 전에 봤을 때 가게에 잠깐 들르긴 했었는데. 수수하고 눈에 띄지 않으니 못 찾겠더라고."

노부인이 생긋 웃었다. 나는 이분과 할머니가 만나면 큰일이 벌어질지도 모른다는 위험한 예감에 사로잡혔다. "이쪽이에요." 하고 유키야 오빠가 앞장서서 걸었고 사쿠라코 씨와 그 뒤를 따랐을 때 문득 냄새가 코를 스쳤다.

손끝에 들러붙으면 좀처럼 씻어내기 힘들 것 같은 점도가 높고 산미가 섞인 쓴 냄새. 몸이 위험신호를 보낼 때 나는 냄새.

"왜 그래? 내 얼굴에 뭐가 묻기라도 했니?"

사쿠라코 씨가 한쪽 눈썹을 쑥 올렸다. 너무 뚫어지게 쳐다보았던 것이다. 나는 황급히 아무것도 아니에요, 하고 고개를 가로저으며 놀란 가슴을 억눌렀다. —이 사람은 병에 걸렸다. 본인은 알고 있을까.

"미하루 씨, 손님이 오셨어요."

가게 안으로 들어가자 유키야 오빠가 본채로 이어진 나무 문을 열고 큰 소리로 외쳤다. 곧바로 "손님? 누구?" 하는 목소리가 들리고 본채 부엌으로 이어진 어둑한 통로에서 할머니가 나타났다.

계산대를 사이에 두고 사쿠라코 씨를 본 할머니의 반응은 극적이었다. 할머니의 미간에 순간 아주 깊은 세로 주름이 새겨지는 것을 나는 똑똑히 목격했다.

"어머나, 세상에. 누군가 했더니 사쿠라코였구나."

"잘 지냈니, 미하루? 오빠 장례식 이후로 처음 보니까 대충 20년 만인가?"

서로 마주 선, 기모노를 입은 두 노부인은 아주 멋진 미소를 나누었다. —그런데 뭘까. 단숨에 가게 안에 퍼지는 이 불꽃이 튀는 듯한 험악한 향기는.

"미하루, 한동안 못 본 사이에 완전히 주름도 늘고 피부도 처져서 노인의 관록이 묻어나는구나. 길에서 마주쳤으면 모르고 지나갈 뻔했다, 얘."

"어머나, 너야말로 심술궂은 노파의 풍모가 온몸에서 뿜어져 나오는데, 뭘. 이중 턱이 투실투실해서 너무 멋지다. 나는 살이 없어서 너무 부러워."

"머리카락도 완전히 백발이 다 됐네. 어디로 보나 노인이라 멋스러워."

"나는 있는 그대로의 나를 사랑하거든. 네 머리는 부자연스러울 만큼 새카맣구나. 젊어 보이려고 죽어라 기를 쓰는 느낌이라 기특해서 정말 보기 좋다, 얘."

"무례하고 화를 돋우는 성격은 여전하구나. 남편도 참 고생이 많았겠어."

"어머, 무슨 말이니? 남편은 나한테 푹 빠져 있었잖니. 죽을 때까지 일편단심이었어."

"넌 젊었을 때부터 착각이 심했지."

"어머, 그건 네 얘기 아니니? 네가 시게아키 오빠와 나 사이를 착각해서 내가 새언니가 되는 건 죽어도 싫다고 하는 바람에 웃음거리가 됐잖아?"

"……정말 열 받게 하는 애야. 이제 좀 그 내숭 떠는 말투는 때려치우지그래?"

"너야말로 꼴사나운 간사한 목소리나 집어치워."

고령의 부인들은 마지막에는 양쪽 다 잡아먹을 듯한 말투로 서로를 노려보았다. 두 사람 사이에 낀 나와 유키야 오빠는, 도망치는 게 나을까요? 아뇨, 지금 움직이면 위험해요, 하고 곁눈으로 말없이 의사 교환을 했다.

이윽고 할머니가 미워 죽겠다는 듯이 한숨을 내쉬고 노부인에게 손을 내밀었다.

"이쪽은 사쿠라코인데, 내 여학교 시절 동급생이야. 사쿠라코의 할머님은 다도 선생님이셔서 얘네 집에서 같이 다도를 배우던 시기가 있었거든. 얘도 독립해서 다도 교실을 운영하고 있어. 그런데 무슨 일로 왔어?"

"미하루, 여기가 뭐 하는 가게니? 향포에 향을 살 게 아니면 뭘 하러 오는지 알려줄래?"

"어머나! 난 또, 나한테 심술궂은 말을 하러 굳이 먼 길을 찾아온 줄 알았지."

"얘는, 그럴 리가 있니? 내가 너처럼 한가한 사람도 아닌데."

"호호호호."

"호호호호."

추, 춥다. 노부인들의 위험한 웃음에 겁을 먹은 봄의 정령이 맨발로 달아날 것 같다.

그때 용감한 유키야 오빠가 정중한 태도로 사쿠라코 씨 앞으로 나섰다.

"향을 사러 오셨다고 하셨는데, 어떤 상품을 찾으시나요?"

"학생이 상대해주려고? 다사茶事여럿이 모여 차를 마시며 흥겹게 얘기를 나누는 일. – 역자 주에서 쓸 향이 필요한데."

미소 짓는 사쿠라코 씨는 유키야 오빠에게 호감을 느끼는 동시에 시험해보려는 향기도 풍겼다. 물론 우리의 자랑스러운 유키야 오빠는 시원스러운 미소를 지으며 만점짜리 응대를 했다.

"다사를 여신다고 하셨는데, 근일 내에 여실 예정이신가요? 저희 가게에서는 화로에 태우는 연향練香도 두루 갖추고 있고, 다사 일정이 5월 이후라면 향목香木이나 인향印香을 준비할 수 있습니다."

어머나, 하고 놀라며 눈썹을 올린 사쿠라코 씨는 만족스럽게 미소 지었다.

다도부 소속인 내가 설명하자면, 다도에서는 계절에 따라 '화로'와 '풍로'를 구분해서 쓴다. '화로'는 바로 이로리를 뜻하는데, 이미 다실 바닥에 설치되어 있고 11월부터 4월까지 추운 시기에 사용한다. 나머지 5월부터 10월까지의 시기에 사용되는 것이 '풍로'로, 이는 화로와는 달리 이동이 가능하다. 청동제나 토제, 철제 등 다양한 종류가 있고, 화로와 마찬가지로 재와 숯을 넣어 솥의 물을 끓인다.

다석茶席에는 향이 빠질 수 없는데, 화로의 계절과 풍로의 계절에 따라 사용하는 향의 종류도 달라진다. 겨울부터 봄에 걸친 화로의 계절에는 묵직하고 깊이가 있는 연향이, 여름부터 가을에 걸친 풍로의 계절에는 연하고 가벼운 향기가 나는 향목이나 인향을 주로 사용한다. 사계절의 변화에 따라 입는 옷이 달라지듯이 다실을 채우는 향기도 계절에 맞는 정서가 요구된다.

"제대로 아는구나. 다도에 대해서까지 공부했다니 감탄했어."

"향은 생활의 다양한 상황에 쓰이니 가게에서 파는 상품만 공부하는 건 충분하지 않다고 미하루 씨가 가르쳐주셨거든요."

유키야 오빠는 겸손하게 스승을 돋보이게 했고, 할머니는 자랑스럽게 턱을 쭉 치켜들었고, 사쿠라코 씨는 재미없다는 듯이 "흥." 하고 콧방귀를 뀌었다.

카게츠 향방에는 열 종류 가까운 연향을 갖추고 있고, 손님이 원하면 시향도 해볼 수 있다. 사쿠라코 씨도 꼭 시향해보겠다고 해서 가게 안에 있는 다다미 네 장 크기의 작은 방으로 안내했다. 연향은 향로의 간접 열로 데워야 하는데, 할머니는 고개를 홱 돌린 채로 전혀 하려는 마음이 없어 보였으므로 미숙하나마 내가 시향을 담당했다.

"이걸로 할게. 달콤하지만 끈적거리지는 않는 고급스럽고 좋은 향이 나는구나."

사쿠라코 씨는 유키야 오빠가 권한 몇 가지를 시향해본 뒤 작은 도기 항아리에 든 연향을 골랐다. 카게츠 향방에서 파는 연향 중에서 1, 2위를 다투는 고급품이었다. 감사합니다, 하고 나와 유키야 오빠는 머리를 숙이고 계산과 포장을 분담해서 했다. 사쿠라코 씨는 그 모습을 다다미방에서 앉은 채 지켜보았는데, 나는 그녀에게서 풍기는 향이 마음에 걸렸다.

무언가 할 말이 있는, 아직 못 다한 것이 남아 있는 향기가 그녀를 맴돌았다.

사쿠라코 씨는 단지 연향을 사러 온 게 아니다. 아직 무언가 하지 못한 말이 있고, 오히려 그쪽이 진짜 목적이 아닐까.

"저, 저기요, 괜찮으시면 차를 내올 테니 조금 더 쉬었다 가시면 어떠세요?"

사쿠라코 씨는 포장한 연향을 내밀며 차를 권하는 나를 깜짝 놀란 얼굴로 보았다. 할머니도 완전히 똑같은 표정을 짓고 있었다. 쓸데없는 참견인가? 하지만 차라도 마시며 얘기를 나누다 보면 사쿠라코 씨도 진짜 용건을 꺼낼 수 있지 않을까 싶었다.

잠시 말이 없던 사쿠라코 씨는 괜찮아, 하고 작은 목소리로 대답했다.

"고맙지만 차는 됐어. 다만, 미하루, 한 가지 부탁이 있어."

부탁이라는 조심스러운 말투에 할머니는 의표를 찔린 듯했다. 사쿠라코 씨는 예쁜 손공자수 장식이 달린 전통 가방에서 진보라색 비단보로 싼 무언가를 꺼냈다.

비단보가 사르르 풀리자 담홍색 첩지疊紙가 나왔다. 딱 정기권 케이스 정도의 모양과 크기로 전체에 금박 장식이 별처럼 흩뿌려져 있었다. 그리고 첩지 중앙에는 검고 유려한 필체로 이렇게 적혀 있었다.

'화수花守'

사쿠라코 씨가 신중한 손길로 첩지를 펼치자 작은 나뭇조각이 모습을 나타냈다. 거무튀튀하고 볼품없는 그것은 마치 흙 속에서 파낸 공룡 알 화석처럼 보이기도 했다. 하지만 뼛조각도, 단순한 나뭇조각도 아니라는 증거로 신비로운 향기가 내 비강을 스치고 지나갔다.

향목이다. 그것도 아마 상당한 고급 침향이다.

"종류는 진나하眞那賀래. 이걸 들어보고 싶어."

향도香道에서 '향목'이라고 하면 침향을 말한다. 침향은 '침수향목'이라고도 하는데, 평범한 나무는 물에 넣으면 뜨지만 향을 머금은 수지가 가득 찬 향목은 물에 가라앉기 때문에 그런 이름이 붙었다고 한다.

그리고 침향은 육국오미六國五味라고 해서, 향의 질에 따라 여섯 종류로 분류된다. 가라伽羅, 나국羅國, 진남만眞南蛮, 촌문다라寸門多羅, 좌증라佐曾羅, 그리고 사쿠라코 씨가 가지고 온 진나하다.

"아주 오래전에 누가 다석의 향으로 쓰라며 준 건데, 아까워서 아직 한 번도 써본 적은 없어. 그리고 향을 들으려면 향목에 칼을 넣어야 하는데 나는 솔직히 그쪽 실력은 별로고, 실수로 이 향목을 못 쓰게 만들고 싶진 않거든. 하지만 그 부분에서 넌 프로잖니? 그러니까 너한테 부탁하고 싶어."

사쿠라코 씨는 더없이 소중한 것을 다루는 손길로 비단보와 함께 할머니에게 향목을 내밀었고, 양손으로 감싸듯이 받아든 할머니는 살짝 미간을 좁혔다. 말없는 물음에 사쿠라코 씨는 입꼬리를 작게 끌어올렸다.

"얼마 전부터 몸 상태가 좋질 않아서 병원에 갔더니 위암이래. 머지않아 입원해서 수술하기로 했어. 나도 나이가 있으니 다시 돌아올 수 있을지 장담하긴 어려우니까 그 전에 그게 어떤 향인지 알고 싶어서."

나는 아까 가게에 들어오기 전에 사쿠라코 씨에게서 맡은 쓴 냄새를 떠올리고 가슴에 납덩이가 들어앉은 것처럼 숨이 잘 쉬어지지 않았다. ……그 냄새는 역시 그런 것이었다.

할머니는 얼마 동안 말없이 사쿠라코 씨를 쳐다보다가 이윽고 입을 열었다.

"알았어. 그런 거라면 안쪽 방으로 가자. 바로 준비할게."

눈이 동그래진 사쿠라코 씨가 조금 당황한 향기를 뿌렸다.

"그렇게까지 하진 않아도 돼. 여기서 간단히 들려주면……."

"바보 같은 소리 마. 조금 전에 연향을 시향한 참이라 이렇게 향이 남아 있는 곳에서는 이 아이의 진짜 향기를 알 수 없어. 너도 내가 차를 마시고 싶다고 하면 그 자리에서 낼 수 있는 최고의 차를 내려고 하잖아? 그게 예술을 하는 사람의 긍지니까. 나두 똑같아."

노려보는 할머니의 기백에 사쿠라코 씨는 기가 눌린 듯했다. 비단보에 싼 향목을 빈객처럼 소중히 감싼 할머니는 나와 유키야 오빠를 보았다.

"좋은 기회니까 너희도 와. 같이 들어보자. 아, 그 전에 유키야, 포렴을 걷고 올래? 잠깐 동안이니까."

"아뇨, 저는 가게를 보고, 카노 혼자 가면 되지 않을까요?"

"괜찮으니까 사양하지 말고 와. 진나하는 원래 희귀하지만 이 정도의 등급은 앞으로 볼 수 있을지 어떨지 몰라. 가게 보는 것도 중요하지만 진짜를 알아두는 게 훨씬 중요해."

할머니는 빠릿빠릿하게 계산대 안쪽 나무 문을 지나 본채로 향했고, 사쿠라코 씨도 머뭇거리면서 그 뒤를 따랐다. 나와 유키야 오빠는 서로 얼굴을 마주 보고는 하얀 포렴을 걷고 '준비 중입니다'라는 팻말을 칠하지 않은 미닫이문에 걸고 본채로 서둘러 갔다.

"유키야, 숯을 준비해줄래? 카노는 향도구를 차리고."

할머니는 1층 안쪽 객실로 사쿠라코 씨를 들이고 향할도구香割道具를 준비했다. 향할도구는 그 이름대로 향목을 문향聞香용 크기로 자르는 도구다. 향목을 올리는 향할대와 나무망치, 끌, 톱, 소도, 손도끼까지 완전히 목공 도구 같지만 하나같이 인형놀이 도구처럼 작고 날렵해서 투박한 느낌은 일절 없다. 나는 할머니가 향을 자르는 것을 몇 번 본 적이 있는데, 할머니가 이 정교한 도구를 다루며 작은 향목 조각을 잘라내는 솜씨는 조각가의 작업을 눈앞에서 보는 것 같아서 숨을 죽이고 홀린 듯이 보게 된다.

"그럼 사양 않고 자를게."

"부디 조심스럽게 다뤄줘. 목숨보다도 소중한 거니까."

"시끄럽기는. 일단 맡겼으면 조용히 보기나 해."

나는 서로 할퀴어대는 고양이 같은 노부인들 때문에 조마조마해하며 할머니 방으로 가서 향도구를 준비했다. 향도구 한 벌을 미다레바코乱箱라는 옻칠한 납작한 상자에 넣어 복도로 나오자, 마침 숯을 담은 향로를 쟁반에 받친 유키야 오빠도 오는 길이라 같이 다다미방으로 들어갔다.

"그럼 시작하겠습니다. 부디 편하게 앉으십시오."

모든 준비가 끝나자 할머니는 내가 가져온 상자에서 꺼낸 향도구를 차렸다. 하나씩 준비가 되어갈 때마다 할머니를 감싼 기운이 날카로워졌다. 사쿠라코 씨는 할머니의 오른쪽 대각선 앞에 앉았고, 그다음으로 나, 유키야 오빠 순으로 앉았다.

할머니는 먼저 재를 담은 청자 향로에 유키야 오빠가 가져온 향로에서 꺼낸 숯을 묻고, 화저火箸숯불을 집는 금속 젓가락. – 역자 주로 재를 부드럽게 풀어 산 모양으로 쌓아 올렸다. 다음으로 그 산을 회압灰押재를 누르는 도구. – 역자 주으로 곱게 다듬고 산꼭대기에 화저를 찔러, 향목에 열을 전달하는 화창火窓이라는 구멍을 뚫었다. 그러한 동작 하나하나가 물 흐르듯 아름다워 사쿠라코 씨도 넋을 잃은 듯했다. 향도가 집안에서 태어난 할머니는 어릴 때부터 몇천 번이나 이 예법을 반복하며 익혀왔다.

향로에 손을 대어 불기운의 세기를 확인한 할머니는 화창에 은엽銀葉이라는 아주 얇은 운모판을 올리고 향목을 은엽 가운데에 놓았다. 향목은 3밀리미터에서 5밀리미터 정도의 아주 작은 조각을 쓴다. 옛날부터 문향에 사용하는 향목은 '마미문족馬尾蚊足'이라고 표현했다. 향도에서 사용하는 침향은 베트남 등 일부 나라에서 자라는 침향수에 특수한 균이 번식하여 나무가 스스로를 지키기 위해 수지를 분비함으로써 만들어진다. 나무가 수명이 다해 흙으로 돌아간 뒤에도 그 수지 부분만큼은 썩지 않고 몇백 년이 지나도 고운 향기를 간직한다. 그렇다고 같은 조건에 노출된 침향수가 모두 향목이 되느냐 하면 그렇지는 않다. 향목이 되는 비율은 1퍼센트도 되지 않는다고 한다. 기적이라고밖에 표현할 방법이 없을 만큼 희소해 머나먼 이국에서 도착하기만을 애타게 기다리는 수밖에 없는 향목을, 옛날부터 향을 사랑하는 사람들은 말 꼬리나 모기 다리만큼 조금씩 소중하게 사용하며 후세에 이어왔다.

우리 눈앞에서 피우는 한 조각의 향목도 원래는 바다 너머의 머나먼 이국에서 태어나 수많은 사람의 손을 거쳐 지금 여기에 온 것이다. 그런 생각을 하고 있는데 향로에서 데워진 향목이 잠에서 깨어난 것처럼 향기를 내기 시작했다.

아아—, 나는 무심코 눈을 감고 은은하고 아름다운 향기에 감동했다.

"들어보세요."

할머니가 다다미에 내려놓은 청자 향로를 사쿠라코 씨가 신중하게 들어올렸다. 예법대로 왼 손바닥에 올린 향로를 오른손으로 감싸 덮고 오른손 엄지손가락과 집게손가락 사이로 코를 가까이 대 조용히 숨을 들이마셨다. 숨을 뱉을 때는 날숨이 향로의 재에 닿지 않도록 고개를 돌리고, 그 동작을 세 번 되풀이했다. 눈을 감은 사쿠라코 씨의 향기는 손을 대면 베일 것처럼 진지했다. 향은 '맡는다'고 하지 않고 '듣는다'고 한다. 그것은 수동적으로 막연히 향을 느끼는 것이 아니라 멀리서 울리는 어렴풋한 음률에 귀를 기울이듯이, 정신을 날카롭게 가다듬고 섬세한 향기를 찾아가는 그런 한결같은 자세에서 생겨난 말이다.

이윽고 향로를 내려놓은 사쿠라코 씨는 희미하게 숨을 내쉬었다.

그녀의 마음 깊은 곳에서 스며 나오는 더없이 충만한 행복의 향기.

하지만 그 행복은 가슴이 날카롭게 욱신거리는 애달픔에 감싸여 있었다.

"들어보세요."

사쿠라코 씨가 향로를 권하는데도 나는 눈물을 글썽이며 미소 짓는 듯한 그녀의 향기에 가슴이 먹먹해 순간 움직이지 못했다. 그러다 사쿠라코 씨가 의아해하며 눈썹을 모으자 황급히 향로를 받아들었다. 사쿠라코 씨가 그랬던 것처럼 손으로 향로에 덮개를 만들고 코를 가까이 대 신중하게 숨을 들이마시자, 지금까지 어렴풋하게 느껴지던 향기가 단박에 눈부시도록 선명하게 다가왔다.

향목의 이름인 '화수'는 꽃을 지키는 사람이라는 뜻의 옛말이지만, 이 달콤한 향기는 오히려 꽃지기의 보호 아래 만개한 꽃의 이미지다.

그 아름다움과 화려함에 매료되어 더 가까이서 음미하려던 찰나, 향기가 홀연히 사라졌다. 그 덧없음에 더욱 마음을 빼앗기고 다시 향을 뒤쫓고 끌려가고, 그리고 사라지는 속절없는 아름다움에 슬픈 감동을 느꼈다.

"……오미 가운데 단맛이라는 건 이런 향을 말하는 거군요. 정말로 화사하고 달콤해요."

나 다음으로 향을 들은 유키야 오빠가 중얼거리자 사쿠라코 씨는 입가에 미소가 걸렸다.

"하지만 모처럼 듣는다면 가라가 더 좋았을 텐데. 역시 향목은 가라가 으뜸이니까."

"향목을 육가선9세기 일본의 와카 문학을 발전시킨 대표적인 여섯 시인. – 역자주에 비유하는 건 아세요? 가라는 헨조 소조, 나국은 아리와라노 나리히라, 진남만은 오오토모노 쿠로누시, 촌문다라는 훈야노 야스히데, 좌등라는 키센 법사, 그리고 진나하는 유일한 여

성인 오노노 코마치예요. 와카에는 취향은 있어도 우열은 없죠. 향목도 똑같아요. 확실히 가라를 가장 귀하게 치지만 그렇다고 해서 진나하가 떨어지는 건 아니에요. 오히려 가라에는 없는 화려함을 가진, 이 진나하는 무척 훌륭한 향이라고 생각합니다."

"정말로 넌 기대를 저버리지 않는 대답을 하는구나."

사쿠라코 씨는 유쾌하게 웃고는, 그와는 반대로, 라는 눈길로 나를 보았다.

"너는 말이 별로 없구나. 시끄러운 미하루의 손녀 맞니? 뭐라고 말 좀 해봐."

"네?!"

갑작스러운 지명에 나는 크게 당황해 새빨개져서 횡설수설 대답했다.

"아, 저기, 유키야 오빠처럼 말은 잘 못하지만……, 이건, 사쿠라코 할머니에게 딱 맞는 향 같아요. 아름답고 화려하고. 이걸 주신 분은 틀림없이 할머니를 떠올리며 이 향목을 선물하셨을 거라고, 저기……, 생각했어요."

무슨 말을 하려나 하고 즐기듯이 입꼬리를 올리던 사쿠라코 씨가 갑자기 웃음기를 거뒀다. 대신 가슴이 옥죄는 향기가 그녀에게서 흘러나왔다. 뭔가 해서는 안 될 말을 한 걸까. 나는 당황해서 쩔쩔맸지만 사쿠라코 씨는 순간 스친 무방비한 소녀 같은 표정을 바로 지우고 "어머나, 그러니?" 하고 또 놀리는 듯한 미소를 지었다.

"정말 고맙구나. 이제 여한이 없어."

할머니에게 인사한 사쿠라코 씨는 조금 침묵했다가 이번에는 약간 빠르게 말했다.

"인사 대신 너도 이번 다사에 초대해줄게."

"그게 뭐니? 와주길 바라면 솔직하게 그렇다고 해."

"너희도 관심 있으면 같이 와."

흥, 하고 고개를 돌리며 초대해준 사쿠라코 씨에게 나는 감격해서 끄덕였다. 다사란 정식 다석으로, 요리로 치면 풀코스 디너에 가깝다. 그것도 주인이 초대한 소수의 인원이 몇 시간에 걸쳐 주인의 대접을 천천히 음미한다. 본격적인 다사는 좀처럼 체험하기 쉽지 않아 다도부원으로서 가슴이 두근거렸다.

그 후 사쿠라코 씨는 오래 머무르지 않고 곧바로 돌아갈 채비를 했다. "배웅은 필요 없어."라고 했지만 향을 사주신 데다 귀중한 향목까지 들려줬으니 나와 유키야 오빠는 나란히 가게 밖까지 나가 배웅하고 한 번 더 인사를 했다. 할머니는 우리 뒤에서 아무 말도 하지 않았지만, 사쿠라코 씨가 발길을 돌리려고 하자 갑자기 불러 세웠다.

"사쿠라코."

기모노 차림인데도 날라리처럼 팔짱을 끼고 턱을 살짝 치켜들며 말했다.

"입원하면 간호사 선생님들을 괴롭히지 않도록 조심해."

"무슨 소리야? 그런 짓을 왜 하니? 너도 아니고."

"그리고 다시 돌아오지 못할지도 모른다고 했지만 그럴 리는 없어. 너는 쌩쌩하게 돌아올 거야. 욕을 먹으면 오래오래 산다고 하잖아."

사쿠라코 씨가 살짝 가슴이 뭉클한 향기를 풍겼다.

하지만 그런 내색은 전혀 하지 않고 한쪽 눈썹을 휙 올렸다.

"그럼 넌 앞으로 100년은 끄떡없겠구나."

비아냥대듯이 입꼬리를 올리며 되받아치고 의연하게 등을 세우고 돌아갔다.

그날 저녁으로는 나와 유키야 오빠가 만두를 만들었다. 사쿠라코 씨가 돌아간 뒤 할머니는 무슨 고민이 있는지 멍하니 있어서 기운 내라고 할머니가 좋아하는 야채만두와 새우만두를 잔뜩 만들어 핫플레이트에 구워 먹기로 했다. 내가 만든 만두는 투박한 느낌인데 유키야 오빠가 만든 만두는 신기할 만큼 예뻐서 우리 집 핫플레이트보다 쇼케이스에 진열하고 싶을 정도의 완성도를 자랑했다.

나와 유키야 오빠는 "새우만두 다 익었어.", "야채만두도 다 익었어요.", "이쪽은 유키야 오빠가 개발한 피자만두야.", "소스도 참깨소스, 간장소스, 유자후추폰즈와 매운된장소스까지 있으니까 취향대로 드세요." 하고 열심히 만두를 구워서는 할머니 접시에 올려주었다. 할머니는 젓가락을 집으며 간지러운 듯이 웃었다.

"아유, 착한 손자들이네. 걱정 끼쳐서 미안해. 딱히 기분이 울적한 건 아닌데."

"역시 걱정돼……?"

"응, 그렇지. 이 나이가 되면 슬픈 소식도 드물지 않거든. 하지만 그 애는 틀림없이 괜찮을 거야. 강한 애니까."

할머니의 말투는 가벼웠지만 역시 걱정이 되는지 향기가 탁했다. 다양한 맛의 소스에 만두를 찍어 먹으며 할머니는 사쿠라코 씨와의 추억을 조금씩 얘기했다.

"원래는 사쿠라코의 할머님이 내 본가에 향도를 배우러 오신 게 계기였어. 사쿠라코의 할머님은 다도 선생님인데, 다도를 하는 사람은 향도 같이 즐기는 경우가 많고, 그 반대도 흔하잖니? 그런 인연으로 이번에는 내가 초등학교에 들어가면서 사쿠라코네 할머님께 가서 차를 배우게 됐어. 다만 그 무렵에는 아직 사쿠라코를 몰랐지만. 만난 건 훨씬 나중이었어."

사쿠라코 씨는 아버지인 쿠즈미 씨의 의붓딸이라고 할머니는 말했다.

"아마 내가 열 살 때 쿠즈미 씨의 부인이 병으로 돌아가셨고, 그로부터 5년 뒤에 사쿠라코의 어머니와 재혼하셨어. 다만, 사쿠라코의 어머니가 화류계에 계시던 분이라 할머님이 재혼을 강하게 반대하셨대. 쿠즈미 씨 댁은 대대로 병원을 운영해온 유서 깊은 집안이고, 사쿠라코의 할머님은 성정이 아주 강경한 분이라 사쿠라코네가 쿠즈미 씨 댁으로 들어가기까지 상당히 애를 먹었나 봐. 사쿠라코의 어머니를 몇 번 본 적이 있는데 언제나 시어머니 앞에서는 작게 움츠러들어서 무척 힘들어 보였지."

"사쿠라코 씨도……?"

"걔는 태어나길 곳등이 세게 태어났으니까. ……하지만 반대로 그래서 힘들었던 적도 있었을 거야. 사쿠라코도 나와 함께 할머님께 다도를 배우게 됐는데 선생님은 사쿠라코에게만 유난히 엄격하셨어. 사쿠라코도 가만히 당하고 있을 성격이 아니니까 계속 대들었고, 그러면서 둘 사이는 점점 더 험악해졌지. 게다가 선생님이 나를 유난히 칭찬하고 사쿠라코를 '그에 비하면'이라고 깎아내리는 바람에 사쿠라코가 나까지 물어뜯게 됐어. 지금 생각하면 무리도 아니지만 나도 기분이 좋지 않으니까 학교에서도 얼굴이 마주쳤다 하면 싸웠지. 다만, 유일한 구원이 쿠즈미 씨의 외아들 시게아키 오빠였어."

후훗 하고 할머니는 십대 소녀로 돌아간 것처럼 웃었다.

"나와 사쿠라코보다 다섯 살 많았는데, 키가 호리호리하게 크고 늠름하고 근사한 사람이었어. 사쿠라코의 의붓오빠야. 의학부에 다녔는데 그 사람도 선생님에게 다도를 배웠어. 시게아키 오빠가 같이 있을 때는 선생님 얼굴에서도 웃음이 떠나지 않을 만큼 기분이 좋아서 무사히 수업이 끝났지. 마음씨도 착한 사람이라 곧잘 선생님에게서 사쿠라코를 감싸줬어. 사쿠라코도 시게아키 오빠만큼은 잘 따랐고.”

“시게아키 씨라면, 사쿠라코 씨가 미하루 씨와의 사이를 착각했다고 말씀하셨던 분이죠?”

유키야 오빠가 묻자 새우만두를 집은 할머니는 “맞아.” 하고 살짝 얼굴을 찡그렸다.

“왜 그렇게 됐는지는 모르지만 어느 날 다도 수업에 갔더니 사쿠라코가 갑자기 버럭 화를 내는 거야. ‘나는 너 같은 애가 새언니가 되는 건 절대로 용납 못해.’라며. 나는 어안이 벙벙했지. 안 그렇겠니? 그래서 차근차근 얘기를 들어보니 어째서인지 사쿠라코가, 나중에는 내가 시게아키 오빠와 결혼할 거라고 믿고 있더라고. 그 말을 듣고 시게아키 오빠도 무슨 소리냐고 놀라며 배를 잡고 웃었어. ……하지만 지금 생각해보면, 어쩌면 선생님이 사쿠라코에게 무슨 말씀을 하셨는지도 몰라. 그 얘기를 들은 선생님이 또 사쿠라코에게 쿡쿡 찌르듯이 모난 말을 하셔서 나는 그전에 쌓여 있던 것까지 단숨에 폭발했어. 다인인 선생님은 존경하지만 손녀에게 몰인정한 말을 하는 선생님은 도저히 존경할 수 없습니다, 오늘부로 그만두겠습니다, 하고 돌아와버렸지.”

아직 학생이었던 할머니가 몰아붙이듯 딱 잘라 말하는 모습이 눈에 선해 나와 유키야 오빠는 작게 박수를 쳤다. 할머니는 그만하라는 듯이 쓴웃음을 짓고 한숨을 내쉬었다.

"지금이라면 조금 더 다르게 표현하는 방법도 있었겠지만 어렸을 때는 아무래도 서툴잖니? 사쿠라코와도 그 뒤로는 만날 기회가 거의 없었고, 마지막으로 만난 게 20년 정도 전인 시게아키 오빠의 장례식이었나? 그래서 오늘은 정말로 놀랐어."

할머니는 새우만두를 유키야 오빠의 특제 유자후추폰즈에 찍어 먹으며 사쿠라코 씨가 왜 소중한 향목을 들려달라며 자신에게 부탁하러 왔는지 여전히 잘 이해가 되지 않는다는 향기를 풍겼다. 하지만 나는 알 것 같은 기분이 들었다.

옛날에 할머니가 담판을 지어주었을 때 사쿠라코 씨는 기뻤던 게 아닐까. 설령 할머니는 그럴 의도가 없었다고 하더라도 비웃지도 않고 깔보지도 않고 매정한 말을 하지 말라고 자기 대신 화내준 일이 줄곧 마음에 남았고, 그렇기 때문에 병을 알고 죽음까지 각오했을 때 할머니를 만나러 온 게 아닐까.

이튿날 사쿠라코 씨에게서 다시 안내장이 도착했다.

[화로의 아쉬움을 달래며 변변치는 않지만 차를 한잔 대접하고자 합니다.]라고 힘 있는 다부진 필치로 적힌 안내장에는 향이 입혀져 있었다. 전날 카게츠 향방에서 구입한 연향 향기였다. 마치 헤이안 시대의 연서 같은 운치에 감격하며 할머니와 안내

장을 보니, 할머니와 유키야 오빠와 나, 그리고 '쿠즈미 하나노'라는 사람이 초대 손님으로 적혀 있었다. 사쿠라코 씨는 이미 예정되어 있는 다사에 우리도 초대하겠다는 투로 말했지만 아무래도 이것은 오직 우리를 위해 열어주는 다사인 듯했다.

"정말 성가신 성격이라니까."

할머니는 그렇게 말하면서도 서둘러 기모노 준비를 시작해서 나는 웃고 말았다.

3

다다음 주 토요일, 우리는 키타카마쿠라의 조치지 절 근처에 있는 사쿠라코 씨의 집을 방문했다.

키타카마쿠라는 엔가쿠지 절이나 메이게츠인 절 같은 고명한 사원이 모여 있는 지역이라 관광객도 많아 주말과 공휴일, 벚꽃이나 단풍 계절에는 엄청난 인파가 몰린다. 다사가 열리는 그날도 마침 추위가 누그러진 화창한 날씨 덕에 어디 할 것 없이 무척 북적거렸다.

하지만 주요 도로에서 옆길로 빠져 조치지 절 문 앞에 도착하자 주변은 나뭇잎 스치는 소리와 새들의 울음소리밖에 들리지 않을 만큼 고요해졌다. 바로 코앞까지만 해도 사람도 자동차도 정체 직전이었던 것이 거짓말 같았다. 택시에서 내려 절의 정문 왼쪽으로 뻗어 있는 완만한 오르막길을 셋이서 걸었다.

"아까 안내문이 있었는데 여기도 절의 부지 안쪽이군요."

"응? 사쿠라코 할머니네 집은 경내에 있어?"

"그런가 봐. 자세한 건 모르지만 절의 땅을 빌려 쓰는 느낌이 아닐까? 쿠즈미 씨네 집 별장이었던 곳을 사쿠라코가 독립했을 때 물려받았다고 들었어. 걔는 의외로 빨리 독립했거든."

나무들에 둘러싸인 오솔길을 걷는 할머니는 등에 문장이 하나 들어간 연두색 무지 기모노를 입었고, 나도 마찬가지로 벚꽃색 무지 기모노를 입었다. 그리고 내 뒤에서 걷는 유키야 오빠는 무인 같은 짙은 남색 옷에 가는 줄무늬의 우마노리하카마가랑이가 갈라져 있는 바지 형태의 하카마. – 역자 주를 입은 정장 차림으로, 유키야 오빠에 대한 내성이 아직 돌아오지 않은 나는 늠름한 모습이 눈에 들어올 때마다 가슴이 두근거렸고, 그 모습을 본 유키야 오빠가 걱정하고, 걱정해주면 더 어지럽고 얼굴이 빨개지는 난감한 악순환에 빠져 큰일이었다.

5분 정도 걷다가 슬슬 목적지에 도착할 무렵, 할머니가 "어머나." 하고 중얼거렸다. 대울타리로 둘러싸인 독채의 문 앞에 봄 하늘 같은 연푸른색 기모노를 입은 여자가 서 있었다.

"어서 오십시오. 오늘 이렇게 어려운 걸음을 해주셔서 감사합니다."

정중하게 인사한 그 사람은 안내장에 이름이 올라 있던 쿠즈미 하나노 씨였다. 나이는 이십대 후반일까. 여자치고는 꽤 키가 큰 편인데도 소극적인 인상을 주는 것은, 아마도 눈꼬리가 차분하고 부드럽게 처진 이목구비 때문일 것이다.

“처음 오시는 곳이라 고모할머니 말씀에 따라 이 앞까지 모시러 가려고 했는데, 길을 잃지 않으셔서 다행입니다.”

“고모할머니라니, 그럼, 넌 시게아키 씨의?”

“네, 시게아키 할아버지의 손녀입니다. 고모할머니도 친손녀처럼 예뻐해주세요.”

사쿠라코 씨가 보낸 안내장에 따르면 하나노 씨는 오늘 다사의 말객이다. 말석에 앉는 말객은 다사가 이루어지는 동안 주인을 보좌하는 중요한 역할을 담당하기 때문에 작법을 익히고 있어야 함은 물론이고, 그날의 다실에 대해서도 잘 아는 사람이 바람직하다. 할머니는 당연히 정객이므로 만약 하나노 씨가 없었다면 나나 유키야 오빠가 그 역할을 해야 하는데, 사쿠라코 씨는 그 점을 고려해 하나노 씨를 추가했을 것이다.

하나노 씨가 서 있던 문 앞에는 물이 뿌려져 있고, 대문에는 3센티미터 정도 틈이 열려 있었다. 이 틈을 ‘테가카리’라고 하는데, ‘들어오세요’라는 주인의 신호다. 다사에서는 안내하는 사람을 따로 두지 않고 어떤 상황에서든 이 테가카리를 따라 앞으로 나아가게 된다. 반대로 테가카리가 열려 있지 않은 곳은 들어가서는 안 된다.

현관 미닫이문에도 역시 테가카리가 열려 있었다. 조리를 벗고 복도를 걸어가자 막다른 벽에 아름다운 백매화가 그려진 일본화가 걸려 있었다. 대략 사방 20센티미터의 크기로, 그림 옆에 유려한 붓글씨로 와카가 적혀 있었다. 정말로 아름다운 필체라 눈길을 끌었고 해독해 보려고 끙끙대는데 할머니가 옆에서 고개를 내밀었다.

"'주인장이여 뉘신지는 모르나 봄에는 그저 담장 위의 매화를 여쭈어 보리이다.'—귀천을 불문하고 누구의 곁에나 봄은 찾아온다, 봄이 되면 그저 담장에 핀 매화를 보러 가자, 라는 뜻이야. 그건 그렇고 아주 달필이시네."

"이 그림은 할아버지가 고모할머니를 위해 그리셨대요. 이 와카도요."

"시게아키 씨는 다재다능한 분이셨군요. 다도에, 그림에, 서예까지 즐기셨어요?"

"게다가 의사 선생님이셨어. 인기가 아주 하늘을 찔렀을 거야. 그런 것치고는 특별히 만나는 사람은 없어 보였고 결혼도 꽤 늦게 했지."

무심코 서서 얘기꽃을 피웠지만 계속 현관 근처에서 수다만 떨고 있을 수는 없었다. 복도를 돌아 안쪽으로 가자 장지문에 테가카리가 열린 다다미방이 있고, 거기서 우리는 먼저 타비일본식 버선. - 역자 주를 갈아 신었다. 바깥의 먼지를 안으로 들이지 않기 위해서다. 그다음에 백사帛紗다도에서 다구를 닦거나 받치거나 할 때 쓰는 보. - 역자 주와 회지懷紙과자를 나누거나 술잔을 씻을 때 쓰는 접어서 품에 지니는 종이. - 역자 주 같은 다석에서 필요한 물건을 기모노 품에 넣어 몸가짐을 갖추자 백탕이 나왔다. 나는 작법을 틀리면 어쩌나 싶어 잔뜩 긴장했지만, 이런 초대에 익숙한 할머니는 편안하게 하나노 씨와 얘기를 나눴다.

"나, 아주 옛날에 널 봤을지도 몰라. 벌써 20년 전인가? 시게아키 씨에게는 신세를 많이 져서 장례식에 참석했었어."

"그렇다면 확실히 만났을지도 모르겠네요. 솔직히 그 무렵에는 저도 아직 어렸을 때라 잘 기억나진 않지만……, 그래도 부모님이 이제 다시는 할아버지를 만날 수 없다고 하셔서 엄청 울었던 건 기억해요. 할아버지는 무척 다정하신 분이라 정말 좋아했거든요."

"그래, 그랬지. 머리 좋고 잘생기고, 그런데도 전혀 거들먹거리지 않고."

할머니는 그리운 듯이 웃었지만 문득 웃음을 거두고 망설이듯 목소리를 낮추었다.

"본인이 없는 곳에서 이런 걸 물으면 실례인 줄은 알지만, 시게아키 씨의 장례식에서 오랜만에 만났을 때 사쿠라코는 줄곧 독신으로 지냈다고 들었어."

"네—, 맞아요. 친척들이 돌봐드리려고 했다는데 고모할머니가 모두 뿌리치셨대요. 고등학교를 졸업하고 나서 바로 다도 선생님 댁에서 숙식하며 수업을 받기로 정하고 집을 나가셨대요."

"그렇게 빨리 앞날을 결정하셨어요?"

무심코 놀란 나에게 하나노 씨는 웃었다.

"고모할머니는 이렇게 하겠다고 한번 정하면 밀고 나가는 분이시거든요. 결혼도 하기 전에 집을 나가면 남들이 뭐라고 하겠냐며 반대가 극심했다던데 고모할머니는 한 걸음도 물러서지 않았고, 할아버지도 고모할머니 편을 들어줘서 결국 마지막에는 허락하셨다고 들었어요."

"둘은 정말로 의좋은 남매였으니까. ……그런데 사쿠라코가 머지않아 입원한다고 들었는데 곁에서 수발들고 간병해줄 사람은 있나 모르겠네."

할머니가 사쿠라코 씨가 독신이냐고 물어본 것은 그 부분이 걱정스러웠기 때문이다. 하나노 씨는 부드럽게 미소 지었다.

"괜찮아요. 다음 주 초에 요코하마에 있는 병원에 입원하시는데, 고모할머니가 회복해서 퇴원하실 때까지 제가 곁을 지킬 거예요. 고모할머니는 어릴 때부터 절 무척 예뻐해주셨거든요."

"그러니? 다행이구나."

할머니도 안심했는지 표정이 부드러워졌다. 맛있게 물을 마시고 그제야 문득 마음에 걸리는 듯 하나노 씨를 보았다.

"그럼 넌 일은 괜찮아? 간병하면서 일하려면 많이 힘들 텐데."

그때까지 온화하고 고요하던 하나노 씨의 향기가 갑자기 바늘에 찔린 것처럼 작게 경직되었다. 부자연스럽게 긴 틈이 생기자 할머니가 눈이 동그래졌다. 하나노 씨는 힘없이 웃었다.

"괜찮아요. 걱정해주셔서 감사합니다."

하나노 씨의 흐려진 향기는 그 뒤로도 사라지지 않았다.

우리는 준비되어 있는 조리를 신고 객실 툇마루에서 내려와 정원 한쪽에 설치된 벤치에 나란히 앉았다. 이곳은 코시카케마치아이라고 하고, 주인의 부름이 있을 때까지 기다리는 곳이다. 벤치 앞에는 징검돌이 있고 그 앞에는 대나무로 짠 사립문이 있고, 그 안쪽에 아담한 다실이 있었다. 늦게 피는 백매화가 우아하게 가지를 뻗은 정원도 정성껏 가꾸고 있음이 한눈에 보였다. 고등학교 학생회관 구석에 있는 다실과는 완전히 차원이 다른 정취에 예쁘다……, 하고 눈물이 맺히며 감탄하는 나를 하나노 씨가 얘는 대체 왜 이러나 싶은지 뚫어지게 보았다. 나와 하나노 씨 사이에 앉은 유키야 오빠가 한마디 했다.

"원래 이런 아가씨예요."

"아……, 원래 이런 아가씨군요."

"네? 네? 아, 저기, 저는 다도부인데 차를 마시는 시간과 다실을 좋아하지만, 그래도 이런 본격적인 다사는 처음이고 다실도 너무 예뻐서 감동해서……."

어떻게든 수상한 사람이 아니란 걸 알리고 싶어서 횡설수설 했더니 눈을 동그랗게 뜨고 있던 하나노 씨가 갑자기 얼굴 가득 함박웃음을 지었다. 아, 하고 생각했다. 다른 사람과의 벽을 훌쩍 뛰어넘어 마음 안쪽을 보여주는, 그런 밝은 향기가 그녀에게서 피어올랐다.

"나도 그래요. 나는 차보다는 다실이나 도구 같은 것에 무척 끌렸어요. 어릴 때부터 고모할머니 댁에 눌러 살다시피 했는데 '너는 날 보고 싶은 게 아니라 다실이 목적이지?' 하고 곧잘 놀리셨어요."

하나노 씨는 조금 전까지 생기가 없는 느낌이었는데 지금은 표정도 향기도 싱그럽게 빛나는 것 같았다. 어쩐지 나까지 기뻐져서 "아하하.", "후후후." 하고 같이 웃는데 희미한 발소리가 들려왔다.

사립문 너머에서 사쿠라코 씨가 나타났다. 무늬 없는 은회색 기모노를 입은 모습은 고요한 기품과 품위가 흘렀고, 아름다운 동작으로 천천히 목례했다. 우리도 일제히 일어나 조금 앞으로 나가 목례로 답했다. 다실로 돌아가는 사쿠라코 씨의 모습이 보이지 않게 되자 할머니가 사립문 너머의 다실 안뜰로 들어갔고, 나와 유키야 오빠도 그 뒤를 따랐다. 하나노 씨는 코시카케마치 아이에 놓여 있던 짚방석들을 정리한 뒤에 따라와서 사립문을 닫았다.

츠쿠바이다실 입구의 손 씻는 물그릇. – 역자 주의 물로 손과 입을 헹군 뒤 살짝 열려 있는 니지리구치다실의 작은 출입구. – 역자 주를 통해 다실로 들어가자 다다미 네 장 반 크기의 작은 방이 나왔다. 모두 자리에 앉자 안쪽에 있는 사도구치다실에서 차를 달이는 사람이 드나드는 문. – 역자 주에서 사쿠라코 씨가 나타났다. 그리고 할머니가 예법에 따라 잘 손질된 정원을 칭찬하고, 도코노마의 족자에 대해 물어보거나 했다. 거기에 맞춰 사쿠라코 씨도 품위 있는 말투로 대답했고, 절차가 다 끝나자 두 노부인은 서로 마주 보더니 "흥." 하고 동시에 콧방귀를 뀌었다. 두 사람에게서 모락모락 피어오르는 경쟁하는 향기에 나는 심장이 콩닥콩닥했다.

다음으로 숯 피우기가 시작되었다. 차를 우리려면 끓인 물이 필요하고, 그 물을 다실 화로에서 끓이는데, 그 준비를 숯 피우기, 특히 초좌初座에서의 그것을 첫 숯 피우기라고 한다. 다도부에서 배운 내용을 필사적으로 머릿속으로 되새기는데 사쿠라코 씨가 갑자기 말을 걸었다.

"너무 딱딱하게 긴장하지 않아도 괜찮아. 오늘은 수련이 아니니까 작법은 크게 신경 쓰지 말고 편하게 즐기면 돼."

다석에서는 정해진 때 외에는 말하면 안 된다고 배운 나는 너무 놀라서 표정이 이상해졌는지 사쿠라코 씨가 "안경원숭이 같아." 하고 웃었다. 그리고 사쿠라코 씨는 물 흐르듯 아주 자연스럽게 숯을 피웠다. 전혀 거드름 피우지 않고 그러면서도 품위가 넘쳤다. 나는 완전히 사쿠라코 씨의 팬이 되고 말았다.

"어머나! 이 향기, 정말 좋은 향을 쓰시네요. 어디서 구입하셨어요?"

"어디더라, 카게츠 향방이라는 곳인가 그래요."

"어머, 카게츠 향방이라면 저도 알아요. 역시 안목이 높으시네요."

탄을 넣은 화로에서 향이 피어오르자 노부인들은 시치미를 떼고 대화하더니 또 "흥." 하고 나란히 콧방귀를 뀌었고, 나는 웃음을 참느라 필사적이었다.

다음은 카이세키懐石 차례였다. 다사에서 가장 중요한 이벤트는 이다음의 농차濃茶 대접이다. 다회나 찻집 등에서 나오는 이른바 말차는 다도에서는 박차薄茶라고 하고, 농차는 이 박차보다 세 배 많은 양의 말차를 사용한다. 그러므로 감칠맛이 있고 묵직하며, 박차는 '격불한다'고 하는 반면 농차는 '갠다'고 한다. 다사의 메인디시라고도 할 수 있는 이 농차를 만전의 상태로 맛보기 위해 가볍게 배를 채울 정도의 식사와 과자를 내는 것이 카이세키다.

아름답게 담긴 음식은 모두 사쿠라코 씨가 만들었다고 하는데, 하나하나가 무척 정갈해 귀하게 대접받는 느낌이 들었다. 쑥을 개어 넣은 규히찹쌀가루에 물엿, 설탕 등을 넣고 반투명하게 졸인 떡. – 역자 주로 팥소를 감싼 생과자도 비취처럼 아름답고, 먹으니 몸속에서 봄꽃이 피어나는 것 같았다. 꿈꾸는 기분에 취해 있는데 숨을 삼키는 소리가 들렸다. 옆을 보니 유키야 오빠가 순식간에 프로급 무표정으로 바뀌었다.

"……방금 웃었어요?"

"기분 탓이에요."

"하지만 방금 '풉' 했잖아요?"

"기억 안 나요."

둘이 소곤거리는데 하나노 씨가 쿡쿡 웃었다. 하나노 씨는 우리와 같이 식사를 하면서도 사쿠라코 씨의 움직임에 맞춰 그릇을 옮기거나 하며 숨은 조수 역할을 했다.

그리고 한 번 휴식하며 정원으로 나갔다 온 뒤, 마침내 농차 대접이 시작되었다.

이때만큼은 할머니도 콧방귀를 뀌지 않았고, 사쿠라코 씨도 독설을 내뱉지 않았다. 더운 김이 피어오르는 화로 앞에서 차를 개는 사쿠라코 씨를 할머니도 등을 곧게 세우고 지켜보았다. 다실에 감도는 정적은 멀리서 작은 새가 지저귀는 소리까지 들릴 정도였지만 신경을 갉는 긴장이 감도는 종류는 아니었다. 예를 들자면, 그렇다, 할머니가 향을 피울 때와 똑같았다. 눈앞에 있는 사람을 위해 집중해서 최상의 것을 만들어내는 투명한 고요함이 맑은 차향과 함께 천천히 시간을 채색했다.

"맛이 어떠신가요?"

부드러운 촉감의 다완에 가득 담긴 농차를 할머니가 한 모금 마시자 사쿠라코 씨는 조용히 물었다. 할머니는 작법대로 다완을 왼손에 들고 오른손을 대고 인사를 했다.

"아주 좋습니다."

그렇게 몸을 일으킨 할머니와 사쿠라코 씨는 눈이 마주치자 동시에 훗 하고 미소 지었다. 할머니는 만족스럽게, 사쿠라코 씨는 조금 수줍은 듯이.

싸우고 헤어져 일흔 살이 된 여학생들이 이제야 겨우 화해한 것처럼.

✲

다사의 가장 중요한 부분인 농차 대접도 끝나고, 마지막으로 박차를 받았다. 박차는 말하자면 메인디시 다음의 디저트로, 농차보다 편안한 분위기다. 나비와 벚꽃을 형상화한 귀여운 마른과자는 입안에서 사르르 녹았고, 그다음에 받은 박차도 우리가 동아리에서 격불하는 것과는 비교도 안 될 만큼 향기로워 감동해서 얼이 빠지자 사쿠라코 씨가 작게 웃음을 터뜨렸다.

"너는 차를 대접하는 보람이 있구나. 도저히 미하루의 손녀 같지가 않아."

"무슨 소리야? 내 손녀라서 감수성이 풍부한 거야."

"어머나, 미안해. 넌 고약한 어휘만 풍부한 줄 알았지."

노부인들은 완전히 원래대로 돌아가 고양이처럼 서로 할퀴었지만, 그런 두 사람은 어쩐지 다시 젊어진 것처럼 보였다. 할머니도 즐거워 보였지만, 무엇보다 사쿠라코 씨의 향기가 만족스러움으로 가득한 점이 나는 기뻤다. 그 마음이 앞으로도 계속 유지되어 병을 이기는 에너지가 되어준다면 얼마나 좋을까.

박차는 더 달라고 할 수 있으므로 사양 않고 다 같이 한 잔 더 부탁했다. 사쿠라코 씨는 이번에는 다른 다완에 박차를 격불해 주었다. 차뿐만 아니라 이런 도구의 아름다움을 맛볼 수 있는 것도 다도의 묘미다. 부드럽고 목 넘김이 좋은 차를 음미하며 만족스러운 한숨을 내쉰 할머니가 다다미 네 장 크기의 아담한 방을 둘러보았다.

"역시 다실은 좋아. 우리 가게도 낡아서 몇 년 안에 리모델링을 고려해야 하는데, 이런 분위기도 괜찮을 것 같아."

"어머, 그런 일이라면 얘가 전문이야. 괜찮으면 그때 부탁해."

사쿠라코 씨가 웃으며 눈을 돌리자 하나노 씨의 향기가 순간 굳어졌다.

"어머, 그러니?"

"아직 얘기 안 했나? 얘는 인테리어 디자이너거든."

"할머니, 그러지 마요."

하나노 씨의 목소리 톤이 순간 분위기를 긴장시킬 정도로 거셌다.

하나노 씨는 무마하듯이 쓴웃음을 지었다.

"나 같은 건……, 디자이너라고 나설 수준도 아닌걸. 정말로 아직 아무것도 모르고, 일을 계속할지 어떨지도 모르고."

"그만두려고?"

사쿠라코 씨가 미간을 바짝 찡그렸다. 긴박한 분위기에 끼어들지도 못하고 있는 우리를 알아채고 하나노 씨는 무리하고 있다는 표정이 훤히 드러나는 얼굴로 억지웃음을 지었다.

"할머니 말대로 인테리어 디자이너가 되고 싶어서 주문주택 회사에 취직했지만 몸이 안 좋아져서 지금은 휴직 중이에요. 앞으로의 일은 아직 고민 중이고요."

"그렇구나……. 일은 어떤 종류든 쉽지 않으니까. 천천히 쉬면서 앞으로 고민하면 돼. 인생은 기니까 조금쯤 쉬어도 괜찮아."

향기를 느끼지 못하는 할머니도 아픈 곳을 찔렸다는 하나노 씨의 반응은 알아챈 듯했다. 다독이는 미소로 하나노 씨에게 말하자, 하나노 씨도 그런 마음 씀씀이를 느꼈는지 힘없이 미소를 지었다.

"어쩐지, 고민을 너무 많이 하다 보니 더 혼란스러워져서—좋아하는 옷과 어울리는 옷이 다른 것처럼, 좋아한다고 해서 재능까지 있는 건 아니잖아요. 정말로 저는 영 아니더라고요. 저보다 감성이 날카로운 사람, 센스가 좋은 사람, 반짝이는 아이디어가 넘치는 사람도 많고……, 저랑은 안 맞았던 것 같아요."

하나노 씨는 그러더니 가라앉은 분위기를 바꾸려고 농담조로 사쿠라코 씨에게 웃었다.

"일 그만두면 할머니 교실을 이을까 봐."

그 순간 사쿠라코 씨의 향기가 극약을 섞은 화학반응처럼 크게 일렁였다.

아차, 싶었지만 나는 아무것도 할 수 없었다. 사쿠라코 씨가 입을 열었다.

"싫어."

무슨 뜻인지 모르겠다는 하나노 씨에게 사쿠라코 씨는 단호하게 되풀이했다.

"너한테 교실을 물려줄 생각은 없어."

사쿠라코, 하고 할머니가 나무라듯이 불렀지만 사쿠라코 씨는 눈길도 주지 않았다.

"한심한 소리 하지 마. 나는 진심으로 수련해서 이 교실을 시작했고 목숨 걸고 지켜왔어. 그게 겁쟁이의 피난처로 전락하는 꼴은 못 봐."

"사쿠라코, 말이 심하잖니. 좀 부드럽게 말할 수도 있잖아?"

할머니의 매서운 목소리에 아무리 사쿠라코 씨라도 이번에는 입을 다물었다.

하나노 씨는 얼굴이 새하얗게 질렸다. 향기는 혼란에 빠지고 겁에 질리고 기력을 잃었다.

사쿠라코 씨는 친손녀처럼 아껴온 그녀를 날카로운 눈으로 쏘아보았다.

하지만—내가 느낀 사쿠라코 씨의 향기는 그런 겉으로 보이는 모습과는 정반대였다. 숨도 쉴 수 없을 것 같은 침묵 속에서 이윽고 사쿠라코 씨가 말했다.

"분위기가 어색해졌네. 미안해. —오늘 다사는 이걸로 마치겠습니다."

4

하나노 씨가 혼자 카게츠 향방을 찾아온 건 다음 날인 일요일이었다.

오전 중에는 손님이 한두 명씩 드문드문 찾아올 뿐이었는데, 유키야 오빠와 교대로 점심을 먹은 직후에 아사히나 오솔길에서부터 걸어오는 길이라는 활기찬 아주머니 단체 손님이 내점해 가족과 자신을 위한 기념 선물로 전통 소품과 향을 잔뜩 사 갔다. 나와 유키야 오빠는 분담해서 계산과 상품 포장을 했고 (유키야 오빠는 "기모노 입은 남자야!" 하고 기뻐하는 아주머니들과 돌아가며 팔짱을 끼고 기념사진까지 찍었고), 둘이 나란히 가게 밖까지 나가서 손님을 배웅했다.

"파워가 넘치시네요."

"플래시 때문에 눈이……."

한숨 돌리며 가게 안으로 들어가려는데 뒤에서 말을 걸었다.

"저기……, 실례합니다."

어제는 하나노 씨도 기모노 차림이었지만 오늘은 스키니 바지에 니트, 봄 분위기 나는 녹색 코트를 입고 있었다. "아.", "어제의." 하고 놀라는 나와 유키야 오빠에게 하나노 씨는 꾸벅 인사하고 가게 안을 살피듯이 반쯤 열려 있는 칠하지 않은 미닫이문으로 눈길을 주었다.

"불쑥 찾아와서 죄송해요. 미하루 할머님은 안에 계신가요?"

"아, 할머니는 오늘 향도 교실이 있어서 저녁에나 돌아오실 예정이에요……."

"그래요……?"

하나노 씨는 굳이 향기를 느낄 필요도 없이 눈에 보이게 표정이 어두워졌다. 유키야 오빠도 심각한 분위기를 느꼈는지 위로하듯 물었다.

"급한 용무이신가요? 향도 교실은 오후반이 2시부터 시작되기 때문에 지금이라면 아슬아슬하게 연락이 될지도 몰라요."

"하지만 그러면 폐가……."

꺼져 들어가는 목소리로 사양하려던 하나노 씨는 입술을 꾹 다물더니 가슴이 시리도록 절박한 눈으로 나와 유키야 오빠를 보았다.

"죄송하지만 부탁드려도 될까요? 고모할머니가 사라지셨어요."

내가 할머니에게 전화를 걸어보았지만 연결이 되지 않아 LAND로 메시지를 넣어두었다. 향도 교실 오후반이 시작되기까지는 15분 정도 남았으므로 그 전에 내 메시지를 본다면 전화를 해줄 것이다.

"뻔뻔한 부탁을 드려서 정말 죄송해요……."

계산대 앞의 의자에 앉은 하나노 씨는 고개를 푹 숙이고 목소리를 짜냈다. 괜찮아요, 하고 고개를 가로저었지만 그녀에게서 나는 향이 마음에 걸렸다. 무척 지쳐 있었다. 그리고 완전히 풀이 죽어 있었다. 그런 마음이 몸까지 약하게 만든 듯한 향기가 났다.

"사쿠라코 씨가 사라지신 정황을 자세히 말씀해주시겠어요? 상황에 따라서는 미하루 씨에게 물어보는 것보다 경찰에 알리는 게 시급할지도 몰라요."

"아뇨—, 그런 건 아닐 거예요. 틀림없이 저 때문이에요."

하나노 씨의 목소리는 목구멍을 사포로 긁어낸 것처럼 갈라졌다.

나와 유키야 오빠는 재촉하지 않고 다음 말을 기다렸다. 하나노 씨는 힘없는 목소리로 말을 이었다.

"어제는 그 뒤로 결국 저도 더는 견딜 수가 없어서 집으로 돌아갔어요. 하지만 고모할머니와 어색한 채로 있는 것도 싫고, 내일이 입원하는 날이라 오늘은 원래 집 청소 같은 걸 도울 예정이었거든요. 그래서 오늘 아침에 고모할머니 댁으로 갔는데 이미 안 계셨어요."

"잠시 어디 외출하신 건 아닐까요?"

"아닐 거예요. —온 집 안이 정말로, 신변 정리라도 한 것처럼 깨끗하게 정리되어 있었어요. 그리고 고모할머니는 병원에 가지고 갈 물건을 이미 예전에 챙겨뒀는데, 그 가방도 전부 없어졌어요. 이웃분이 오늘 아침에 택시를 타고 나가는 할머니를 보셨다고 하니, 할머니가 당신 의지로 나가신 건 틀림없어요. 다만, 어디로 가셨는지 모르겠어요. 몸도 안 좋은데 혹시나 어디서 쓰러지기라도 하시면 어쩌나 너무 걱정이 돼서—, 이런 게 테이블 위에 놓여 있었는데 이것도 도통 무슨 뜻인지 모르겠고."

하나노 씨가 작은 숄더백에서 하얀 봉투를 꺼냈다. 화지和紙로 된 세로로 긴 봉투였다. 하나노 씨는 그 안에서 꺼낸 화지 편지지를 계산대 위에 펼쳤다.

[한잔 대접하고자 합니다.]

말없이 눈만 깜빡이는 나와 유키야 오빠에게 하나노 씨는 미안한 듯이 목을 움츠렸다.

“역시 영문을 모르겠죠……?”

“얼마 전에 받은 다사 안내장 문구와 똑같군요.”

“네, 안내장을 연습 삼아 한번 써본 건지도 몰라요. 처분하려다 깜빡했을 수도 있고요.”

하지만 연습 삼아 쓴 글을 일부러 봉투에 넣을까? 하물며 하나노 씨가 가지고 온 새하얀 봉투는 새것이나 마찬가지였다. 게다가—.

“이 종이, 향이 나지 않아요?”

“네?”

눈이 동그래진 하나노 씨에게 나는 [한잔 대접하고자 합니다.]라고 적힌 편지지를 달라고 했다. 코를 대고 신경을 집중해 숨을 들이마셨다. —역시 그랬다. 은은하지만 무척 아름다운 방향이 났다. 유키야 오빠에게 건네자 잠시 종이에 코를 대고 미간을 찡그리더니 갑자기 미간을 풀었다.

“……그러네요. 아주 희미하지만요.”

“게다가 이 향은 어딘가에서—.”

몇 초 생각하다 갑자기 별똥별이 떨어진 것처럼 번뜩였다.

“이 향은 사쿠라코 할머니의 향목이에요. 요전에 사쿠라코 할머니가 오셨을 때 들려주신 ‘화수’라는 이름의 그거예요. 그 향이 종이에 입혀져 있어요.”

"……부끄럽지만 나는 기억이 많이 옅어졌는데 틀림없나요?"

"틀림없어요. 그 향목의 향이에요."

유키야 오빠는 안경 브리지에 손을 대고 살짝 턱을 당겼다.

하지만 하나노 씨는 그런 뜻 모를 문장과 향기는 아무래도 상관없는 듯했다. 하나노 씨가 무릎 위에 올린 손을 꽉 쥐었다. 그러면 손바닥에 손톱이 파고들 텐데.

"아마도 고모할머니는 나한테 정이 떨어지셨나 봐요. 나한테 질려 꼴도 보기 싫어서 마주치지 않도록 오늘 일찍 나가신 게……."

말을 끝맺지도 못하고 하나노 씨의 목소리는 눈물에 지워졌다. 나는 순간적으로 허공으로 손이 나갔지만 그래서 뭘 할 수 있을까. 하나노 씨는 눈가를 누르며 고개를 푹 숙였다. 목이 꺾이면 어쩌나 싶을 만큼 깊이.

"미안해요—."

"사과하실 필요 없어요, 괜찮아요."

"미안해요, 정말로."

하나노 씨는 다친 동물이 그러듯이 몸을 꽁꽁 웅크리고 필사적으로 눈물을 참았다. 그래도 의지의 힘으로는 멈추지 않는 눈물이 끝도 없이 흘러나와 뺨을 적셨다. 괴로워, 괴로워, 하고 그 눈물 한 방울 한 방울이 소리쳤다.

나는 계산대를 돌아 나가 하나노 씨의 옆 의자에 앉았다. 망설이다가 하나노 씨가 눈가를 누르고 있는 손과는 반대쪽 손, 무릎 위에서 자신을 아프게 하는 움켜쥔 손을 내 손으로 가만히 감쌌다. 전혀 폐를 끼치지 않았고 사과할 필요도 없다고 말보다 확실하게 전하고 싶었다.

조금 지나자 유키야 오빠가 계산대에 김이 나는 따뜻한 차를 조용히 내려놓았다. 호지차 향기다. 유키야 오빠는 이따금 닌자처럼 기척 없이 재빠르게 움직인다. "드세요." 하고 권하자 하나노 씨는 코를 훌쩍훌쩍하며 미안해했지만 따뜻한 호지차는 상처 입은 그녀의 마음을 풀어준 듯했다.

"—나는 지금도 그렇지만 어렸을 때는 정말로 둔하고 기가 약한 애였어요. 두 살 아래의 남동생은 성격이 시원시원하고 머리도 좋아서 누구나 예뻐했는데. 부모님도 결코 나를 차별하지는 않았지만, 역시 동생을 더 좋아했어요. 어쩔 수 없죠. 나도 부모님 입장이었다면 나보다 동생이 더 귀여울 테니까요. ……그래도 역시 비참하고, 어디에 가도 내가 있을 곳이 아니라는 느낌이 들어서, 그래서 수시로 고모할머니 댁에 놀러 갔어요. 그곳만큼은 있어도 된다는 기분이 들었거든요. 나는 다신을 좋아했어요. 지금 생각하면 다른 세계 같았는지도 몰라요. 어딜 가도 어울리지 못하고, 그럼에도 자리를 지켜야 하는 현실에서 조금 자유로워질 수 있는 곳이니까요. 어린애가 서투른 말로 그런 얘기를 했더니 고모할머니는 '나랑 똑같구나.' 하고 웃어주셨어요.

이해해주셨어요. —정말로 기뻤어요."

하나노 씨는 양손으로 찻잔을 감싸 쥐고 희미하게 웃었다.

"인테리어 디자이너가 되고 싶었던 것도 그런 일이 있었기 때문이에요. 어릴 때 나를 받아준 다실과 아름다운 다구 같은 걸 만들고 싶었어요. 누군가를 위한 공간을 만드는 사람이 되고 싶었어요. 고모할머니는 그런 내 꿈을 비웃지 않고 응원해주셨고요. 크레파스로 그린 다실 설계도며 다기 그림을 보시고 잘했다고 칭찬해주시고, 언젠가 당신한테 다실을 만들어달라고 하셨어요. 고등학교를 졸업하고 디자인 전문학교에 가고 싶다고 했을 때 부모님은 '의사는 못 되더라도 하다못해 평범한 대학교에 가라'고 반대하셨지만 고모할머니는 내 편이 되어주셨어요. 내가 휴직하고 돌아왔을 때도 고모할머니만큼은 단 한마디도 나무라지 않고 '잘 왔다'고만 해주셨고—."

말꼬리가 흔들리고, 하나노 씨는 얼굴을 감쌌다. 괴로운 자기혐오의 냄새가 짙게 피어올랐다.

"……그런데 왜 그런 말을 했을까요? 고모할머니가 얼마나 고생해서 그 다실을 꾸려왔는지 잘 알면서요. 실망하시는 게 당연……."

"그렇지 않을 거예요."

내가 생각했던 이상으로 강한 목소리가 튀어나오는 바람에 하나노 씨도 놀란 표정이었지만 나 스스로도 동요했다. 하지만 고개가 수그러드는 것을 참고 하나노 씨를 똑바로 보았다.

“저기……, 실망하셨다거나, 그런 건 아닐 거예요. 어제 사쿠라코 씨는 화난 것처럼 말씀하시기는 했지만 저는—, 하나노 씨가 어떻게든 힘을 내기를 바라는 것처럼 보였어요. 말도 없이 사라지신 건, 하나노 씨를 보기 싫어서가 아니라고 생각해요. 틀림없이 다른 이유가 있을 거예요.”

그렇다. 어제 다석에서 하나노 씨를 혼냈을 때 사쿠라코 씨에게서는 마치 넘어진 아이를 일으켜주고 싶은 것을 필사적으로 참으며 일어날 때까지 지켜봐주는 듯한, 사랑스러움과 안타까움이 뒤섞인 향기가 났다.

하지만 미간을 찡그리고 나를 보는 하나노 씨에게서는 당혹감과, 설마 하고 의심하는 향기가 피어올랐다. 자기 탓이라는 생각을 버리지 못하는 것이다.

돌이킬 수 없는 실수를 한 뒤 자신은 아무런 쓸모도 없는 인간이라는 생각을 버리지 못하고, 나에게는 아무런 가치도 없고 그냥 사라지고 싶다는 마음은 나도 잘 안다. 그리고 그런 마음에 사로잡히면 사소한 일까지 자기 탓이라고 여기게 되고, 자기가 잘못해서 그렇다는 자기혐오의 늪에 빠진다는 것도.

하지만 이번에는 다르다. 사쿠라코 씨는 하나노 씨에게 실망하지 않았다. 나는 그것을 안다. 단언할 수 있다. 그것을 어떻게 하면 믿어줄까.

"저도 사쿠라코 씨는 하나노 씨에게 정이 떨어져서 나가신 게 아니라고 생각해요."

하나노 씨가 나에게서 유키야 오빠에게 눈길을 옮기고 작게 미간을 찡그렸다. 유키야 오빠는 기묘한 문장이 적힌 종이를 집어 하나노 씨에게 보여주었다.

"오늘 아침에 사쿠라코 씨 댁에 가보니 집 안이 깨끗하게 정리되어 있었다고 했죠?"

"네……."

"그런데 연습 삼아 쓴 글을 처분하지 않고 깜빡하고 놔뒀다는 건 부자연스러워요. 즉, 이 글은 그런 게 아니라 의도적으로 사쿠라코 씨가 남겨두셨을 거예요. 게다가 봉투에 넣어 일부러 향까지 입힌 흔적이 있으니 이건 사쿠라코 씨가 하나노 씨에게 남기신 메시지라고 보는 게 타당해요."

하나노 씨가 더욱더 당황한 향기를 풍겼다.

"하지만—, [한잔 대접하고자 합니다.]라니, 무슨 뜻인지 모르겠는데……."

"저도 확신은 없지만, 오늘 다실에는 가보셨어요?"

다실? 동시에 목소리가 나온 나와 하나노 씨에게 유키야 오빠는 화지에 아름다운 필체로 적힌 한 문장을 가리켜 보였다.

"이건 하나노 씨에게 보내는 안내장이 아닐까요? 확실히 저희에게 보내신 다사 안내장에도 향이 입혀져 있었어요. [한잔 대접하고자 합니다.]라고 초대를 받으면 초대받은 사람이 향할 곳은 다실이에요. 이건 다실로 오라는 의미가 아닐까요?"

"고모할머니는 다실에 계신다는 거예요? 하지만 택시를 타는 걸 본 사람이 있는데."

"아마 본인이 계시진 않을 거예요. 다만 그곳에 뭔가가 있을 것 같아요."

갑자기 높은 전자음이 울리는 바람에 나는 깜짝 놀랐다. 황급히 기모노 오비에 끼워둔 스마트폰을 꺼내자 액정 화면에 할머니 이름이 표시되어 있었다. 나는 서둘러 전화를 받았다.

"여보세요, 할머니?"

[카노, 메시지 봤는데 사쿠라코가 사라졌다니 그게 무슨 말이야?]

날카롭고 다급한 할머니의 목소리에 나는 하나노 씨에게 들은 대로 대답했다. 사쿠라코 씨가 자신의 의지로 나갔다고 얘기하자 할머니는 말투가 조금 누그러졌지만 대신 씁쓸한 한숨을 내쉬었다.

[내일 입원할 사람이 뭐 하는 짓이야, 정말……]

그때 유키야 오빠가 바꿔달라는 몸짓을 했다. 내가 하늘색 스마트폰을 건네자 유키야 오빠는 스피커 통화 버튼을 눌렀다.

"미하루 씨, 유키야예요."

[유키야, 하나노의 얘기를 듣고 뭔가 떠오르는 거 없어?]

"확증은 없지만 사쿠라코 씨는 편지 같은 걸 남겨놓으셨어요. 그걸로 유추해보면 다실에 뭔가 있지 않을까 싶어요."

[사쿠라코네 집 다실?]

"네."

[유키야, 그럼 지금부터 하나노와 그 사람 집으로 가서 상황을 보고 와. 카노도 같이 가서 도와주고. 조금 이르지만 오늘은 가게 문 닫아도 되니까……. 앗, 네, 미안해요. 지금 갈게요.]

향도 교실에 다니는 제자들이 부르는지 할머니는 노래하는 듯한 정중한 목소리로 누군가에게 대답했다. 벌써 오후 교실이 시작될 시간이었다.

[나도 시간 봐서 사쿠라코에게 전화해볼 테니까 너희는 최대한 하나노에게 협력해줘. 그리고 하나노? 거기 있니?]

"아, 네."

갑자기 이름을 부르자 하나노 씨는 할머니가 바로 앞에 있는 것처럼 몸을 내밀었다.

[어제 그런 일이 있었던 참이라 기분이 우울하겠지만 기운 차려. 사쿠라코는 입이 험하고 성격은 꼬였어도 널 아프게 할 사람은 아니야. 너도 그건 알지?]

"……네."

[하나노. 뜬금없지만 향목이 어떻게 생겨나는지 아니?]

정말로 갑작스러운 화제 전환에 하나노 씨는 눈만 끔뻑끔뻑했다. 할머니의 다정한 목소리가 이어졌다.

[베트남이나 태국 같은 나라에 있는 특수한 나무가 짐승에게 해를 입는다든가 해서 상처가 생기잖아? 그 상처에서 박테리아가 번식하는데 거기에 지지 않으려고 나무가 수지를 분비해. 그 수지가 오랜 시간이 흐르는 동안 훌륭한 향을 가지게 되는 거야. 다시 말해, 향목 중에 상처 없고 건강했던 나무는 단 한 그루도 없어. 상처 입고 맞서 싸웠기 때문에 향이 나는 거야.]

할머니가 하려는 말이 하나노 씨에게도 전해진 것을 알았다. 가슴이 먹먹해지는 향기를 풍기며 눈가가 촉촉해진 하나노 씨는 입술을 꾹 다물었다.

[넌 지금 상처를 입은 거야. 그러니까 시간을 갖고 쉬어야 해. 하지만 그 상처는 곧 나을 거야. 괜찮아. 무엇보다 넌 우리 같은 할머니 눈에는 아직 새끼고양이처럼 어리니까. 마음만 먹으면 앞으로 뭐든지 할 수 있어.]

그 후 할머니는 바로 [미안해요, 정말로 금방 갈게요!] 하고 황급히 누군가에게 대답을 하고 [그럼 유키야와 카노, 잘 부탁한다!] 하고 전화를 끊었다.

유키야 오빠는 신속하게 행동을 개시했다. 포렴을 내리고 간단히 청소를 하고 나도 휴업 중 팻말을 밖에 걸고 계산대를 닫았다. 하나노 씨에게는 한 발 먼저 가까운 버스 정류장에 가 있으라고 했다. 나는 가게를 정리하며 사쿠라코 씨의 아담한 다실을 떠올렸다.

그 정원 안쪽에 자리한 아름답고 작은 방에는 대체 뭐가 있을까.

5

버스를 갈아타고 조치지 절 근처의 사쿠라코 씨 자택에 도착한 것은 오후 3시 무렵이었다.

어제 다사에 초대받았을 때와 똑같이 현관에서 본채로 들어가 거기서 다실로 향했다. 인기척 없는 정원에서도 꽃들은 아무런 변화 없이 아름다운 색채를 뽐내며 피어 있었고, 하얀 나비 두 마리가 서로 장난치듯이 팔랑팔랑 날았다.

서둘러 바깥뜰을 가로질러 사립문 앞까지 왔을 때 하나노 씨가 작게 소리를 냈다.

사립문이 3센티미터 정도 열려 있었다.

테가카리다. '들어오세요'라는 신호다.

하나노 씨가 애타는 듯이 사립문을 지나 안뜰로 들어갔다. 나와 유키야 오빠도 그 뒤를 따랐다. 다실의 작은 니지리구치도 역시 열려 있었다.

하나노 씨는 긴장한 향기를 뿜으며 문을 열었다. 나는 다실에서 밖으로 흘러나오는 방향을 느꼈다. 아주 드문 고급 침향. '화수'라는 이름의 진나하 향기다.

"—이거……."

다실에 한 걸음 들인 채 모든 것을 잊은 것처럼 멈춰 선 하나노 씨의 뒤를 따라 나와 유키야 오빠도 안으로 들어갔다. 나는 무심코 작게 소리를 냈다.

역시 그곳에 사쿠라코 씨는 없었다.

대신 여러 장의 알록달록한 그림이 다실 다다미를 채색했다.

내게서 가장 가까운 그림은 도화지에 크레파스로 다완을 그린 것이었다. 다만 다도에서 쓰는 다완은 세련된 디자인이 많은데 어린아이가 아무런 구애도 받지 않고 그린 다완은 화창하게 갠 하늘색으로 칠해져 있고, 작고 빨간 금붕어가 잔뜩 헤엄치고 있었다.

그 밖에도 참신한 차도구 디자인 그림, 벽에 벚꽃과 단풍 등 사계절의 풍경을 그린 다실 설계도, 기모노를 입은 사람들이 온화하게 웃는 다석 풍경 등, 보고 있으면 미소가 절로 떠오르는 열정과 꿈이 담긴 그림이 다다미를 채우고 있었다. 그중에는 놀랍도록 향상된 필치로 숲속에 고즈넉하게 자리한 초암풍草庵風 다실을 그린 것도 있었다. '할머니의 다실'이라고 작게 코멘트가 달려 있었다.

"이 다실 그림. 아주 오래전에 고모할머니가 '이런 다실이 갖고 싶다.'고 말씀하신 걸 그림으로 그려서 선물한 거예요. 언젠가 진짜 다실을 지어줄게, 하고. ……이런 옛날 걸 아직도 가지고 계셨구나."

무릎을 대고 그림 한 장을 집어 들고 작게 터져 나온 하나노 씨의 목소리는 눈물을 머금고 살짝 떨렸다.

바닥에 가득 깔린 여러 장의 그림들은 이렇게 말하고 있는 것 같았다.

'이게 네 꿈이잖아?'

'쉽게 포기하지 마.'

다사에서 교실을 잇겠다고 농담조로 말한 하나노 씨를 엄하게 나무란 사쿠라코 씨는 틀림없이 사실은 이렇게 말하고 싶었던 것이다. 도망치지 말라고.

처음 그것을 깨달은 사람은 유키야 오빠였다.

"이건……, 향합이네요."

끄트머리가 조금씩 겹치도록 깔린 여러 장의 그림 중 거의 중심에 위치한 곳에서 유키야 오빠가 손바닥 안에 들어가는 작고 검은 칠기를 들어올렸다.

다도에서 피우는 향은 계절에 따라 달라지고 그 향을 넣는 상자인 향합도 거기에 맞춰 달라진다. 화로 계절에 피우는 연향은 습기에 강한 도자기 향합에 담고, 풍로 계절에 피우는 향목이나 인향은 칠기 같은 가벼운 재질로 된 향합에 넣는다.

유키야 오빠의 하얀 손바닥에 올려진 향합은 후자로, 칠흑의 바탕에 나전 세공으로 당초 문양이 그려져 있었다. 감탄이 절로 나올 만큼 아름다운 명품이었다. 게다가 그에 못지않은 우아한 향기가 향합에서 새어 나왔다. 나는 신경을 집중시켜 향을 들이마셨다. —이 향기는…….

"안에 향목이 들어 있어요."

내 말의 의미를 유키야 오빠도 짐작하고 향합을 하나노 씨에게 내밀었다. 하나노 씨는 망설이는 향기를 풍기면서도 향합의 뚜껑을 열고 아, 하고 작게 소리 질렀다.

[하나노에게.]

안에는 붓글씨로 그렇게만 적은 작은 화지와, 금박이 별처럼 뿌려진 담홍색 첩지가 들어 있었다. 첩지에는 카게츠 향방에서 보았을 때와 똑같이 '화수'라고 적혀 있었다.

"이건 고모할머니가 소중히 아끼시던 건데……, 왜 나한테?"

당황한 하나노 씨가 깨지기 쉬운 유리 세공품을 다루듯 신중하게 첩지를 펼쳤다. 그 안에는 공룡 뼈 화석과도 비슷한 거무스름한 나뭇조각이 잠들어 있었다.

"뭔가 적혀 있지 않아요?"

"네? 어디에요?"

"싸여 있는 화지 밑에요. 희미하게, 글자가."

하나노 씨와 나는 유키야 오빠가 손가락으로 가리키자 그제야 깨달았는데, 확실히 향목을 감싼 화지 밑에 검은 글자 같은 것이 비쳐 보였다. 아무래도 화지는 두 장이 겹쳐져 있는 듯했다. 하나노 씨는 갓난아기를 배내옷으로 감싸듯이 조심스럽게 첫 번째 화지로 향목을 다시 감싸고, 적힌 글자를 보기 위해 두 번째 화지만 펼쳤다.

그리워해도 몸을 나눌 수 없어 보이지 않는 마음이나마 그대와 함께 보내리이다.

살짝 숨을 불면 버드나무 가지처럼 흔들릴 것 같은 유려한 필치였다. 하나노 씨는 들릴 듯 말 듯한 나직한 목소리로 적혀 있는 와카를 읽었다. 검은색 스마트폰을 꺼내 검색한 유키야 오빠가 몇 박자 뒤에 입을 열었다.

"『고금와카집』이군요. 작자는 이카고노 아츠유키. 동국東国으로 떠나는 지인에게 보내는 노래인가 봐요."

길을 떠나는 사람을 배웅하는 노래.

"'같이 가고 싶어도 이 몸을 둘로 나눠 따라갈 수는 없으니 눈에는 보이지 않는 마음을 당신 곁에 딸려 보내겠다'—그런 뜻이에요."

유키야 오빠가 귀 안쪽에 조용히 가라앉는 중저음의 목소리로 읽자, 하나노 씨의 눈동자가 천천히 울먹이더니 흘러내린 눈물방울이 뺨을 타고 떨어졌다.

'가거라.'

사쿠라코 씨의 목소리가 내게도 들리는 기분이었다. 한 번 더 꿈꾸던 길을 걸으렴. 상처받고 싸우며 한결같이 앞으로 나아가거라. 나는 같이 가줄 수 없지만 대신 눈에 보이지 않는 마음을 너와 함께 보내마.

"사쿠라코 씨가 이 향목은 목숨보다 소중한 거라고 하셨어요. 아주 오래전에 받았는데 아까워서 한 번도 써보지 못했다고, 할머니를 만나러 오셨을 때 말씀하셨어요."

"……그런 걸 왜 나한테—."

"목숨보다 소중해도 당신한테는 줘도 아깝지 않으실 거예요."

바닥에 한쪽 무릎을 댄 유키야 오빠는 하나노 씨가 양손으로 감싼 담홍색 첩지를 가리켰다.

"이 이름도 하나노 씨에게 보내는 메시지인지도 몰라요."

유려한 필치로 적힌 '화수'라는 글자. 화수란 꽃이 건강하게 피도록 지키는 사람을 말한다. 사쿠라코 씨는 이 향목이, 이 향기가, 결코 기쁨과 행복만 있지는 않은 길을 걸어가는 하나노 씨를 지켜주도록 바람을 담았는지도 모른다.

향기는 마음과 비슷하다.

눈에는 보이지 않는다. 만질 수도 없다. 하지만 틀림없이 그 존재를 느낀다. 때로 우리는 그로 인해 괴로워하고 상처받는다.

하지만 어떤 순간, 그것에 위로받고 치유받고 다시 걸어갈 힘을 받는다.

하나노 씨가 무언가를 맹세하듯이 향목을 가슴에 안고 끝없이 흘러내리는 눈물을 닦았다. 그때 날카로운 전자음이 울렸다. 내 스마트폰이었다.

황급히 코트 호주머니에서 꺼내 보자 할머니에게서 온 전화였다. 하늘색 스마트폰을 귀에 대는데 '여보세요' 하고 말할 틈도 없이 할머니는 재빠르게 쏟아냈다.

[사쿠라코랑 통화했어. 추억의 장소를 여기저기 둘러봤고, 지금은 시게아키 씨 성묘를 하는 중이래. 오늘은 요코하마 호텔을 예약해둔 모양인데 혼자는 위험하니까 성묘가 끝나면 내 향도 교실 쪽으로 오라고 해뒀어. 하나노에게 전해줘. 사쿠라코는 괜찮다고, 무사하다고.]

"알았어요, 고마워요……."

[정말이지 손이 많이 가는 노인네라니까. 그럼 할머니는 화장실 간다고 거짓말하고 빠져나왔으니까 다시 돌아갈게. 끊는다.]

랩 하듯이 쏟아 내고 할머니가 전화를 끊은 뒤 나도 마음이 조급해서 군데군데 더듬으며 할머니에게 들은 얘기를 하나노 씨에게 전했다. 하나노 씨는 눈물을 그렁거리며 안도하는 향기를 풍겼고, 재빨리 스마트폰을 꺼내 귀에 댔다.

침묵의 시간은 길었다. 조금 전까지 할머니와 통화했을 사쿠라코 씨는 역시 하나노 씨의 전화는 받지 않으려는 걸까. 하지만 무언가 결심한 듯한 하나노 씨의 옆얼굴은 더는 흔들리지 않았다.

"할머니, 하나노예요. 어제는 죄송했어요. 다실, 봤어요."

상대가 전화를 받지 않았다는 것은 평소보다 어색한 하나노 씨의 말투로 알았다. 하나노 씨는 음성 메시지함에 메시지를 남겼다.

"저는 한 번 더 힘내볼게요. 이번에는 쉽게 포기하지 않고 정말로 열심히 할게요. 괜찮아요. 제대로 떠올렸으니까요. 제가 뭘 하고 싶었는지, 어떤 사람이 되고 싶었는지, 이번에는 제대로 알아요. 그러니까 할머니도 다시는 돌아오지 못할 수도 있다는 말은 하지 마세요. 병 같은 건 빨리 치료하고 거북이처럼 오래 사세요. 전 아직 할머니한테 다실을 만들어주지 못했잖아요. 우라쿠엔 정원의 조안 같은 중후하고 멋진 다실이 갖고 싶다고 말씀하셨잖아요? 이번에는 백배 노력할게요. 하루빨리 어엿한 디자이너가 돼서 할머니한테 세계 최고로 멋진 다실을 만들어줄 테니까, 그러니까—."

하나노 씨는 목소리가 끊어지더니 갑자기 눈이 커졌다. 그러더니 스마트폰을 움켜쥐고 할머니? 하고 작게 조금 떨리는 목소리로 불렀다. 전화기 너머에 있는 사람은 뭐라고 대답을 했을까. 하나노 씨의 얼굴이 어린아이처럼 왈칵 일그러지며 할머니 바보, 왜 전화 안 받아요, 걱정했잖아요, 미안해요, 고마워요, 미안해요, 고마워요—, 울먹이느라 뚝뚝 끊어지는 목소리로 몇 번이나 되풀이했다.

나와 유키야 오빠는 눈짓하고 조용히 다실을 나왔다.

*

3월이 되었지만 아직 해는 빨리 저물었고, 현관으로 향하는 복도에서 해 지는 하늘을 보았다. 하늘은 쌀랑하면서 투명한 푸른색이고, 부도浮島처럼 드문드문한 구름이 염색약에 담갔다가 뺀 것처럼 엷은 붉은색으로 물들어 있었다.

모퉁이를 돌아 마루로 된 복도 끝에 현관이 보였을 때 갑자기 유키야 오빠가 걸음을 멈췄다.

"유키야 오빠?"

"이 그림에 적힌 와카 말인데요."

유키야 오빠가 복도를 사이에 두고 현관과 마주 보는 벽의 조금 높은 위치에 장식된 액자를 가리켰다. 아름다운 백매화를 그린 일본화에 향기가 피어오를 것 같은 유려한 글씨로 찾아오는 봄을 기뻐하는 와카가 적혀 있었다.

"그 '화수'에 곁들여 있던 와카와 글씨체가 같지 않아요?"

네? 하고 놀라 나는 얇은 유리판 뒤에 있는 그림에 적힌 글자를 응시했다. 향목에 곁들인 그 와카를 그다지 자세히 보지는 않았다. 하지만—.

그렇다, 바람이 불면 버드나무 가지처럼 흔들리며 살랑살랑 고운 소리를 연주할 것 같은, 아름답고 흐르는 듯한 필체. —확실히 비슷했다.

"이건 시게아키 씨의 작품이라고 하나노 씨가 말씀하셨죠?"

"……그럼, '화수'의 그 와카를 쓴 사람도 시게아키 씨?"

[아주 오래전에 누가 다석의 향으로 쓰라며 준 건데, 아까워서 아직 한 번도 써본 적은 없어.]

카게츠 향방에서 할머니에게 향을 들려달라며 향목을 내밀었을 때 사쿠라코 씨가 한 말이 되살아났다. 그리고 하나노 씨의 말과 할머니의 말도.

[이 그림은 할아버지가 고모할머니를 위해 그리셨대요. 이 와카도요.]

[둘은 정말로 의좋은 남매였으니까.]

유키야 오빠가 일본화가 들어 있는 액자에서 가늘고 긴 손가락을 거뒀다.

"고문 수업 시간에 배웠죠? 특별한 언급이 없는 경우에는 와카나 고문에 등장하는 '꽃'은 벚꽃을 의미한다고요."

그리고 그 향목의 '화수'라는 이름도 벚꽃을 지키는 사람을 의미한다. 벚꽃이 튼튼하게 필 수 있도록 지켜보고 보호하는 사람이다.

그 향목을 '화수'라고 이름 짓고 비밀스럽게 와카를 적어 넣은 사람은 어떤 마음으로 그것을 사쿠라코 씨에게 보냈을까.

[같이 가고 싶지만 이 몸을 둘로 나눌 수는 없으니 눈에는 보이지 않는 마음을 당신과 함께 보냅니다.]

두 사람은 남매라고 해도 피를 나누지는 않았다. 상냥하고 다정한 청년과 굴하지 않는 강인한 의지로 상처받기 쉬운 마음을 숨긴 소녀. 전혀 다른 색이 뒤섞이듯 자신이 가지지 못한 것을 채우듯이 서로 끌렸을까.

그 마음이 만약 사랑이라고 부를 수 있는 것이라면, 그 마음을 나누려면 향목을 감싼 첩지에 은밀히 적어 넣은 와카처럼 남들 눈을 피해야 했을 것이다. 법률상으로는 혈연이 아닌 두 사람이 맺어져도 문제는 없다. 하지만 사람들은 법률뿐 아니라 인연과 속박에 얽매여 살아간다. 만약 우리가 상상하는 대로라면 그 사랑은 너무나도 많은 것들과 결별하지 않고는 관철하기 어려운 것이었음이 틀림없다.

두 사람이 결정해서 끝낸 사랑이었을까.

아니면 가족의 반대도 무릅쓰고 젊은 나이에 집을 나갔다는 그녀가 사랑한 남자를 위해 물러난 것일까.

"사쿠라코 씨가 계속 독신으로 살아온 건 혹시……."

"지나간 일은 지나간 대로 마음에 고이 접어둬요."

그리고 유키야 오빠는 몇 초 침묵하더니 서둘러 발걸음을 돌려 현관으로 향했다. 나도 서둘러 뒤를 따랐는데 유키야 오빠는 구두를 신고 먼저 밖으로 나가버렸다. 부츠를 다 신고 부랴부랴 문밖으로 나오자 유키야 오빠는 검은 코트 호주머니에 양손을 넣고 석양으로 물든 하늘을 보는 척했다.

"유키야 오빠, 걸음이 빠르네요."

"그래요? 이게 평범한 속도예요."

"로맨틱하게 말해서 갑자기 부끄러워졌죠?"

"무슨 말을 하는 거예요? 이상한 말을 하면 혼내줄 거예요."

오랜만에 안경 너머에서 초강력 냉동 빔에 맞은 나는 전율했지만 어쩐지 너무 기쁘기도 해서 에헤헤 하고 바보처럼 웃고 말았다. 그것을 보고 유키야 오빠는 독기가 빠진 것처럼 눈이 동그래지더니 한숨을 쉬었다. 난감한 것 같기도 하고, 안도한 것 같기도 한 복잡한 뉘앙스로.

"늘 그렇게 웃어주면 좋을 텐데."

"네?"

"하지만 카노는 예고도 없이 갑자기 울 때가 있어서 솔직히 심장이 남아나질 않아요. 울 것 같은 기분에 빠지기 전에 말을 해주면 대처 방법을 찾아볼 수도 있겠지만 울면 어떻게 해야 좋을지 모르겠어서 정말 곤란해요."

나는 눈만 끔뻑끔뻑하다 지지난 주에 유키야 오빠가 사라졌다고 착각하고 울었던 때의 일을 말하는 것이라고 깨달았다. 얼굴이 화상을 입은 것처럼 뜨거워졌다.

"……그건……, 미안해요……. 잊어주세요……. 이제 곤란하게 하지 않도록 앞으로 조심할게요……."

"그런 뜻이 아니에요."

오솔길에 서 있는 우리 옆으로 파란 자동차 한 대가 속도를 늦추며 지나갔다.

"잊을 생각은 없고, 곤란하게 만들지 말라는 것도 아니에요. 그런 게 아니라, 울기 전에 이유를 알려주면 좋겠어요. 내 독단으로 주변에 얼마나 큰 걱정을 끼쳤는지는 잘 이해했어요. 그러니까 이제는 같은 일을 되풀이하고 싶지 않아요."

유키야 오빠답지 않게 드물게 직구로 던지는 말에 조금 전의 부끄러움과는 다른 미열이 서서히 뺨에서 귀로 퍼져나갔다. 유키야 오빠가 작게 탄식했다.

"버림받은 강아지처럼 우는 카노의 얼굴을 보고 실추된 신용을 회복하기가 얼마나 어려운지 통감했어요."

"아뇨, 실추까지는……! 그보다 무슨 예시가 그래요……?!"

"강아지는 내가 지상에서 가장 귀엽다고 생각하는 동물이에요."

내 얼굴의 난감한 기능이 대대적으로 폭발한 것도 알아채지 못하고 유키야 오빠는 고지식한 표정으로 걸어갔다. 바, 방금 그 말은 아무런 함축적 의미도 없는 솔직한 언어활동이었을까?

단지 내가 억측과 착각 끝에 멋대로 부끄러워졌을 뿐일까? 유키야 오빠는 조금 더 자신의 말이 얼마나 위력적인지 생각하고 투하해야 하지 않을까?

아직 차가운, 하지만 보드라운 봄바람이 불어와 뺨의 미열을 살짝 식혀주었다. 저녁 햇살이 비추는 발밑에 우리의 그림자가 나란히 떨어졌다.

"……실추라니, 그런 건 정말로 아니에요. 다만 유키야 오빠가 뭔가 고민이 있어 보여서, 설명하긴 힘들지만, 불안해져서—."

"고민하는 건 아주 많아요. 내가 스스로 생각했던 것보다 미숙하고 구멍투성이 인간이었다고 깨달았거든요. 하지만 조금 전에도 말했지만 이제 같은 실수는 반복하지 않을 거예요. 앞으로는 절대로요."

유키야 오빠는 조금 뜸을 들였다가 조용히 덧붙였다.

"정말로 무슨 일이 있어도 다시는 말없이 도망치지 않을게요."

나는 조금 눈물이 나서 얼굴을 숨기며 끄덕였다.

그렇다, 유키야 오빠가 지금 자신에게 부족했던 것을 되찾으려고 노력하는 것처럼 나도 노력해야 한다. 믿는다는 노력을.

길 끝에 메이게츠인 절 앞 버스 정류장이 보였다. 여기서 버스를 타고 카마쿠라 역으로 향한다.

유키야 오빠가 속마음을 얘기해줬기 때문인지 나는 갑자기 나답지 않게 용기라고 할지 충동이 끓어올라 발을 멈췄다.

"버!"

"버? 왜 그래요?"

유키야 오빠도 멈춰 서서 눈을 동그랗게 떴다. 자신의 얼굴이 고추처럼 새빨개진 것을 느끼며 나는 용기를 짜냈다.

"버, 버스 타고 싶지 않아요. 걸어서, 돌아가고 싶어요……."

"그건 상관없지만……, 거리가 꽤 먼데요? 혹시 다이어트 해요? 그런 건 카노한테는 필요 없어요."

키시다 유키야 씨, 이 지독한 둔탱이! 아니면 내가 표현력이 부족한 거예요, 신령님?! 나는 주저앉을 것 같은 마음을 코트 옷자락을 꾹 잡으며 일으켜 세웠다.

"소, 손잡고, 걸어서, 가고, 싶어요."

잘라 말하고 나자 부끄러움이 태풍처럼 휘몰아쳐와 반쯤 울상이 되었다.

유키야 오빠는 프로그램에 없는 명령어가 입력된 컴퓨터처럼 얼어붙었다. 몇 초 지나자 시선이 흔들리고 어딘지 잘 모를 곳을 보며 입가를 손으로 슬쩍 감쌌다. 늘 하얗고 쿨한 옆얼굴이 희미하게 물든 것처럼 보였지만 아마도 저녁놀 때문일 것이다.

작게 헛기침을 한 유키야 오빠는 평소의 차분한 표정으로 나에게 손을 내밀었다. 춤을 신청하듯이 공손하게.

"손 줘요."

나는 내가 말해놓고 너무 동요하는 바람에 손을 내밀지 못하고 우물쭈물했더니 능숙하게 한쪽 눈썹을 올린 유키야 오빠가 먼저 내 손을 잡았다. 그렇게 걸음을 옮겼지만 나는 다리가 후들거려 고꾸라지거나 넘어지거나 했고, 유키야 오빠는 인솔하는 선생님처럼 챙겨주다 어째서인지 갑자기 작게 웃음을 터뜨렸다. 나는 이미 부끄러움이 절정에 달해 울상이 됐지만, 유키야 오빠가 웃는 걸 보니 아무래도 좋아져서 에헤헤 하고 웃으며 카게츠 향방을 향해 저녁놀에 물든 길을 걸었다.

제 2 화

연꽃 봉오리가 필 때

1

그 기이한 손님이 가게에 온 것은 3월 마지막 일요일이었다.

이날은 공교롭게도 하늘이 흐리고 이따금 가느다란 빗방울이 도로를 적셨다. 꽃이 만발한 봄의 카마쿠라는 날씨가 좋은 날에는 평일에도 많은 사람으로 북적이는데 날씨가 이래서인지 카게츠 향방도 손님의 발길이 조금 뜸했다. 할머니도 일요일이라 향도 교실에 가서 가게에는 나와 유키야 오빠 둘뿐이었다. 한가로운 오후에 둘이서 작은 포장용 봉투를 꼬물꼬물 만드는 소일을 하며 "평화롭네요.", "평화로운 게 최고죠." 하고 잡담하는데, 갑자기 그 기이한 손님이 드르륵 하고 칠하지 않은 미닫이문을 세차게 열었다.

"여기서 아르바이트하는 남자 대학생이 너야?"

'향'이라고 붓글씨로 한 글자가 적힌 하얀 포렴을 걷으며 들어온 그 사람을 보고 나는 눈을 의심했다. 북슬북슬 다이내믹하게 부풀어 눈길을 사로잡는 머리 모양. 아프로헤어를 한 손님이 카게츠 향방에 온 것은 적어도 내가 아는 한 처음이었다.

목소리로 보아 젊은 남자 같지만 얼굴은 잘 모르겠다. 왜냐하면 커다란 선글라스가 그의 얼굴 절반을 덮고 있었기 때문이다. 의문의 아프로헤어는 피넛버터 색 바지의 호주머니에 손을 찔러 넣으며 계산대 앞까지 걸어와 선글라스를 쓴 채 유키야 오빠를 빤히 훑어보았다. 키는 장신인 유키야 오빠와 비슷한 정도였다.

멋스러운 하늘색 바탕에 프랑스 줄무늬 에도코몬에도 시대에 다이묘 등 귀족이 입었던 무늬가 잔 기모노. – 역자 주앙상블을 입은 유키야 오빠는 아프로헤어의 도전적인 태도에도 1밀리미터도 동요하지 않고 빙산처럼 냉정하고 침착하게 대응했다.

"제가 여기서 아르바이트를 하는 대학생은 맞습니다만, 누구시죠?"

"알 거 없어. 아, 아가씨, 나는 차나 커피보다 수돗물이 좋으니까 그걸로 줘. 얼음은 필요 없어. 찬 거 먹으면 배탈 나니까."

"네? 아, 네……."

아프로헤어의 부탁이 너무 태평하고 자연스러워 나는 반사적으로 계산대 뒤에 있는 나무 문을 열고 본채로 들어가 컵에 수돗물을 한 잔 떠오고 말았다. 가게로 돌아오자 유키야 오빠와 아프로헤어는 매대 쪽으로 이동해 있었다. 그보다 아프로헤어가 가게 안을 걸어다녀서 유키야 오빠가 뒤를 따라다니는 상황이었다.

"향가게답게 다양하게 있구먼. 이건 뭐야? 연향? 어떻게 만들어?"

"연향은 매실 과육이나 꿀에 침향이나 백단 같은 수십 종류의 향료를 첨가해 갠 것입니다."

"어쩐지 맛있을 거 같네. 오, 소향燒香이나 말향抹香도 있네. 아, 도향塗香까지. 이봐, 이 도향은 좀 더 잘 보이는 데에 진열하는 게 낫지 않을까? 이거 사실은 카마쿠라에 사찰 순례하러 오는 불교도 여자들 사이에서 은근히 인기 있는 아이템이거든? 불경을 필사할 때라든가 손에 바르잖아."

"귀중한 의견 감사합니다. 사장님과 의논하고 신속하게 개선하겠습니다."

"와! 선향線香은 역시 좋은 것만 있구나. 아, 그거 알아? 선향은 옛날에는 시계 대신으로도 사용했었어. 불을 붙여 다 타기까지 일정한 간격이 있잖아? 그걸로 시간을 잰 거지. 1주炷라고 하는데 그럼 그 시간은 어느 정도일까요?"

"1주는 40분 전후로 좌선이나 수행의 기준이 되는 시간입니다. 물론 현재의 선향은 사이즈와 재료가 다양해져 연소 시간에 상당히 차이가 나지만요."

"……신입치고는 제법인걸. 하지만 그 정도로 나한테 인정받은 줄 안다면 큰 착각이야."

왜 유키야 오빠가 이 사람에게 인정받아야 하지……? 멀뚱히

서 있는 나를 깨닫자 아프로헤어는 "아, 고마워." 하고 웃으며 컵을 받아들고 물을 단숨에 쭉 들이켰다. 뭐랄까, 꽤나 제멋대로 구는 것 같기는 한데 신기할 만큼 화가 나지 않는 것은 그의 향기에 나쁜 냄새가 전혀 없기 때문일 것이다.

그 후 아프로헤어는 자기 집처럼 편안하게 계산대 앞의 의자에 앉아 카페의 근사한 마스터에게 반한 여자 손님처럼 양손으로 턱을 괴고 유키야 오빠를 지그시 쳐다보았다.

"혈액형과 별자리는?"

"AB형이고 전갈자리입니다."

"AB형의 스콜피온. 만만치 않겠네. 좋아하는 여자 타입은?"

"그 질문에 대답하기 전에 저도 몇 가지 물어봐도 될까요?"

조용하지만 단호한 말투로 되묻자 아프로헤어는 허를 찔린 표정이 되었다.

"그쪽은 불교 용품점, 혹은 그와 비슷한 업계 분이십니까?"

아프로헤어의 표정은 선글라스에 거의 가려져 있었다. 하지만 검은 렌즈 너머에서 그의 눈이 크게 벌어져 있을 것이라고, 펄쩍 요동치는 그의 향기로 알았다. 그의 태도를 본 유키야 오빠는 눈이 가늘어졌다.

"사시는 곳은 자이모쿠자입니까?"

"……어, 뭐, 어떻게—?"

"첫째로."

코끝에 집게손가락을 바짝 내밀자 아프로헤어는 의자 등받이에 달라붙듯이 기댔다.

"당신은 조금 전에 몇 가지 향에 대해 언급하셨습니다. 도향처럼 향 중에서도 마이너한 제품까지 알고, 특히 선향에 대해서는 폭넓은 지식을 가지고 계신 듯합니다. 보아하니 나이는 저와 크게 차이나지 않는 것 같은데 당신 나이 정도의 남자가 향에 대해 잘 아는 경우는 드물지요. 그래서 당신은 평소에 향과 가까운, 다시 말해 판매하는 쪽 사람이 아닐까 하고 생각했습니다. 하지만 당신이 속한 곳은 이 카게츠 향방 같은 향가게는 아닙니다. 왜냐하면 당신은 향가게에서 빠질 수 없는 연향에 대해서는 잘 모르니까요. 한편, 소향이나 말향, 도향이나 선향에 대해서는 잘 아시죠. 이러한 향에는 공통점이 있습니다. 모두 불교 공물이라는 점이죠. 다시 말해, 당신이 속한 곳은 종교적인 이유로 향류를 다루는 불교 용품점, 또는 장례회사 아닐까 추측할 수 있습니다."

유키야 오빠의 청산유수 같은 말에 나는 벌어진 입을 다물지 못했고, 아프로헤어도 잉어처럼 입을 쩍 벌리고 있었다.

"……어, 그럼, 자이모쿠자라는 건? 불교 용품점은 어디에나 있는데."

"선글라스요."

유키야 오빠가 손가락 끝을 살짝 올려 그의 선글라스 브리지를 가리켰다.

“오늘은 날이 흐려서 햇살을 선글라스로 가려야 할 정도는 아닙니다. 게다가 당신은 가게에 들어온 뒤에도 선글라스를 벗으려고 하지 않았죠. 다시 말해 그 선글라스는 햇빛을 가리는 것과는 다른 목적, 아마도 얼굴을 가리기 위해 썼다는 뜻입니다. 왜 얼굴을 가려야 하느냐고요? 그건 이 자리에 있는 사람이 당신 얼굴을 알기 때문이죠. 여기 있는 사람은 저와 카노뿐인데, 저는 당신을 처음 보고, 당신도 내점하기 전까지 저를 몰랐을 겁니다. 처음에 당신은 ‘여기서 아르바이트하는 남자 대학생이 너야?’ 하고 물었으니까요. 그렇다면 당신을 아는 사람은 카노라는 말이 됩니다.”

“네? 저요? 하지만 저는 전혀 모르는데요……!”

“예전에 만났을 때와 인상이 달라졌을지도 몰라요. 특히 이 아주 특징적인 머리 모양이라든가. 그리고 이건 처음부터 마음에 걸렸는데, 당신은 아마도 저와 다른 누군가를 착각한 것 같습니다. 당신은 조금 전에 저에게 ‘신입치고는 제법인걸.’이라고 하셨는데, 저는 이 가게에서 아르바이트를 한 지 2년이 되어가기 때문에 아직 공부가 부족하기는 해도 신입은 아닙니다. 곧 당신이 찾아온 남자 대학생은 제가 아닌 다른 누군가라는 뜻이죠. 사실 이 가게에서 일했던 남자 대학생은 한 명 더 있습니다. 작년 11월부터 올해 2월까지 제가 개인적인 사정으로 아르바이트를 잠시 그만두었는데, 그 4개월 동안은 타카하시라는 사람이 이 가게에서 일했습니다."

"뭐! 네가 타카하시가 아니야?"

"저는 키시다고, 타카하시는 대학교 친구입니다."

유키야 오빠는 아프로헤어의 말과 행동으로 그가 불교 용품점 관계자고, 나와 아는 사이라고 추측했다. 그리고 이 두 가지로 그가 누구인지 대충 짐작하고 확인하기 위해 자이모쿠자라는 지명을 꺼내 그의 반응을 확인했다. 불교 용품점, 나와 아는 사이, 자이모쿠자라는 키워드가 합쳐지면 나오는 이름은 하나밖에 없다.

치요.

불교문화를 더할 나위 없이 사랑하는, 나와 같은 반이자 내 운명의 단짝인 여학생.

그렇다, 그리고 그녀에게는 네 살 많은 대학생 오빠가—.

"혹시, 리쿠 오빠예요……?"

그는 조금 부끄러운지 아프로헤어를 쓰다듬으며 선글라스를 벗고,

"안녕?"

치요의 오빠 마츠키 리쿠는 손을 들어 인사하며 방긋 웃었다.

*

"야, 키시다, 다음에 미팅하자, 미팅. 친구 데리고 와. 네가 있으면 틀림없이 여자들이 모일 거야. 미팅이 얼마나 재미있다고."

"미안하지만 그런 모임에는 관심 없어요."

"에이, 관심이 없을 리가 있나. 분명히 있어. 그럴 나이잖아."

"나이가 비슷하다고 당신과 같이 묶지 말았으면 좋겠군요. 불쾌합니다."

"야, 다음에 너네 학교에 놀러 가도 돼? 미팅 계획 세우자. 점심때 갈까? 학생 식당에서 집합? 아, 키시다는 무슨 학부 무슨 학과야? 예쁘고 섹시한 선배 있어?"

계산대 앞에 앉은 리쿠 오빠는 쾌활하게 떠들어댔고, 상대하는 유키야 오빠는 점점 목소리와 시선이 얼어붙어서 나는 마음을 졸이며 두 사람을 지켜보았다.

나는 지금까지 몇 번인가 치요네 집에서 자고 온 적이 있어서 치요 가족도 뵌 적이 있다. 치요네 집은 부모님과 조부모님, 오빠와 증조할아버지가 같이 사는 대가족으로, 모두 쾌활하고 착한 사람들이다. 다만 오빠인 리쿠는 인도에 여행을 갔다던가 미팅을 나갔다던가 학교 친구와 목숨을 건 번지점프 여행을 떠났다던가 해서 거의 집에 없었으므로 얼굴을 본 적은 딱 한 번이었다. 게다가 그때 리쿠 오빠는 아주 평범한 머리 모양을 하고 있었으므로 아프로헤어로 대변신한 모습이 기억 속의 그와 연결이 되지 않았다.

나는 오비 사이에서 꺼낸 하늘색 스마트폰을 슬쩍 보았다. LAND 화면에는 [그 아프로가 도망 못 가게 잡아놔.]라고 메시지가 표시되어 있었다. 조금 전에 리쿠 오빠가 가게에 왔다고 알렸을 때 돌아온 답장이었다. 이쪽이 붙잡아 놓으려고 애쓸 필요도 없이 리쿠 오빠는 불과 10분 전에 만났다고는 생각할 수도 없을 만큼 허물없이 유키야 오빠를 미팅에 자꾸 데려가려고 했고, 유키야 오빠는 이제 사신과 같은 눈빛으로 계속 거절했다. 여담이지만 리쿠 오빠는 요코스카의 현립대학에 다니고, 학년은 유키야 오빠와 똑같지만 나이는 한 살 많다.

"이유를 모르겠네. 왜 그렇게 싫어해? 여자 친구 있어? 아, 혹시 둘이?"

리쿠 오빠가 "아하." 하고 웃으며 나와 유키야 오빠를 서로 가리키자 나는 무심코 계산대에 스마트폰을 떨어뜨리고 말았다. 어색하게 옆을 보자 유키야 오빠도 살짝 동요한 표정으로 나를 보았고, 나는 얼굴의 난감한 기능이 대폭발하며 고개를 숙였다. 유키야 오빠는 어째서인지 계산대를 열고 1엔짜리 동전을 세기 시작했다.

"그렇구나. 이런 애가 있으면 당연히 미팅 같은 거에도 관심이 없겠지. 하지만 키시다, 딱히 넌 미팅에서 누군가랑 친해질 필요는 없어. 내가 귀여운 여자와 친해지도록 협력만 해주면 돼. 그러니까 일단 전화번호랑 LAND 아이디 교환하자."

"그렇게 여자와 친해지고 싶으면 차라리 지금 당장 환생해서 여자가 되면 어때요? 도와드릴게요."

유키야 오빠의 눈빛은 이제 리쿠 오빠의 목에 거대한 죽음의 낫을 휘두르려는 레벨까지 달해 내가 안절부절못하던 그때, 칠하지 않은 미닫이문이 벌컥 열렸다.

"아, 치요다. 안녕."

어깨로 숨을 몰아쉬는 치요는 양쪽 귀 아래에 묶은 머리카락이 흐트러져 어깨에 걸쳐져 있는 걸 보니 상당히 서둘러왔나 보다. 치요는 토끼 같은 얼굴을 바짝 치켜드는가 싶더니 토트백에서 조각하는 중인 불상을 꺼냈다. 그것은 치요가 요즘 제작 중인 부동명왕, 이번에는 광배가 달린 대작이 될 예정인 물건인데, 치요가 리쿠 오빠에게 달려가며 그것을 휘두르는 바람에 나는 소스라치게 놀라 치요를 말렸다.

"치요, 안 돼! 회양목 조각 부처님은 흉기야!"

"카노, 이거 놔, 이 바보 멍청이 아프로를 말살하고 세상에 사죄할게……."

나와 밀치락달치락하는 사이에 유키야 오빠가 조각 중인 불상을 빼앗았고, 치요는 후우 후우 하고 어깨를 들썩이며 숨을 몰아쉬었지만 얼마 뒤 안정을 찾자 나직한 목소리를 짜냈다.

"……겨우 산속 비탕사람들에게 별로 알려지지 않은 온천. - 역자 주 찾기

여행에서 돌아왔나 했더니 뭐 하는 거야, 오빠?!"

"아니, 내가 없는 사이에 네가 이 가게에 부지런히 다니며 남자 대학생과 교류했다는 말을 듣고 이상한 놈이 여동생을 홀리면 안 되겠다 싶어서……. 다시 말해 오빠의 사랑?"

"오빠야말로 세상에서 가장 이상한 놈이야. 이 바보 멍청이 꽃다발아……!"

유키야 오빠에게서 불상을 빼앗아 다시 리쿠 오빠에게 던지려는 치요를 내가 필사적으로 뒤에서 옭아맸고, 유키야 오빠가 "오늘은 이만 돌아가세요." 하고 리쿠 오빠의 목덜미를 잡고 문으로 끌고 갔다. "키시다, 미팅 일로 연락해, 꼭 연락해!" 하고 리쿠 오빠는 몇 번이나 유키야 오빠에게 못을 박으며 도망쳤다.

그 후 나와 유키야 오빠는 "치요, 사과주스 마실래?", "과자도 먹어요." 하고 열심히 치요를 위로했다. 계산대 앞 의자에 앉은 치요는 고개를 숙인 채 코를 훌쩍이며 안 그래도 작은 목소리가 거의 꺼져 들어갈 듯이 말했다.

"……민폐를 끼쳐서 미안해, 카노. 그 모자란 꽃다발이랑 혈육이라고 생각하면 너무 부끄러워……. 부동명왕님이 잡아가면 좋을 텐데……."

"치요, 딱히 민폐는 아니었으니까 정말로 신경 쓰지 마……!"

"고생이 심했겠어요."

유키야 오빠는 리쿠 오빠에게 시달린 경험을 바탕으로 진심으로 치요에게 공감을 표현했다고 생각했지만, 치요는 가지런히 자른 앞머리 밑에서 눈만 치뜨고 유키야 오빠를 보았다.

"바보 머저리 꽃다발도 한심하지만, 갑자기 사라져서 여자를 울리는 멍청이도 똑같이 한심해요……."

유키야 오빠의 어깨가 드물게 크게 움찔했다.

"……그 건에 대해서는 입이 열 개라도 할 말이 없고, 진심으로 후회하고 있어요."

"후회한다고 끝난다면 부처님도 천지신명님도 필요 없게요……."

"……맞는 말이에요."

입씨름이라면 세상 대부분의 사람에게 지지 않는 유키야 오빠가 치요에게는 맥을 못 추었다.

"카노가 그때 얼마나 침울했는지 알아요?"

"정말 면목 없어요."

조근조근 싫은 소리를 하는 치요에게 진지하게 사과한 유키야 오빠는 죗값을 갚듯이 이런 제안을 했다.

"카노, 모처럼 치요가 왔으니 둘이서 놀다 오면 어때요?"

"네? 하지만 가게가……."

"오늘 손님이 오는 정도라면 가게는 나 혼자서도 충분히 볼 수 있어요. 이제 2시간 뒤면 폐점하고, 조금만 더 있으면 미하루 씨도 돌아오시잖아요."

확실히 시간은 벌써 오후 4시가 지나 있었고, 향도 교실에 간 할머니도 조금 있으면 돌아올 터였다. 그리고 할머니는 내 희소한 친구인 치요를 정말 좋아해서 여기서 할머니와 치요가 마주치면 "어머나, 치요, 잘 왔어. 그렇지, 같이 저녁 먹고 가." 하는 흐름이 될 게 자명했고, 그러면 아르바이트 하는 날에는 언제나 우리 집에서 저녁을 먹고 가는 유키야 오빠는 식사하는 자리에서도 치요의 따끔따끔 공격을 받게 될지도 모르는데, 그건 좀 불쌍하다.

"그럼 치요, 어디 갈까? 그리고 같이 밥 먹을래?"

"진짜……? 그럼 차라리 우리 집에 가서 자고 가, 카노……."

"하지만 갑자기 가면 식구들이 불편하시지 않을까?"

"괜찮아. 카노는 우리 집 영구 프리패스 멤버야, 연회비도 무료야……."

그런 명예로운 멤버가 되었다는 사실에 나는 동요해서 "치요…….", "카노……." 하고 손을 맞잡았고, 기모노에서 평상복으로 갈아입기 위해 일단 본채로 갔다. 아마 그 사이에도 유키야 오빠는 따끔따끔 공격을 당했나 보다. 내가 숙박 세트가 든 가방을 안고 돌아오자 "신용 점수는 마이너스 100점…….", "열심히 신용 회복에 힘쓸게요." 하는 대화가 두 사람 사이에서 오가고 있었다. 빨리 나가는 게 좋을 것 같았다.

"다녀올게요. 그리고……, 미안해요."

나가기 직전에 출입구에서 나온 유키야 오빠에게 괜히 사과하자 유키야 오빠는 "괜찮아요." 하고 고개를 가로젓고 부드럽게 미소 지었다.

"다녀와요."

대수롭지 않은 한마디에 나는 얼굴의 난감한 기능이 발동하는 바람에 황급히 유키야 오빠에게 머리를 꾸벅 숙인 뒤 치요에게 달려가 같이 가까운 버스 정류장으로 향했다.

2

카마쿠라 역에서 버스를 갈아타고 치요와 함께 자이모쿠자 버스 정류장에서 하차했다.

치요네 집은 생선가게와 청과물가게 같은 개인 상점이 줄지어 있는 재래식 상점 거리에 있다.

'마츠키 불교 용품점'이라고 금박 글자로 적힌 목제 간판을 건 가게는 양쪽으로 열리는 유리문으로 가게 안의 모습이 보여 사람이 들어오기 쉬운 구조로 되어 있고, 문 오른쪽에 있는 쇼윈도에는 찬연한 빛을 뿜는 불단과 다이쇼 시대에 유명한 불상 장인이 조각했다는 석가여래상이 장식되어 있다. 여담이지만 이 석가모니는 치요의 첫사랑 상대로, 어린 치요는 곧잘 가게 안쪽에서 쇼윈도로 기어 올라가 석가모니를 황홀하게 바라보다 지나가는 이웃 사람들에게 "또 마츠키 씨네 치요가……." 하고 목격되곤 했다고 한다.

"카노, 왔니?"

가게로 들어가자 계산대에서 작업 중이던 치요의 어머니가 웃으며 맞아주었다. "카노니?", "왔어?", "어서 오렴." 하고 아버지, 할아버지, 할머니까지 불단 뒤와 작업대 밑과 사무실 문에서 차례차례 얼굴을 내밀었다. 나는 고등학교 1학년 때 치요와 같은 반이 되었는데, 처음 치요네 집에서 잤을 때에도 "치요가 친구를 데리고 오다니!", "게다가 자고 간다니!", "고맙기도 하지.", "아이고 착하네." 하고 오히려 내가 당황스러울 만큼 열렬한 환영을 받았다.

"오늘은 오빠가 카노한테 엄청난 민폐를 끼쳐서 사과의 뜻으로 자고 가라고 불렀어……."

치요가 카게츠 향방에서 리쿠 오빠가 저지른 소행을 얘기하자 가족 전원이 하나같이 얼굴을 찡그리며 "걔가 또.", "대체 무슨 생각을 하는 건지.", "리쿠잖아.", "리쿠가 그렇지." 하고 한마디씩 하며 깊은 한숨을 쉬었다. 아무래도 리쿠 오빠는 마츠키가에서도 자유분방한 무드메이커인가 보다.

"6시 반쯤 저녁 먹을 거니까 그때까지 천천히 놀고 있어. 아, 그렇지, 치요, 왕할아버지가 몸이 조금 불편하신가 봐. 열이 좀 나는 거 같아. 오늘은 방에서 저녁 드실 거 같은데 미안하지만 부탁해도 될까?"

나와 치요가 본채로 향하는데 치요의 어머니가 미안해하며 부탁했다. 왕할아버지는 치요의 증조할아버지인 이스케 할아버지를 말한다. 이스케 할아버지는 불교 용품점을 운영하던 치요의 증조할머니와 결혼해 데릴사위로 들어온 사람으로, 사실은 치요의 할아버지와 아버지도 마찬가지로 데릴사위다.

이스케 할아버지는 나도 몇 번 본 적이 있는데, 젊었을 때 호흡기 질환을 앓아서 그 뒤로도 몸이 자주 아프다고 한다. 나는 이스케 할아버지의 이른 저녁을 준비하는 치요를 거들며, 인사도 할 겸 이스케 할아버지의 방에 같이 가기로 했다. 이스케 할아버지의 방은 1층 동쪽 끝, 집 중심부에서 떨어진 조용한 곳에 있다.

"왕할아버지, 몸은 좀 어떠세요……?"

치요는 쟁반을 들고 있어 양손을 쓸 수 없었으므로 내가 미닫이문을 열었다. 물건이 별로 없어서 휑한 방 창가에는 리클라이닝 침대가 놓여 있다. 완만하게 세운 매트에 몸을 기대고 있던 할아버지가 치요의 목소리에 반응하며 눈을 떴다.

2차 세계대전 이전에 태어난 이스케 할아버지는 90세에 가까운 고령인데도 머리카락이 아직 풍성하고 야생토끼의 겨울털처럼 새하얗다. 무수한 주름에 에워싸인 동그란 눈동자는 어딘가 치요와 닮았다. 내가 "안녕하세요." 하고 인사하자 이스케 할아버지는 손을 휙 들었다.

"챠오."

호흡기 질환 때문에 목소리는 작고 갈라졌지만 이스케 할아버지에게서 풍기는 향기는 장난기가 가득했다. 내가 픕 하고 웃자 이스케 할아버지도 부드러운 눈길로 웃었다.

치요는 익숙한 동작으로 침대 테이블을 세팅하고 저녁 준비를 척척 했다. "드실 수 있는 만큼만 드세요.", "꼭꼭 씹고요." 하고 치요가 보살펴주자 이스케 할아버지는 말없이 생글생글 웃었고, 치요도 증조할아버지를 무척 좋아한다는 것을 감도는 향기로 알았다. 나는 사이좋은 두 사람의 모습에 흐뭇했고, 나를 귀여워해주던 할아버지를 떠올리고 조금 서글퍼졌다.

예전에 치요에게 들었는데, 이스케 할아버지는 치요의 불상 조각 선생님이기도 했다.

나는 치요를 만나 바로 운명 같은 우정을 느꼈지만, 그래도 치요가 불상 조각을 취미 수준이 아니라 더 진지한 라이프워크로 삼고 있음을 알았을 때는 솔직히 놀랐다. 어떠한 연유로 불상 조각을 생애의 길로 삼게 되었느냐고 물어본 나에게 치요는 주뼛주뼛하며 알려주었다.

"지금은 조금 나아졌지만 어릴 때는 전혀 친구를 만들지 못했어. 애들이 좋아한다고 말하는 캐릭터나 아이돌이 어디가 좋은

지 이해하지 못했고, 반대로 내가 하세의 관음보살님이 세계 최고의 미인이라고 해도 초등학생한테는 안 통하고……."

"아마 초등학생한테 그 자비로운 아름다움을 깨닫기는 너무 일렀을 거야……."

"그래서 나는 전생에 나쁜 짓을 해서 현세에 어울리지 못하는지도 모른다든가, 시대를 잘못 태어났다는 생각에 슬퍼져서 등교를 거부했던 시기도 있었어. 학교를 쉬는 동안에는 가게 불상에 이름을 지어주고 소꿉놀이를 했어. 그랬더니 왕할아버지가 '불상이 좋으면 치요도 만들어볼래?' 하고 권해주셨어."

호흡기 질환에 걸린 뒤로 이스케 할아버지는 자리에 누워 지내는 경우가 많았고, 생각한 바가 있었는지 불상을 조각하게 되었다고 한다. 지금은 이사 갔지만 옛날에는 근처에 유명한 불상 장인이 살았는데 그 사람에게 몇 년 동안 사사했단다. 치요에게 권했을 때는 이스케 할아버지의 작품을 본 사람들이 자기에게 팔라고 할 정도의 경지에 올랐다. 그런 증조할아버지에게 지도 받으며 치요는 초등학생 때 조각도를 쥐게 되었다.

"부처님을 조각해보면 재미있다는 것과는 다르지만 마음이 고요하고 정갈해져. 집 바깥에는 적응하지 못하는 일도, 익숙해지지 않는 사람도 많이 있지만 언제든지 이런 기분으로 돌아올 수 있으니까 괜찮다는 생각이 들기 시작했어. 그래서 다시 학교에 갈 수 있게 됐고. ……그리고 말이야."

그때 치요는 조금 쑥스러워하며 내게 웃어보였다.

"같이 부처님을 조각할 때 왕할아버지가 몇 번이나 말씀하셨어. 이 세상에는 치요가 아직 만난 적 없는 사람이 잔뜩 있고, 그중에는 틀림없이 네 장점을 알아주는 사람도, 네가 장점을 알아봐줄 수 있는 사람도 있다고. 그러니까 용기를 내서 사람을 많이 만나보라고. 그랬더니 카노를 만난 거야."

치요가 뺨을 붉히며 나직하게 말하자 나는 감격해서 눈물을 글썽였고, "치요……", "카노……" 하고 굳게 손을 맞잡고 우정을 확인했다.

그때가 고등학교 1학년 봄이었다. 그로부터 이제 곧 2년이 지난다.

혼자 먹는 밥은 맛이 없으니 나와 치요는 이스케 할아버지의 식사가 끝날 때까지 곁에서 수다를 떨며 한 시간 정도 있다가 방을 나왔다.

이스케 할아버지의 방에서 나와 복도를 몇 걸음 걸어가면 조금 특이한 것이 있다. 벽에 3단이나 되는 목제 장식 선반이 설치되어 있고, 거기에 십여 개의 불상이 진열되어 있다.

지금까지 이스케 할아버지는 불상을 조각하면 자기 방에 보관했는데, 기껏 멋지게 조각한 불상을 혼자만 보는 건 아깝다며 치요의 아버지가 이 장식 선반을 만들어주었다고 한다. 불상이 장식된 선반 앞을 지날 때 나는 문득 달콤하고 향긋한 향기를 느끼며 무심코 걸음을 멈췄다.

"이 관음보살님은 왕할아버지의 작품이야?"

"응, 작년에 완성하셨어. 나는 이게 수십 년에 걸친 이스케 컬렉션 중에서도 가장 걸작이 아닐까 해……."

쟁반을 양손에 든 치요가 "이거." 하고 눈짓으로 가운뎃단에 놓여 있는 관음보살상을 가리켰다. 전체적으로 졸인 조청 같은 색깔로 은은한 광택이 돌고 나무에서 파낸 것이라고는 생각되지 않을 만큼 선이 매끄럽고 부드러웠다. 왼손에 연꽃 봉오리를 들고 조용히 눈을 반쯤 감은 얼굴은 성모를 연상시키는 청렴함과 부드러움을 간직하고 있었다. 치요의 허락을 받고 관음상을 들어보니 묵직하게 무게감이 느껴졌다. 그리고 아까보다도 선명해진 방향이 코안을 빠져나갔다. 역시 그랬다.

"이거, 백단이지? 이렇게 큰 나무를 용케 구했구나."

"역시 카노, 바로 아는구나……."

백단은 향 세계에서는 가장 귀하게 여겨지는 향료다. 부드럽고 깊이가 있는 달콤한 향기는 그것 자체로도 충분히 매력적이고, 다른 향목이나 향료와도 상성이 좋아 섞으면 더욱 다채롭고 풍부한 향을 만들어낸다. 또 가열해야 향이 나는 침목과는 달리, 백단은 상온에서도 풍부한 방향을 뿜기 때문에 문향文香이나 향낭에도 사용된다. 말 그대로 팔방미인으로 활약하는 향계의 아이돌이다.

또 상온에서도 향이 난다는 성질 때문에 백단은 예로부터 부채나 불상 재료로도 사용되어 왔다. 인도 등 극히 일부의 나라에서만 생산되는 백단은 그 희소성 때문에 최고급 소재로 여겨진다. 이 크기라면 아마 수십만 엔은 하지 않을까……, 하고 관음보살님을 응시하던 나는 퍼뜩 정신을 차리고 이러면 안 된다며 사념을 떨쳐냈다.

"다정하고 아름다운 얼굴이야. 사람들이 팔라고 하는 이유를 알겠어."

"하지만 왕할아버지는 그런 걸 안 좋아하셔서 꼭 갖고 싶다고 끈질기게 매달리는 사람한테는 공짜로 줘버려. 이 백단도 불상을 받은 사람이 값을 꼭 치르고 싶다고 했는데 왕할아버지가 거절하니까 그럼 이걸로 다시 불상을 조각하라며 특별히 구해 준 거야."

치요는 백단 관음상에서 장식 선반에 있는 불상들로 눈을 옮기고 "봐." 하고 말했다.

"여기 있는 거, 다 관음보살님이지……? 왕할아버지는 관음보살님만 조각하거든."

"아, 정말이네."

"옛날에 물어본 적이 있어. 왕할아버지는 왜 부처님을 조각하냐고. 그랬더니 죽은 친구를 극락에 데려가 달라고 그러신대."

이스케 할아버지는 2차 세계대전 때 만주에 출정했었다고 한다. 거기서 친해진 전우가 있었는데 그는 귀국하지 못하고 사망했다. 이스케 할아버지는 자세한 얘기는 하려고 하지 않았지만 전투 중에 목숨을 잃었을 것이다. 이스케 할아버지도 양쪽 발가락을 몇 개 잃었고 지금도 걸을 때 균형을 잡기가 조금 힘든 듯했다.

그런 얘기를 들으면 이스케 할아버지가 불상을 팔려고 하지 않는 이유도 알 것 같은 기분이 든다. 세상을 뜬 전우를 애도하기 위해 마음을 담아 조각한 것을 돈으로 거래하고 싶지 않은 것이다.

"관음보살님은 이 세상에서 고통받는 모든 중생을 구제하겠다고 맹세하셨어. 연꽃 봉오리를 들고 있잖아? 그 맹세가 이루어졌을 때 이 봉오리가 필 거야. 그리고 관음보살님은 사람이 죽으면 하늘에서 데리러 와서 그 사람의 영혼을 연꽃대에 태우고 극락정토로 데려가준대."

"왕할아버지는 그래서 관음보살님만 조각하시는구나……."

중생을 구제하는 관음보살이 전우의 영혼을 데리러 와 정토로 인도해주도록.

내가 백단 관음상을 장식 선반에 돌려놓자 치요에게서 안타까운 향이 피어올랐다. 이스케 할아버지의 전우 얘기를 해서 슬퍼진 걸까. 걱정이 되어 표정을 살피자 치요는 무마하듯이 웃고는 눈을 감았다.

"왕할아버지는 이 백단 관음보살님을 완성한 뒤로 부처님을 조각하지 않으셔……. 요즘 상태가 나빠질 때도 많고 손힘도 약해져서 더는 조각하지 못하는지도 몰라. 그래서 가끔 이 관음보살님을 보면서 깊이 생각에 잠긴 얼굴을 하셔……."

"그 전우를 생각하시는 걸까……?"

"응, 아마도……."

치요의 애절한 향기가 강해지며 백단의 달콤한 향기와 뒤섞였다.

"전쟁이 끝난 건 거의 70년 전이잖아? 그렇게 긴 시간이 흘렀는데도 계속 그 사람을 위해 부처님을 조각하고 그 사람을 생각하는 건 틀림없이 정말로 소중한 사람이었기 때문일 거야. 내가 뭔가 해줄 수 있으면 좋겠지만……."

"그러게……."

"어, 그런 데서 뭐 하니?"

불쑥 쾌활한 목소리가 울리자 나와 치요는 동시에 돌아보았다. 검은 솜사탕을 머리에 인 것 같은 아프로헤어 리쿠 오빠가 복도 끝에서 손을 흔들었다.

"저녁 준비 다 됐으니까 오래. 뭐야, 둘이서 이스케의 불상 보고 있었어? 곰팡내 나게. 너희 여고생 아니냐? 좀 더 젊은이답게 놀지그래? 미팅을 한다든가."

"그 머릿속에는 미팅밖에 없어? 이 바보 머저리 꽃다발아……!"

치요의 향기가 금방이라도 리쿠 오빠에게 달려들 것 같은 살기를 띠는 바람에 나는 황급히 치요를 뒤에서 붙잡았다. 리쿠 오빠는 상처받은 얼굴을 했다.

"무슨 말이야, 치요? 오빠의 머리에는 미팅 외에도 수많은 사랑과 꿈과 희망으로 가득 차 있어. 너도 알잖아?"

"연애와 헛소리와 욕망을 잘못 말한 거겠지……."

"치요, 아까 일로 아직 화났어? 그건 다 오빠의 사랑이라고……. 아, 그렇지, 카노, 걔 말이야, 키시다! 헤어질 때 '알았어요, 연락할게요.'라고 했으면서 전혀 감감무소식이라 아까 LAND 보냈는데 읽고 씹더라! 그 뒤에 보낸 것도 현재진행형으로 마구 씹고 있어! 너무하지 않아?"

"아, 죄, 죄송해요……."

셋이서 시끌벅적하게 얘기하며 거실로 가자 우리 집 밥상보다 훨씬 큰 테이블에 닭튀김과 감자샐러드와 된장국이 차려져 있고, 마츠키 가족이 모두 앉아 있었다. 평소에는 치요와 리쿠 오빠가 나란히 앉는 모양이지만 싸움 중인 치요는 리쿠 오빠가 옆에 오는 것을 거부해 결국 내가 남매 사이에 앉게 되었다. 리쿠 오빠는 저녁 식사가 시작되었는데도 유키야 오빠에 대한 원망을 궁얼궁얼 되풀이했다.

"빌어먹을 녀석, 좀 잘생기고 안경 쓰고 Y대생이라고 잘난 척 하기는. 나이는 내가 많은데."

"나이는 많아도 리쿠는 재수했으니까."

"유급은 하지 말았으면 좋겠는데."

"오빠는 이니셜 Y가 다니는 대학교 시험 봐서 떨어졌어……."

"아, 그렇구나……."

"고등학교 선생님도 거긴 안 된다고 했는데 굳이 시험 보니까 그렇지."

"너무 그러지들 마. 무모하게 앞뒤 가리지 않고 뛰어드는 게 리쿠의 장점이잖아. 단점이기도 하지만."

"아아, 이스케가 없으면 아무도 날 위로해주지 않아. 내가 이렇게 불쌍하게 산다니까."

한숨을 쉬는 리쿠 오빠를 보고 풉 하고 웃고 물어보았다.

"리쿠 오빠는 왕할아버지를 왜 이름으로 불러요?"

리쿠 오빠는 깜짝 놀라 "아아." 하고 중얼거렸다.

"나는 어릴 때 몸이 약해서 수시로 앓아누웠거든. 그래서 친구랑 놀지도 못한다고 짜증내며 울어대니까 '왕할아버지가 친구가 되어 줄게.'라며 이스케가 말했고, 그 뒤로 이스케 이스케 하고 이름을 부르면서 놀았더니 어쩐지 그대로 입에 붙어버렸어."

"정말이지, 그 무렵의 가냘픈 소년은 어디로 갔는지……."

"지금은 아미타 헤어잖아."

"할아버지, 저건 아프로헤어라니까요."

"아프로를 할 만큼 머리카락이 있다는 건 축복이야. 아빠는 부럽구나."

치요네 집 식탁은 활기가 넘쳐서 나는 내내 웃기만 했다. 7시 반 무렵에 식사가 끝나자 리쿠 오빠가 "뭐 좀 사러 갔다 올게." 하고 외출했고, 나와 치요는 그 뒤로 둘만의 파자마 파티에 대비해 조금 일찍 목욕하기로 했다.

나는 욕조에 몸을 담그고 두서없는 생각을 곧잘 하는데, 이번에는 불상을 진열한 장식 선반 앞에서 치요가 얘기한 내용이었다. "왕할아버지를 위해 뭔가 할 수 있으면 좋을 텐데." 하고 중얼거리던 치요가 생각났다. 그러자 갑자기 번뜩이는 아이디어가 떠올라 나는 재빨리 머리를 감고 세수를 마치고 2층에 있는 치요의 방으로 서둘러 올라갔다.

"치요, 그 백단 관음보살님, 왕할아버지가 말한 전우의 가족에게 보내드리면 어떨까?"

미닫이문을 열자마자 숨도 쉬지 않고 말한 나를, 손님용 요를 침대 옆에 깔던 치요가 동그란 눈을 더욱 동그랗게 뜨고 보았다.

"카노, 머리의 물기는 꼼꼼히 닦아야지……."

"아, 서둘러서 나오느라……. 있잖아, 전우라는 분의 가족을 찾아서 그 관음보살님을 그분의 공물로 써달라고 하면 왕할아버지도 마음이 조금은 편해지지 않을까?"

치요는 요 위에 털썩 앉았고, 나도 젖은 머리카락을 수건으로 닦으며 마주 보고 정좌했다. 치요는 작은 동물 같은 입술을 다물고 잠시 생각했다.

"하지만 유족을 찾을 수 있을까……? 70년도 더 전에 돌아가신 분인데……."

"글쎄, 쉽지는 않겠지만 내가 어떤 방법이 있는지 조사해볼게. 아, 유키야 오빠한테도 의논해보고."

"그리고……, 전우였다고 하면서 갑자기 불상 같은 걸 보내면 유족들도 난감하지 않을까……?"

"아, 그럴까……?"

"하지만 정말로 유족을 찾아내고 관음보살님도 기쁘게 받아주신다면 왕할아버지도 틀림없이 엄청 기뻐서 건강도 좋아지시겠지……."

나직나직하게 말한 치요에게서 천천히 가슴에 열기가 깃드는 향기가 감돌며 뺨이 살짝 발그레해졌다. 치요는 내 양손을 꽉 잡았다.

"고마워, 카노."

"아니야, 고맙긴……!"

"잠깐 왕할아버지한테 얘기해보고 올게."

"어, 지금?"

"이 소식을 들으면 왕할아버지도 기운이 날지도 모르잖아."

치요는 나에게 이스케 할아버지의 전우 얘기를 해주기 전부터 계속 자신이 뭘 할 수 있을지 고민해왔을 것이다. 그리고 지금 사랑하는 가족에게 힘이 될 수 있을지도 모른다는 치요의 기쁨이 반짝반짝 빛나는 향기로 전해져 왔다. 다녀와, 하고 나는 운명의 단짝을 배웅했다.

치요가 돌아오기를 기다리는 동안 나는 드라이기로 머리를 말리며 생각했다.

내가 지금보다 어렸을 때 이웃집에 살던 타마코 할머니와 친했는데, 나는 유키야 오빠와 함께 전쟁으로 헤어진 타마코 할머니의 남편 얘기를 들은 적이 있다. 그 일을 계기로 스스로도 전쟁에 대해 여러모로 조사해본 적이 있는데, 유족의 주소를 알아내는 방법으로 전우회를 고려해볼 수 있다. 전우회는 종군했던 사람들의 교류와 전사자의 위령을 목적으로 하는 조직으로, 소속 부대와 전투 지역, 출신지 등 다양한 단위로 운영된다. 이스케 할아버지가 소속했던 부대의 전우회가 있으면 거기에 물어보고 같은 전투 지역에 있던 부대, 나아가 이스케 할아버지의 전우에 대한 실마리도 알 수 있지 않을까.

그렇게 생각하며 5분 정도 지났을 때 치요가 돌아왔다. 미닫이문으로 들어온 치요의 형언하기 힘든 미묘한 향기를 느끼고 나는 걱정이 되었다.

"왕할아버지가 뭐라셔? 싫으시대?"

"아니……, 싫어하신다기보다는, 엄청 놀라신 거 같아. 놀란 표정으로 아무 말씀도 안 하셔."

"아, 갑작스럽긴 하니까."

"응……. 그리고 오늘은 몸 상태도 별로 안 좋으시니까 내일 한 번 더 얘기하면서 전우라는 분에 대해 자세히 물어볼게."

그 뒤로 치요는 파자마를 안고 욕실로 향했고, 그때가 밤 9시가 지났을 무렵이었다. 나는 LAND로 오늘밤은 혼자 보내야 하는 할머니에게 이상은 없는지 확인하고 안녕히 주무세요, 하고 인사했다. 마침 할머니와 대화가 끝났을 때 미닫이문을 똑똑 노크하는 소리가 들렸다.

"……나야."

이 목소리는, 하고 생각하며 미닫이문을 열자 역시나 리쿠 오빠가 있었다. 리쿠 오빠는 치요가 아니라 내가 나오자 놀라서 눈썹을 올렸다.

"어? 치요는?"

"아, 지금 목욕하러 갔어요."

"그렇구나. 아이스크림 사 왔으니까 치요 오면 같이 먹어. 부엌 냉동고에 넣어둘게."

리쿠 오빠가 비닐봉투에서 부스럭부스럭하며 편의점에서 파는 조금 고급스러운 컵에 든 아이스크림을 꺼내자 나는 무심코 웃음이 새어 나왔다. 리쿠 오빠가 꺼낸 민트초코 맛은 치요가 무척 좋아하는 맛이다.

"미안하지만 바닐라는 하나밖에 없었거든, 이건 이스케한테 양보해줘."

"왕할아버지는 아이스크림을 좋아하세요?"

"응, 차가우니까 열이 날 때 먹으면 시원해지거든. 옛날에 내가 열이 나면 이스케가 곧잘 사다가 줬어. 그래도 몸에 안 좋으니까 한두 입밖에 못 먹지만. 그럼 이스케한테 가볼 테니까, 잘 자~."

리쿠 오빠는 웃으며 손을 흔들었고, 나는 복도로 나와 고맙습니다, 하고 인사했다. 복도는 실내보다 공기의 흐름이 커서 집 안의 다양한 향기가 섞인다. 욕실에서 치요가 샴푸를 쓰는 향기. 거실에서 할아버지와 아버지가 술을, 할머니와 어머니가 차를 마시는 향기. 그리고 그러한 향기 밑바탕에 작은 방울소리 같은 맑은 방향이 깔려 있었다.

나는 1층 동쪽 끝에 있는 장식 선반을 떠올렸다. 감탄이 절로 새어 나올 정도로 섬세하게 조각된 백단 관음상이 밤공기를 타고 조용히 향기를 풍겼다. 월하미인 꽃 같다고 생각하며 틀림없이 지금 자기 혼자만 느끼고 있을 아름다운 향기에 귀를 기울였다.

30분 뒤에 파자마 차림으로 치요가 돌아왔고, 리쿠 오빠가 아이스크림을 사 왔다고 보고하자 “아이스크림 정도로 달랠 수 있을 줄 알았다면 단단히 잘못 생각한 거야…….” 하고 치요는 떨떠름한 표정을 지으면서도 숨길 수 없는 행복한 향기를 풍겼다. 치요는 당연히 민트초코 맛, 나는 말차 맛을 골라 치요의 침대에 나란히 웅크리고 앉아 목욕 후의 아이스크림을 즐겼다. 자기 전에 아이스크림을 먹는다는 큰 죄와 나중에 체중계에 표시되는 벌의 무게에 대해서는 지금은 생각하지 않기로 했다.

“그런데 카노, 이니셜 Y랑은 어떻게 됐어……?”

“어?! 뭐, 뭔데? 뭐가 어떻게 돼……?”

“알면서…….”

치요가 왼 어깨로 내 오른 어깨를 꾹꾹 밀자 나는 손에 든 아이스크림이 단숨에 녹아내릴 것처럼 얼굴도 몸도 뜨거워져 발가락을 꼬물꼬물 오그리며 고개를 숙였다.

“지, 지난번에 수학 숙제 중에 모르는 문제가 있어서 전화로 알려달라고 했어…….”

“도입부는 괜찮네…….”

“유키야 오빠는 통화하는 건 별로 좋아하지 않지만 15분이나 얘기해줬고……. 아, 그리고 음계 주파수는 등차수열로 표시할 수 있다든가 화음 코드는 등차수열이라든가 하는 잡학도 알려줬는데 사실은 어려워서 이해는 잘 못했어. 하지만 신나게 얘기하는 유키야 오빠의 모습이 너무 귀여웠어.”

"카노는 마이너스 10점, 이니셜 Y는 마이너스 50점……."

"뭐?! 왜……?!"

"겐지이케츠루가오카하치만구 경내에 있는 연못. – 역자 주 연못 물을 스푼으로 찔끔찔끔 떠내는 모습을 보는 기분이야……."

의미를 몰라 당황하는 나는 내버려두고 깊게 한숨을 쉰 치요는 작은 입으로 아이스크림을 한 스푼 떠먹고, 이번에는 뉘앙스가 다른 환상의 나라를 꿈꾸는 듯한 한숨을 내쉬었다.

"나도 언젠가 멋진 데릴사위를 만날 수 있을까……?"

"치요는 같이 가게를 이어갈 데릴사위를 원하니까."

"내가 부처님을 조각해도 이상한 애라고 하지 않고, 불경이나 범패도 감동하며 들어주고, 계절마다 사찰 순례도 해주고, 같이 마츠키 불교 용품점을 경영 개혁해서 불교 용품 업계 천하를 지배해줄 수 있는 사람이 이 세상에 있을까……?"

"있어, 틀림없이 어딘가에 있을 거야. 같이 찾아보자, 치요."

"카노……", "치요……." 하고 우리는 우정의 증표로 반으로 줄어든 서로의 아이스크림을 교환해 다른 맛을 즐기며, 치요의 이상적인 데릴사위에 대해 뜨겁게 얘기하다 왕할아버지가 마츠키 집안의 데릴사위가 되었을 때의 얘기로 옮겨갔다.

"왕할머니가 살아 계셨을 때 들었는데, 왕할머니의 아버지는 전쟁이 끝나도 돌아오지 않아서 어머니와 단둘이서 가게를 꾸려갔대."

"정말 힘드셨겠다……."

"그렇게 몇 년이 지난 어느 날 가게 앞에서 초라한 행색의 젊은 남자가, 지금도 쇼윈도에 장식되어 있는 석가모니를 멍하니 보고 서 있었대. 그게 왕할아버지였는데, 너무 수상해서 '뭐 하세요?' 하고 물으니까 '죽기 전에 유명한 대불을 보고 싶어서 카마쿠라에 왔는데 길을 잃는 바람에 이 훌륭한 불상을 보고 있었다.'고 대답했대. 왕할머니는 화가 머리끝까지 나셨어. 우리 집의 이분은 석가모니님이고, 코토쿠인 절의 대불은 아미타여래님이세요, 전혀 다르다고요, 하고."

"아, 화내는 지점이 그 부분이구나?"

"응. 쉽게 말하면 석가모니는 지구에서 1등, 아미타여래는 우주에서 1등이니까. 그래서 왕할머니는 왕할아버지를 코토쿠인 절까지 데리고 가서 진짜 대불을 보여주고, 간 김에 하세데라 절의 관음보살님도 보여주셨어. 그랬더니 왕할아버지가 츠루가오카하치만구 신사도 보고 싶다고 해서 데려갔고, 거기까지 갔으니까 호코쿠지 절도……, 하다가 결국 하루 내내 카마쿠라 관광을 하다 저녁이 되자 왕할머니가 왕할아버지를 좋아하게 됐대. 세상을 다 산 느낌이지만 순수하고 상냥하고 자세히 보니 조금 멋있기도 하고. 그래서 헤어지고 싶지 않아서 '데릴사위가 되어주시면 안 될까요?' 하고 물어봤더니 왕할아버지는 깜짝 놀라면서도 '데릴사위로 받아주세요.' 하고 말해서, 그래서 그날부터 같이 살게 됐대."

"그, 그날부터 벌써? 왕할아버지 가족과 의논한다든가 그런 것도 없이?"

"왕할아버지는 조금 수수께끼 같은 사람이라 왕할머니와 왕할머니의 어머니가 물어봐도 '가족은 없어요, 돌아갈 곳도 없어요.'라는 말만 했대. 하지만 왕할머니는 왕할아버지가 어떤 사람이든 곁에 있어주면 충분했으니까 그 이상 아무것도 묻지 않았대. '그 시대 사람은 누구나 다양한 사연이 있었다'고 하시면서."

확실히 삶과 가치관, 모든 것이 한차례 붕괴되었던 시대였을 것이다. 배를 곯는 게 뭔지, 목숨을 위협받는 게 어떤 것인지 모르는 우리는 상상도 할 수 없을 정도로. 이스케 할아버지는 전쟁터에서 친구를 잃고 자신에게도 평생 남는 상처를 입고 돌아왔다. 그리고 그때 가족과 집까지도 잃었다면 정말로—생각만 해도 가슴이 아팠다.

"두 분이 서로를 만나서 정말 다행이다."

"응. ……그리고 '데릴사위가 되어주시면 안 될까요?', '데릴사위로 받아주세요.'라니, 조금 두근거리는 멘트야."

"맞아, 맞아."

"나도 언젠가 '데릴사위가 되어주시면 안 될까요?'라고 말할 수 있을까……?"

"할 수 있어. 틀림없이 할 수 있어, 치요."

아이스크림 컵은 이미 바닥났지만 나와 치요는 나란히 침대 안에 발을 넣으며 둘만의 파자마 파티를 즐기다가 결국 자정이 넘어서야 잠들었다.

그날 밤, 나는 꿈을 꾸었다. 이스케 할아버지의 얘기를 들었기 때문인지도 모른다. 이스케 할아버지가 조각한 백단 관음보살의 꿈이었다.

관음보살이 들고 있는 연꽃. 하지만 그 꽃은 아직 봉오리 상태로 필 기미는 없다. 왜냐하면 이 세상에서는 여전히 누군가가 울고 있기 때문이다. 백단이 달콤한 향기를 뿜어냈다. 마치 아직 피지 않은 맹세의 연꽃이 향기를 내는 것처럼. 꿈속에서 나는 문득 생각했다.

중생을 구제하는 관음보살을 계속 조각해온 사람은, 사실은 본인도 구원받고 싶은 게 아닐까.

3

불상이 사라졌다고 깨달은 건 이튿날 아침이었다.

아침에 일어나 치요와 함께 자이모쿠자 해안에 산책하러 다녀온 뒤 식구들과 아침을 먹었다. 이스케 할아버지는 아직 몸이

다 회복되지 않아서 쉬었고, 밤늦도록 안 잔 듯한 리쿠 오빠는 늦잠을 자느라 식사 자리에 나오지 않았다.

치요네는 장사 하는 집이라 오래 머물며 방해하면 안 된다. 나는 아침 9시 반 무렵에 이만 실례하기로 했다. 치요와 식후 수다를 즐긴 뒤 이스케 할아버지에게 인사하려고 1층 동쪽 안쪽으로 향했을 때 복도 중간에 있는 장식 선반이 비어 있는 것을 깨달았다. 3단에 걸쳐 진열되어 있던 십여 개의 불상이 하나도 남김없이 사라지고 없었다.

"치요."

옆을 돌아보자 치요도 처진 눈꼬리로 장식 선반의 텅 빈 공간을 응시하고 있었다. 이때는 나도 치요도 아직 무슨 일이 일어났는지 몰라 불상이 홀연히 사라진 상황에 당황하기만 했다.

"뭐, 불상? 저쪽 복도에 있는 왕할아버지가 조각하신 거?"

"아니, 아빠는 모르겠는데. 사라졌다니, 정말 하나도 없어?"

"아버지의 불상은 염원을 담아 만든 거라 어쩌면 어느 틈에 불상들에게 영혼이 깃들어 어제는 어딘가에서 파티를 벌이고 그대로 나들 아침이 돼서야 돌아올……."

"이 영감탱이가 실없는 말로 애를 놀리고 그래? 오늘 아침에는 내가 아버님 상태를 보러 갔는데 그때는 어땠나 모르겠네……. 신경 쓰지 않고 다녀서 잘 모르겠구나."

가게로 가서 치요의 어머니, 아버지, 할아버지, 할머니에게도 얘기를 들어봤지만 아무도 불상이 사라진 것은 몰랐다. 다들 개점 준비로 바빠 보였으므로 나와 치요는 그 이상은 묻지 못하고 가게를 나왔다.

다시 1층 장식 선반 앞으로 돌아와 봤지만 역시 그곳에는 텅 빈 공간만 있을 뿐이었다. 나와 치요는 어째야 좋을지 몰라 평소에도 작은 목소리가 점점 더 작아졌다.

"불상이 놓여 있던 곳에서 가장 가까운 곳은 왕할아버지의 방이니까 왕할아버지라면 뭔가 아실지도 몰라……."

"하지만 왕할아버지는 오늘도 상태가 별로 안 좋으시잖아? 얘기를 들을 수 있을까?"

"응……, 앗, 오빠."

복도 끝에 있는 2층으로 이어지는 계단에서 마침 아프로헤어 리쿠 오빠가 내려왔다. 잠이 덜 깬 얼굴로 수염이 부숭부숭 자란 턱을 쓸던 리쿠 오빠는 나와 치요를 보자 "굿모닝." 하고 손을 들었다.

"오빠. 왕할아버지의 불상이 사라졌는데 뭔가 아는 거 없어?"

"불사앙?"

하품을 하며 길게 늘어지는 목소리로 앵무새처럼 따라 말하던 리쿠 오빠는 갑자기 정신이 든 것처럼 눈을 번쩍 뜨고 "아아." 하고 말했다.

"불상 말이구나."

"알아?"

"응. 팔았어."

리쿠 오빠의 말투는 어디까지나 태평하고 천진했다. 단박에 눈이 커진 치요의 향기가 쩍 하고 얼어붙는 소리를 들은 기분이 들었다.

"……팔아……?"

"아니, 얼마 전에 인도에도 갔다 왔고 미팅도 하느라 지갑이 많이 가벼워졌거든. 아, 좀 와볼래?"

따라오라고 웃으며 손짓하는 리쿠 오빠의 뒤를 따라 얼이 빠진 나와 치요도 계단을 올라갔다. 계단을 다 올라가 오른쪽으로 가면 치요의 방, 왼쪽으로 가면 리쿠 오빠의 방이다. 리쿠 오빠가 문을 열자 조심스럽게 표현해 조금 어질러진 실내가 나타났다. 리쿠 오빠는 온갖 잡지와 종이와 어째서인지 양말까지 쌓여 있는 책상에서 무늬 없는 흰 봉투를 꺼내 입구에 서 있는 우리 앞으로 가지고 왔다.

"이렇게 많이 받았어. 엄청나지 않아? 솔직히 다른 것들은 별거 없었는데 그 백단으로 조각한 게 금액이 엄청나더라고. 역시 백단 조각은 특별한가 봐."

그렇게 말하며 리쿠 오빠가 보여준 봉투 안에는 1만 엔 지폐가 가득 들어 있었다. 나는 카게츠 향방에서 주말마다 현금을 다루던 감으로 보니 대충 20만 엔이 넘는 것 같았다. 아무런 말도 나오지 않아 옆을 보니 치요는 얼굴이 새하얗게 질려 있었다.

"……팔았다니, 언제? 어디서?"

"응? 어젯밤에 나갔었잖아. 그때 자세한 위치는 말할 수 없지만 골동품 같은 거 매입해주는 좋은 가게가 있어서."

나는 충격으로 사고가 거의 정지해 있었던 터라 처음 몇 초 동안은 리쿠 오빠의 말을 그대로 받아들였다. 하지만 목에 뭔가가 걸린 듯한 위화감이 들었고, 얼마 뒤 그 정체를 깨달았다.

어젯밤에 나갔다 왔을 때?

"……당장 그 가게로 가서 다시 돌려달라고 해. 전부."

간신히 짜내는 치요의 가느다란 목소리는 평소보다 낮고, 조금 떨렸다.

리쿠 오빠는 미간을 찡그리며 거금이 든 봉투를 숨기듯이 끌어안았다.

"뭐? 왜? 싫어. 대금을 지불하면 취소할 수 없다고 했다고."

"그럼 내가 다녀올게. 그 가게는 어디에 있어?"

"아니, 그러니까 왜? 가지고 있어서 뭐 하게? 딱히 쓸데도 없이 장식만 해두던 건데."

"—그 불상은 전부 왕할아버지가 마음을 담아 조각한 거야. 팔다니, 그런, 그런 짓을 해도 좋을 물건이 아니라고."

"하지만 이스케도 곧잘 공짜로 사람들한테 줬었잖아. 그런 건 조각하는 과정이 재미있는 거고, 완성되면 딱히 흥미도 떨어지지 않아? 또 조각하면 되는데."

기름에 던진 불꽃이 순식간에 번지며 타오르듯이 치요의 향기가 격렬한 분노로 물들었다. 큰일 났다 싶어 움직이려고 했지만 그때는 이미 치요의 작은 손이 벌처럼 재빠르게 리쿠 오빠의 뺨을 때리면서 요란한 소리가 울려 퍼졌다.

"아야! 뭐 하는 거야!"

"멍청아! 바보 머저리 꽃다발아! 미쳤어? 어떻게 그럴 수가 있어……?"

"치요, 진정해!"

나는 리쿠 오빠를 주먹으로 또 때리려고 하는 치요를 필사적으로 뒤에서 붙잡았지만 치요도 혼신의 힘으로 뿌리치려고 했으므로 같이 끌려가고 말았다. 격렬한 움직임에 공기가 움직이고, 움직인 공기가 향기를 실어왔다. 나는 퍼뜩 숨을 삼켰다.

청아하고 부드럽고 사람의 마음을 풀어주는 달콤한 향기.

—백단이다.

치요를 끌어안은 채 눈에는 보이지 않는 실을 따라가듯 그 가느다란 향기의 출처를 찾았다. 향기가 약해서 정확한 위치까지는 몰랐다. 하지만 틀림없다.

그 백단 향기는 리쿠 오빠의 방에서 났다.

정신이 흐트러져 손의 힘이 약해진 틈에 치요가 고양이처럼 팔에서 스르륵 빠져나가 리쿠 오빠를 툭탁툭탁 때렸다. "잠깐,

기다려, 말로 하자!" 하고 리쿠 오빠는 아프로 머리를 감싸며 계단으로 달아났고, 치요도 리쿠 오빠를 뒤쫓아 계단을 달려 내려가 나도 당황해서 그 뒤를 따랐다.

"왕할아버지의 마음도 모르면서……! 땅에 머리를 찧으며 왕할아버지와 부처님께 사과해! 머저리! 얼간이……!"

"치요, 기다려, 리쿠 오빠의 얘기도 좀……!"

"무슨 일이야? 대체 왜 그래?"

치요의 심상치 않은 목소리가 가게에까지 들렸나 보다. 어머니를 선두로 가족 전원이 놀란 얼굴로 달려왔다. 어른들을 보자 치요도 오빠에게 퍼붓던 공격을 멈추고 몇 번이나 어깨를 들썩이며 씩씩거리다가 입술을 깨물며 눈물을 뚝뚝 흘렸다. 당황한 어른들이 하나같이 치요를 달랬고, 이어서 하나같이 리쿠 오빠에게 사정을 추궁했다. 리쿠 오빠가 "아니." 하고 헤실헤실 웃기만 하자 어째서인지 나한테 설명을 요구했다. 내가 일의 전말을 얘기하자 하나같이 기가 막힌다는 표정을 지었다.

"이 모자란 아들놈아!"

"지갑이 비었으면 먼저 아빠한테 얘기를 해야지."

"세상에는 팔아도 되는 불상과 안 되는 불상이 있어!"

"그런 문제가 아니야. 멋대로 남의 물건을 팔아서 편하게 제 배를 채우려고 하는 그 정신머리가 글러먹은 거지."

입을 모아 나무라자 리쿠 오빠는 조금 탐탁지 않아 하면서도 반성한다는 진지한 표정으로 아프로 머리를 쓰다듬었다. 하지만 그런 그에게서 나는 냄새는 어디까지나 차분했다. 바람이 잔잔하게 부는 평원 같았다. 마치 지금 일어나는 일은 모두 예상했다는 것처럼.

역시 이건 아니다. 뭔가 이상하다. 나는 리쿠 오빠가 나쁜 사람이 되기 전에 내가 아는 대로 다 얘기하고 싶었지만 어떻게 설명해야 좋을지 몰라 초조해서 입만 벌렸다 다물었다 했다. 그때 눈물을 닦은 치요가 얼굴을 보고 싶지 않다는 것처럼 고개를 숙인 채 목소리를 짜냈다.

"오빠는 정말 꼴도 보기 싫어……!"

돌을 던지는 듯한 말과 함께 치요가 발길을 돌린 순간, 처음으로 리쿠 오빠의 향기가 흔들렸다. 작은 바늘에 찔린 것처럼. 하지만 리쿠 오빠는 겉으로는 익숙한 여동생의 짜증에 쓴웃음을 짓는 표정으로 멀어져가는 치요의 뒷모습을 보고 있었다.

마루로 된 복도가 작게 삐걱거렸다.

이 소동이 들렸나 보다. 잠옷 차림의 이스케 할아버지가 벽을 짚으며 걸어온 상태로 서 있었다.

"—리쿠."

갈라진 목소리로 부르는 이스케 할아버지의 향기는 강렬한 놀라움과 혼란, 초조함과 가슴 아픈 후회 같은 감정으로 가득했다. 이스케 할아버지가 이어서 뭔가 말하려고 하자 리쿠 오빠가 웃었다. 누구나 입을 다물고 넋을 잃을 것 같은 그늘 한 점 없는 얼굴로.

"이스케, 미안해. 내가 이스케의 불상을 팔아버렸거든. 취소는 안 된다는 가게라 무를 수는 없지만 대신 돈은 줄게. 자, 받아."

리쿠 오빠는 이스케 할아버지의 손을 잡아 거금이 든 흰 봉투를 가만히 올려놓고 "가서 치요랑 화해하고 올게." 하고 태평하게 말한 뒤 계단을 올라갔다.

*

결과부터 말하면, 그날 리쿠 오빠는 치요와 화해하지 못했다. 치요는 자기 방 미닫이문에 받침목을 대고 막으면서까지 리쿠 오빠와 대면하기를 단호히 거부했고, 아버지와 어머니가 밖에서 설득해도 농성을 풀지 않았다. 내가 "오늘은 돌아갈게." 하고 말을 걸었을 때만 "미안해, 카노." 하고 꺼질 듯이 가느다란 목소리가 돌아왔다.

집에 돌아온 나는 잔뜩 쌓인 봄방학 과제를 처리하려 했지만 도저히 집중이 되지 않았다. 의식이 자꾸 치요네 집에서 일어난 일로 다시 돌아갔다.

리쿠 오빠는 아마도 불상을 팔지 않았을 것이다.

리쿠 오빠는 어젯밤에 외출했을 때 불상을 팔았다고 했다. 하지만 집으로 돌아온 리쿠 오빠가 치요 방으로 찾아왔을 때 나는 아이스크림을 사 줘서 고맙다고 인사하기 위해 복도로 나가 멀리서 풍겨오는 백단 향기를 분명히 느꼈다. 즉, 적어도 그때는 백단 관음보살이 아직 집 안에 있었다는 뜻이다.

그리고 오늘, 이번에는 리쿠 오빠의 방에서 백단 향기를 느꼈다. 향은 희미했지만 이것도 확실하다. 그 관음상은 지금도 리쿠 오빠의 방에 있지 않을까. 그리고 백단 관음상이 있다면 사라진 다른 불상도 같이 있지 않을까. 그렇다면 불상을 팔았다는 리쿠 오빠의 말은 거짓말이라는 뜻이 된다. 무엇을 위해 그런 거짓말을 했을까? 게다가 불상을 팔지 않았다면 그 봉투에 든 20만 엔이 넘는 거금은 대체 어디서 났을까?

생각하면 할수록 영문을 모르겠어서 나는 침대에 털썩 누웠다. 살짝 열린 창문으로 안뜰에 핀 복숭아꽃 향기가 부드럽게 들어왔다.

하늘색 스마트폰을 꺼내 시간을 확인하자 오후 4시 반이었다. 대학교도 지금은 봄방학 기간이라고 들었다. 바쁠까, 방해가 될까, 하고 고민하다 3분 뒤 침대 위에 단정히 앉아 어떤 번호로 전화를 걸었다.

[여보세요.]

"아, 카, 카노예요……, 저기, 미안해요, 할 얘기가 있는데, 지금 괜찮아요? 혹시 바쁘면……."

[괜찮아요. 조금 기다려요.]

시키는 대로 기다리는 동안 종이를 움직이는 소리와 마우스를 클릭하는 소리가 들렸다. 그리고 나직하게 흐르던 음악이 멈췄다. 날카로운 기타가 복잡한 멜로디를 연주하는, 질주하는 느낌의 곡이었다. 음악을 듣는구나, 이런 노래를 좋아하는구나, 하고 새로운 발견을 한 나는 두근거렸다가, 아니, 지금은 그럴 때가 아니야 하고 황급히 고개를 가로저었다.

[기다리게 해서 미안해요. 무슨 일 있었어요?]

유키야 오빠는 차분한 목소리로 내가 말을 꺼내기 쉽게 물어봐주었다. 나는 되도록 정확하게 전달하기 위해 표현을 고르며 치요네 집에서 사라진 이스케 할아버지의 불상과, 그것을 리쿠 오빠가 팔았다고 주장한다는 얘기를 했다. 유키야 오빠는 생각지도 못한 작은 단서로 놀라운 내용을 알아채므로 언뜻 보면 관계가 없어 보이는 사소한 일까지 포함해 되도록 자세히 보고 들은 대로 얘기했다.

유키야 오빠는 얘기를 다 듣고 몇 초 동안 침묵하더니 조용히 물었다.

[혹시나 해서 확인하는 건데, 카노가 어젯밤과 오늘 리쿠 씨의 방에서 느낀 백단 향기는 틀림없이 이스케 할아버지의 불상에서 나는 거였어요? 백단 향기가 나는 다른 물건이 있을 가능성은요? 예를 들어 백단 향이라든가.]

"……절대 없다고 단언하긴 힘들어요. 제대로 확인한 것도 아니니까요. 하지만 향이라면 대부분 다른 향료와 조합되어 있잖아요. 그런데 내가 느낀 건 정말로 오로지 백단 향이었어요."

유키야 오빠는 그렇군요, 하고 중얼거리고 또 잠시 침묵했다.

[—이스케 씨는 전쟁 중에는 만주에 출정했었죠?]

"네? 네……, 치요는 그렇게 말했어요."

[어젯밤, 먼저 치요가 이스케 씨를 만나러 갔고, 그 뒤에 리쿠 씨가 아이스크림을 드리러 이스케 씨에게로 갔죠?]

맞아요, 하고 나는 대답했다.

유키야 오빠의 이번 침묵은 지금까지 중에서 가장 길었고, 어쩐지 숨이 막혔다.

"저기……."

[이번 일은 남의 집안일인데 간섭하지 않는 편이 좋지 않을까요?]

유키야 오빠의 말투는 조용했지만 심장을 때리는 느낌이었다.

그렇다, 유키야 오빠의 말대로다. 이것은 치요네 가족 문제고, 나는 외부인에 지나지 않는다. 나도 가족 문제를 남이 이러쿵저러쿵하는 건 싫다.

—하지만.

나는 리쿠 오빠가 불상을 팔지 않았을 수도 있다는 걸 안다. 리쿠 오빠가 그런 식으로 비난받을 이유는 없을지도 모르고,

치요가 그런 식으로 충격을 받고 울 필요도 없을지 모른다는 걸 안다.

게다가 리쿠 오빠가 웃으며 불상을 팔았다고 사과하고 이스케 할아버지에게 거금을 건넸을 때였다.

이스케 할아버지의 향기가 심장이 짓이겨지는 것처럼 비통하게 삐걱거렸다. 이스케 할아버지는 무언가를 후회하고 상처받고 슬퍼하고 있었다. 그것도 매우 깊게.

무언가가 틀어져 있다. 그로 인해 그 가족이 괴로워하고 있다. 나는 그것을 알면서 가만히 있기가 괴로운 것이다. 아니면 그런 건 구실이고, 사실은 무슨 일이 있었는지 알고 싶다는 욕망에 사로잡혀 있을 뿐일까. 그렇지 않다고 단언하기에도 힘들 것 같다. 어떻게 된 일인지 신경이 쓰이는 건 확실하고, 하지만—.

머리가 빙글빙글 도는데 전화기 너머에서 작은 한숨 소리가 들렸다.

[……미안해요. 이런 식으로 말하는 건 좋지 않았어요.]

유키야 오빠가 무슨 말을 하는지 몰라 나는 눈만 끔뻑거렸다.

[카노의 얘기를 듣고 몇 가지 짐작되는 게 있었어요. 다만 지금의 정보량으로는 추측의 영역에 지나지 않고, 어줍게 간섭했다가 사정을 악화시킬 우려도 있어요. 이 상황을 타개하는 방책으로 먼저 리쿠 씨에게만 얘기를 들어보죠. 그러면 사정을 대충 알 수 있을 거예요. 그 내용을 듣고 앞으로의 방향을 검토해봐

요. 그러면 어떨까요?]

유키야 오빠가 내 얘기만으로 정말로 무언가를 알아냈다는 점에 놀라고, 술술 제시하는 타개책에 감명을 받은 나는 끄덕끄덕 필사적으로 고개를 움직였지만, 아무리 끄덕여도 전화기 너머에서는 보이지 않는다는 걸 퍼뜩 깨닫고 얼굴이 빨개져선 "네." 하고 대답했다.

유키야 오빠는 언제나 행동이 신속하다. 곧바로 리쿠 오빠에게 연락하겠다며 일단 전화를 끊고, 40분 정도 흐른 뒤에 LAND 메시지가 도착했다.

내일 치요네 집 근처에 있는 카페에서 나와 유키야 오빠는 리쿠 오빠를 만나기로 했다.

4

나와 유키야 오빠는 리쿠 오빠를 만나기로 했을, 터였다.

그런데 유키야 오빠와 버스를 타고 자이모쿠자에 도착해 코묘지 절 근처에 있는 약속한 카페 앞까지 온 나는 놀라서 눈이 동그래졌다.

카페 앞에 서 있는 아프로헤어 리쿠 오빠 옆에 치요가 같이 나와 있었다.

게다가 늘어난 티셔츠에 후드점퍼를 걸친 리쿠 오빠의 몸통에는 개 산책할 때 쓰는 리드줄 같은 것이 둘러져 있고, 그 줄 끝은 치요가 잡고 있었다. 흡사 법정에 출두한 피고인과 포승줄을 쥔 교도관의 모습이었다. 내가 치요를 보고 깜짝 놀란 것처럼 치요도 유키야 오빠와 같이 나타난 나를 보고 눈을 끔뻑거리며 새끼고양이 울음소리 같은 부드럽고 작은 소리로 물었다.

"카노……? 왜 카노까지 있어……?"

"어, 저기, 그건……, 치, 치요야말로 어떻게 여기 있어?"

"어제 오빠가 전화하면서 [키시다 최고.] [여자들 잔뜩.] [미팅 미팅.] 하고 야단을 떠는 걸 보고 이니셜 Y가 오빠한테 세뇌당해서 인간의 길을 벗어나려나 보다 싶어 현장을 덮쳐 카노 앞에 무릎 꿇게 만들려고……."

나는 옆으로 고개를 돌렸다. 유키야 오빠는 씁쓸한 표정을 지었다.

"……용건을 꺼내기도 전에 미팅이야? 미팅 할 거야? 하고 자꾸 묻길래 귀찮아서 그렇다고 대답했어요. 그게 실수였네요."

"어, 뭐? 용건이라고? 오늘은 미팅 사전 회의가 아니야?"

낯빛이 달라진 리쿠 오빠가 몸통에 끈을 매단 채로 유키야 오빠에게 바짝 다가가자, 유키야 오빠는 말없이 리쿠 오빠의 얼굴을 밀어냈다. 그리고 어쩔 수 없다는 느낌으로 한숨을 쉬었다.

"실은 카노가 이스케 씨의 불상이 사라진 건으로 상담을 해왔어요. 그 일로 리쿠 씨에게 얘기를 들어보고 싶었어요."

치요가 눈을 크게 뜨고 나를 보았다.

"카노……."

"치요, 미안해. 저기, 마음에 걸리는 게 있어서 먼저 리쿠 오빠에게 얘기를 들어보고 싶어서……."

"불상? 나는 그런 곰팡내 나는 얘기는 하기 싫어. 갈래."

리쿠 오빠는 발길을 돌리려고 했지만 치요가 몸통에 묶은 줄을 휙 잡아당기자 "꾸웩." 하고 찌부러지는 소리를 질렀다.

"나도 그 얘기 듣고 싶어. 잘 생각해보니 이상한 게 한두 가지가 아니야."

치요는 전에 없이 단호한 말투로 말하고 리쿠 오빠를 잡아당겨 카페로 들어갔다. 카페는 옛날 민가를 개조한 곳으로, 내부는 별로 넓지 않았지만 레트로하고 차분한 분위기였다. "어서 오세요." 하고 맞이한 직원은 아프로헤어를 한 남자를 개처럼 끌고 오는 여자애와 두 명의 동행인을 보고 사연이 있는 손님이라고 판단했는지 사람들 눈에 잘 띄지 않는 맨 안쪽 자리로 안내해주었다. 치요와 리쿠 오빠, 나와 유키야 오빠가 나란히 고풍스러운 테이블을 사이에 두고 앉았다.

"두 사람의 증조할아버지, 이스케 씨가 조각한 불상이 갑자기 하나도 남김없이 사라졌다고 카노에게 들었어요."

카페의 추천 메뉴인 우유를 듬뿍 넣은 밀크커피 네 잔이 나온 뒤 유키야 오빠가 입을 열었다.

“리쿠 씨는 그것을 ‘팔았다’고 주장했다지만 카노는 다르게 생각해요. 왜냐하면 어제 리쿠 씨 방에 들어갔을 때 불상 같은 것을 봤다고 했거든요.”

사실은 본 것이 아니라 향기를 느꼈지만 그대로 말할 수는 없었으므로 유키야 오빠는 그런 식으로 표현했을 것이다. 봤다는 말을 들은 순간 치요는 눈을 크게 뜨고 내 얼굴을 보았고, 리쿠 오빠는 순간 표정이 심각해졌지만 곧바로 입꼬리를 끌어올렸다.

“봤다니, 뭔가 착각한 거 아니야? 말도 안 돼. 그리고 그 불상 문제 말이야, 이런 곳에서 진지하게 얘기할 거리나 돼? 뭐 대단한 일이라고.”

“대단한 일이야.”

치요가 날선 목소리로 딱 잘랐다.

“그 불상은 전부 왕할아버지가 전우를 위해 조각한 거야. 없어져도 신경도 안 쓰는 그런 하찮은 물건이 아니야. 실실거리면서 얼버무리지 마.”

“나도 카노의 얘기를 들은 게 다지만 몇 가지 걸리는 부분이 있었어요. 첫 번째로, 리쿠 씨가 불상을 팔러 간 건 그제 밤에 외출했을 때죠?”

치요를 진정시키듯이 유키야 오빠가 조용히 끼어들자, 리쿠 오빠는 밀크커피를 마시며 “그랬나?” 하고 건성으로 대답했다.

"카노의 얘기로는 당신이 외출한 건 저녁 7시 반 이후라더군요. 다 그런 건 아니지만 카마쿠라의 가게는 음식점을 제외하면 대체로 오후 6시에는 문을 닫습니다. 카게츠 향방도 그렇고요. 과연 불상을 매입하는 가게가 그 시간에 열려 있었을까요?"

"그 가게는 영업시간이 지나도 전화해서 상담하겠다고 하면 열어주거든."

"왜 그렇게까지 해서 그날 밤에 팔려고 했죠? 다음 날 팔면 안 되었나요?"

"그야 돈을 빨리 손에 쥐고 싶으니까."

"그리고 불상이 열몇 개는 있었다고 하던데, 다 하면 무게가 상당할 거예요. 그걸 일부러 옮겼나요?"

"나는 이래 봬도 힘이 세거든. 멋진 여자 친구를 만나기 위해 매일 단련하고 있어."

유키야 오빠가 말한 포인트는 듣고 보니 이상한 점투성이였지만 리쿠 오빠는 태평하게 웃으며 유키야 오빠의 추궁을 흘려보냈다. 향기도 전혀 동요하지 않았다. 어제 내가 느꼈을 때와 똑같이 넓은 평원처럼 잔잔했다.

리쿠 오빠는 사실은 무척 의지가 강한 사람이다. 일단 하기로 정하면 흔들리지 않고 실행한다. 결정한 일 때문에 필요하다면 끝까지 무언가를 숨기고 거짓말을 고수하는 것도 가능한 사람이다.

"가격도 이상해."

그래도 치요가 입을 열었을 때만큼은 아주 작게 향기가 흔들렸다.

"오빠, 나랑 카노한테 이렇게나 많이 받았다고 돈을 보여줬지? 20만 엔 정도 있었던 거 같은데, 그렇게 비싸게 팔린다고? 왕할아버지의 불상은 확실히 무척 잘 만들었고 예쁘지만 프로가 아니잖아. 유명한 작가의 작품이라면 몰라도 아마추어가 조각한 불상에 그런 큰돈을 내주진 않을 거야."

불교 용품점에서 상품인 불상을 늘 봐온 치요의 의견은 나에게는 완전히 맹점이었고, 유키야 오빠도 감탄했다. 리쿠 오빠도 치요의 지적에 뾀쭘한 향기를 풍겼다.

"아니, 왜 나한테 그래? 가게 아저씨가 실제로 돈을 줬는데 날더러 어쩌라고……."

"왜 거짓말 해? 그 돈은 뭐야? 그 많은 돈이 어디서 났어? 오빠, 혹시 이상하거나 위험한 일 해? 그리고 왕할아버지도 이상해. 그 뒤로 계속 기운이 없어. 왜? 불상 일과 상관 있어?"

추궁당한 리쿠 오빠는 이번에도 쾌활한 미소로 흘려 넘기려고 했을 것이다. 하지만 그가 만들던 미소가 중간에 사라지고 향기가 동요했다. 강렬한 눈으로 리쿠 오빠를 뚫어지게 보는 치요의 뺨에 작게 빛나는 물방울이 타고 흘러내렸기 때문이다.

치요는 내가 내민 티슈로 눈물을 닦고 킁, 하고 코를 풀었다.

밀크커피를 한 모금 마신 유키야 오빠가 조금 목소리를 낮춰 말했다.

"방금 치요와 내가 열거했듯이, 당신의 주장에는 말이 안 되는 점이 많아요. 게다가 그건 아마도 당신도 알고 있어요. 그럼에도 '팔았다'고 하며 불상을 숨겨야 하는 다급한 이유가 그제 밤에 생긴 게 아닙니까?"

리쿠 오빠는 유키야 오빠에게로 눈을 돌렸지만 입은 여전히 다문 채였다.

"이렇게 생각해봤어요. 당신이 불상을 판 걸로 하지 않으면 그다음에 무슨 일이 일어날까. —이것도 카노에게서 들었는데, 치요는 이스케 씨 전우의 유족을 찾아서 이스케 씨가 조각한 백단 관음상을 선물하려고 했죠?"

갑자기 말을 걸자 치요가 머뭇거리며 끄덕였다. 그렇다, 그것은 내가 제안한 일이다. 그리고 그제 밤, 치요는 이스케 할아버지에게 그것을 전하러 갔다. 하지만 그것이 불상이 사라진 일과 무슨 관계가 있을까? 미간을 찡그리는 치요와 나에게 유키야 오빠가 이어서 설명하려고 했을 때였다.

"스톱! 알았어."

리쿠 오빠가 날카롭다고 표현해도 무방한 목소리로 말을 막았다.

"오빠?" 하고 놀란 치요에게 무겁게 고개를 끄덕여 보인 리쿠 오빠가 손을 들었다.

“여기요, 이 ‘탱글탱글 와라비모치’ 주세요.”

“오빠를 떡으로 만들어줄게, 이 바보 머저리 꽃다발아……!”

“꾸웩, 하지만 아침도 안 먹고 왔단 말이야.”

치요가 리쿠 오빠의 티셔츠 목덜미를 잡고 달각달각 흔드는 사이에 직원이 와서 “하나요?” 하고 묻자 “아뇨, 네 개 주세요.” 하고 유키야 오빠가 정정했다.

“이건 당연히 키시다가 사는 거지?”

“일반적으로 이럴 경우 선배가 내는데요?”

“무슨 소리야? 나는 네 선배가 아니야. 한 살 많은 동기지.”

와라비모치를 가져와도 리쿠 오빠는 가벼운 잡담만 했고, 나는 그가 속으로 얘기하기를 주저한다는 향기를 느꼈다. 그때 유키야 오빠가 “개인적인 영역을 파고드는 것 같아서 미안하지만.” 하고 조용히 운을 뗐다.

“이스케 씨는 시베리아 억류 생존자인가요?”

리쿠 오빠가 와라비모치를 찍은 손을 멈추고 돌을 떨어뜨린 수면처럼 향기가 흔들렸다.

시베리아 억류라는 말에 나는 눈만 깜빡거릴 뿐이었고, 치요도 비슷한 반응이었다. 단어 자체는 안다. 하지만 왜 그 말이 지금 여기서 튀어나오는지 몰랐다.

“이스케 씨는 전쟁 중에 만주에 계셨죠?”

"……어, 그랬나 봐."

"역시 그런가요?"

리쿠 오빠는 여전히 입을 다물고 있었지만 유키야 오빠를 경계하는 눈빛이 그 대답이었다. 당황스럽기만 한 나와 치요에게 유키야 오빠가 설명했다.

"1945년에 일본이 포츠담선언을 수락하고 무조건 항복함으로써 태평양전쟁은 일단 종결됐어요. 일본이 항복한 계기 중 하나가 소련군의 만주제국과 한반도 침공이에요. 소련과 일본은 당시 중립조약을 체결했기 때문에 소련군 참전은 일본에는 큰 오산이자 타격이었어요. 그 후 만주와 한반도 주변의 일본군은 소련군에 의해 무장해제 당하고 많은 사람이 포로가 되어 소련 영내로 연행됐어요. 이송된 곳은 소련 영내와 더불어 몽골과 중국 등 몇 곳 있었지만, 그중에서도 가장 유명한 곳이 극한의 땅 시베리아에서 가혹한 노동을 강요당한 시베리아 억류예요."

"……그곳에 왕할아버지가—?"

머리가 따라가지 않는 목소리로 중얼거린 치요는 그러냐고 확인하듯이 옆에 있는 오빠를 보았다. 리쿠 오빠는 씁쓰레한 얼굴이었다.

"네 머릿속은 잘 모르겠네. 카노에게 이스케의 얘기를 들었다는 건 알겠어. 하지만 어떻게 거기서 갑자기 시베리아 억류가 튀어나와?"

"당시의 만주에 있던 일본군은 대부분이 소련에 의해 어떠한 피해를 입었을 테고, 몇 가지 부합하는 게 있다고 생각했어요. 예를 들면……, 이스케 씨는 전투 중에 양쪽 발가락 몇 개를 잃으셨다고 들었어요."

"그게 뭐?"

"발은 보통 신발로 보호되어 있잖아요. 하지만 그 보호가 있어도 발가락을 잃을 정도의 피해를 폭발이나 총격으로 받는다면 부상이 발가락만으로 그치지는 않을 거예요. 이스케 씨는 발가락 이외에도 뭔가 그런 부상 흔적이 있습니까?"

치요는 조금 창백해지며 도리도리 고개를 저었다.

"따라서 그것은 동상 흔적이 아닐까 생각했어요. 시베리아에서 강제 노역을 당한 억류자가 혹독한 추위 때문에 손가락과 발가락, 혹은 손발 자체를 잃었다는 얘기도 많고요."

나는 오싹한 한기에 몸이 얼어붙었다. 지금까지 시베리아 억류는 교과서에 실려 있는 불과 몇 줄의 내용으로 요약되는 먼 역사 속의 사건이었는데 그것이 지금 생생한 촉감과 함께 되살아난 기분이었다. ―정말로 그 장난스럽게 인사해주는 이스케 할아버지가 그런 체험을 했었던 걸까.

"억류자가 처한 환경은 정말로 가혹했어요. 추위에 대한 배려도 충분하지 않았고, 영양도 만족스럽게 섭취하지 못하고, 몸이 점점 쇠약해지는 가운데 중노동을 해야 했어요. 시베리아에서는 탄광 노동을 했던 일본인도 많았다고 해요. 그리고 탄광 노동에 종사했던 억류자 중에는 굴삭 때 나오는 분진을 무방비하게 마시는 바람에 규폐증에 걸린 사람도 많았어요. 규폐증이라는 건 분진의 미립자가 폐포나 기관지에 침착된 상태를 말하는데, 호흡 곤란과 기침, 발열, 몸의 쇠약 같은 증상이 나타나요."

"……왕할아버지의 병과 똑같아……."

이번에도 치요가 오빠의 얼굴을 보자 리쿠 오빠는 떨떠름한 표정으로 입꼬리를 끌어올렸다.

"키시다, 네 별명은 뭐가 좋아? 포와로 키시다와 마플 키시다 포와로와 마플은 추리 소설의 여왕으로 불리는 애거사 크리스티가 창조한 명탐정 캐릭터. – 역자 주 중에서."

"어느 쪽이든 두 사람에게 실례니까 하지 마요. ……다만, 내가 할 수 있는 추측은 여기까지예요. 실제로 무슨 일이 있어서 불상을 숨겼는지 정확한 건 몰라요."

그것은 리쿠 오빠만이 안다. —아니, 리쿠 오빠와 또 한 사람만이.

"오빠."

치요가 강하게 부르자, 리쿠 오빠는 아프로 헤어를 만지작거리며 한숨을 내쉬었다.

어쩌다 그렇게 됐다고 리쿠 오빠는 말했다.

“작년에 인도에서 돌아와 이스케에게 선물을 가지고 갔더니 끙끙 신음하고 있더라고. 악몽이라도 꿨나 보다 하고 깨웠더니 나를 보고 눈물을 뚝뚝 흘렸어. ‘미안해, 미안해.’ 하고 몇 번이나 사과했어. 잠꼬대였는지, 잠깐 착란을 일으킨 건지. 나는 그 무렵에는 아프로가 아니었는데 내가 죽은 친구로 보였나 봐.”

“그 친구가……, 왕할아버지의 전우라는 분이야……?”

여전히 잘 이해가 되지 않는 치요에게 리쿠 오빠는 작게 끄덕였다.

“이스케가 계속 불상을 조각하며 공양하는 사람. 이스케가 진정한 뒤 얘기를 들었는데, 그 사람과는 시베리아 수용소에서 만났대. 이스케보다 나이는 조금 많았고 여러모로 잘 보살펴줬다고 했어. 이스케는 마음이 여리니까 기가 센 녀석들이나 소련 병사들이 수시로 괴롭혔는데 언제나 그 사람이 구해줬대. 머리 좋고 용기 있고, 자기도 매일 노예처럼 일하면서 괴롭고 불안한데도 ‘정신 차려.’, ‘살아남아서 일본으로 돌아가자.’ 하고 언제나 이스케를 격려해줬다고 하니 참 대단한 사람이지. 그 사람은 결혼한 지 얼마 안 됐고 일본에 두고 온 부인의 배 속에 아기가 있었대. 빨리 돌아가서 가족을 만나고 싶다는 게 그 사람의 입버릇이었다고 해.”

리쿠 오빠는 감정을 별로 담지 않고 담담하게 말했다. 그렇게 함으로써 귀를 기울이는 우리에게도, 말하는 본인에게도 되도록 피해를 주지 않으려는 것처럼.

"그런데 결국 그 사람은 시베리아에서 눈을 감았대."

"……왜?"

리쿠 오빠는 되도록 치요에게 들려주고 싶지 않다는 듯이 짧고 빠르게 말했다. 린치, 라고.

"이스케가 있던 수용소에서는 사회주의? 공산주의? 아무튼 그런 사상이 일본인 사이에도 퍼져 있었어. 그 두 가지가 어떻게 다른지 나는 잘 모르겠지만."

"사회주의는 경제 활동을 국가가 관리해 국민 사이에 격차가 발생하지 않도록 하자는 사고방식이고, 공산주의는 거기서 더 나아가 완전히 평화로운 이상 사회를 목표하는 이념이에요. 종교로 예를 들면, 사회주의는 기독교나 불교 같은 대분류이고, 공산주의는 그 안의 카톨릭이나 프로테스탄트 같은 종파 중 하나라고 생각하면 될 거예요. 당시 소련에서는 일본인 억류자에게도 공산주의 사상을 교육했어요. 그래서 지지자가 된 사람들부터 귀국시킨다는 방침이었고요."

그러므로 당시 포로로 잡혔던 누구나가 많든 적든 그 사상에 찬동했다. 그저 고향으로 돌아가고 싶어서 믿는 척하는 사람도 있는가 하면, 누구나 구분 없이 평등하다고 주장하는 새로운 사상에 정말로 심취하는 사람도 있었다.

"그래서 수용소에서는 조금이라도 반대 의견을 말하는 사람을 적대시하는 분위기가 형성됐고—어느 날, 이스케가 규탄받을 위기에 처했대. 이스케는 딱히 아무 말도 하지 않았고 아무 짓도 하지 않았는데 누군가가 놈은 반동분자라고 리더 격인 사람한테 밀고한 거야. 그런 일이 당시에는 수시로 벌어졌어. 전쟁이 끝나기 전까지는 모두가 나라를 위해 함께 싸운 전우였는데 빨리 일본으로 돌아가고 싶다는 이유로 밀고해서 동료를 팔아 점수를 버는 놈들이 나왔고, 그로 인해 아무도 신용할 수 없게 되면서 서로가 서로를 감시했고, 개중에는 이스케에게 한 것처럼 날조 밀고를 하는 놈까지 있었고……. 정말로 한시도 안심할 수 없는 상황이었다고 했어. —그리고 이스케가 규탄당할 위기에 처했을 때도 그 사람은 평소처럼 도와줬대. 그러다 이번에는 그 사람이 대신 타깃이 됐는데 규탄 수준을 넘어 린치로 번졌어. 끝난 뒤 이스케가 그 사람을 침상으로 데려갔는데, 아침에 일어나보니 이미 차갑게 식어 있었대."

치요에게서 위가 꽉 쪼그라드는 향기를 느껴 무심코 나는 테이블 위에 놓인 치요의 손을 잡았다. 치요는 힘없이 내 손을 맞잡았다.

"이스케는 '때리지 말라'는 말 한마디도 못하고 떨면서 보고만 있었대. 자신도 같이 맞을까 봐 무서웠고, 말리러 갔다가 반동분자로 간주되어 일본으로 돌아오지 못하게 되는 건 싫었다고. —하지만 말이야, 그게 당연하잖아. 누구나 그런 상황이었다면 똑같이 생각할 거야. 나 같은 경우는 내가 가장 소중하니까 밀고해서 동료를 팔았을지도 몰라. 그리고 이스케가 그렇게 필사적으로 살아서 돌아왔으니까 할머니가 태어났고, 어머니가 태어나서 나와 치요도 지금 여기에 있잖아. 하지만 안 되더라. 내가 아무리 그렇게 말해도 자신은 인간쓰레기고 사실은 살아 있을 가치도 없다고, 자기 같은 놈보다 그 사람이 살아남았어야 했다고 울었어."

치요의 눈동자가 조용히 젖어들고 흘러넘친 투명한 물방울이 뺨을 타고 떨어졌다.

학교 수업에서는 70년 전에 전쟁이 끝났다고 배웠다. 하지만 이스케 안에서는 아직 끝나지 않았다. 지금도 생생하게 피와 눈물을 흘리며 달아나지도 못하고 이어가고 있다.

"……전혀 몰랐어……."

"정말로 아무한테도 말 안 했었나 보더라. 할아버지도 할머니도, 아빠도 엄마도 몰라. 증조할머니에게는 시베리아에 있었다고만 얘기한 모양이지만. 원래 이스케가 카마쿠라에 온 것도 시베리아에 억류된 일을 계기로 고향의 가족과 연을 끊었기 때문이라고 하고."

"연을 끊어요……? 어째서요?"

"소련 영내에 억류되었던 사람들은 귀국하고 나서 차별을 받았어요. 소련이 억류자에게 시행한 사상 교육 때문에 실제로 공산주의로 기운 사람도 적지 않았죠. 당시 세계는 미국이 대표하는 자본주의와 소련이 대표하는 공산주의가 대립하는 냉전 상태였고, 일본은 미군의 점령 하에 있었어요. 그러니까 공산주의자를 위험시하는 경향이 있었고 '빨갱이 사냥'으로 공산당원과 관계자가 직장에서 쫓겨나는 일도 있었어요. 이스케 씨도 그와 같은 차별을 당하고 고향을 떠나기로 했는지도 몰라요."

나는 납덩이를 삼킨 기분이었다. —대체 뭘까. 목숨 걸고 싸우다 전쟁이 끝난 뒤에는 사망자가 속출하는 환경에서 몇 년이나 노예처럼 일하고, 그리고 간신히 돌아온 고향에서는 이유 없는 박해를 받는다니.

"여기요, 눈물이 멈추는 차 두 잔 주세요."

"의미 불명의 주문에 직원이 곤란해하잖아요."

"하지만 나는 여자애가 우는 건 싫단 말이야. 그래서 얘기하고 싶지 않았던 건데."

유키야 오빠가 리쿠 오빠의 주문을 "따뜻한 차 네 잔 주세요." 하고 정정하자 호지차 네 잔이 나왔다. 리쿠 오빠가 눈이 새빨개진 치요 앞에, 유키야 오빠가 눈물이 그렁그렁한 내 앞에 따뜻한 김이 피어오르는 찻잔을 놓아주었다.

"—불상이 사라진 건 어떻게 된 거야? 그 돈은 뭐고?"

따뜻한 차를 마시고 조금 진정되었는지 치요가 나직하게 물었다. 리쿠 오빠는 솜사탕처럼 부푼 아프로헤어를 만졌다.

"그 돈은, 어……, 위자료? 아니다, 보상금?"

"혹시 억류자에게 나오는 특별급부금이에요?"

리쿠 오빠는 "그래, 그거." 하고 유키야 오빠를 향해 손가락을 내밀었다. 머리에 물음표를 가득 띄운 여고생들에게 유키야 오빠가 설명해주었다.

"시베리아에 억류되었던 사람들은 가혹한 노동을 강요당해 육체적, 정신적으로 엄청난 고통을 받았음에도 국가 보상은 전혀 없었어요. 전쟁이 끝나고 60년이나 지난 2010년에야 겨우 억류자 급부금을 지급하는 법안이 가결됐어요. 급부금은 억류됐던 기간에 따라 25만 엔에서 150만 엔이 지급됐어요."

25만 엔. 나와 치요는 서로 마주 보았다. 리쿠 오빠가 불상을 판 대금이라며 보여준 돈도 그 정도의 금액이었다.

"다만 급부금 대상자는 2010년 시점에서 아직 생존해 있는 사람이에요. 법안이 통과된 시점에서 억류자의 평균 나이는 90세에 가까웠기 때문에 이미 타계한 사람도 많았어요. 게다가 억류지에서 사망한 사람이나 그 유족은 보상 대상도 아니고요."

"이스케는 그 짐을 받아들일 수 없었나 봐. 왜 추잡하게 살아남은 자신이 돈을 받고 자신을 구해주고 죽은 그 사람과 가족은 아무것도 받지 못하느냐고."

이제는 이미 늦었고, 자기만족에 지나지 않는다. 하지만 자신이 받은 급부금을 전우의 유족에게 주고 전우의 죽음을 지켜보기만 했던 걸 사죄하고 싶다—이스케 할아버지는 그렇게 생각했다고 한다.

“이미 자신도 언제 죽어도 이상하지 않으니 그때가 오기 전에 하고 싶은 마음도 있었을 거야. 이스케가 그런 걸 확인한 줄은 나도 몰랐어. 가족 중 아무도 몰랐지만, 억류체험자협회 같은 데 가서 유족을 찾을 수 없는지 알아봤나 보더라고. 이스케는 인터넷도 쓸 줄 모르고 정말로 혼자 발품을 팔아서 뚜벅이로 움직일 수밖에 없었으니까 상당히 힘들었을 거야. 그리고 규폐증 때문에 몸도 안 좋은데 이리저리 걸어다니며 무리하는 바람에 2년 전에 쓰러져 입원했고 지금처럼 드러눕게 됐지만.”

“그래서 유족은요? 못 찾았나요……?”

“응. 이스케도 그 사람의 상세한 주소까지 들은 건 아니라서 단서가 적었고, 상조단체 같은 데에 문의해도 생판 남에게는 개인정보라며 가르쳐주지 않아서 결국 실패했나 보더라고.”

이스케 할아버지는 얼마나 괴로웠을까. 다시 단서를 찾으러 나가려고 해도 이제는 몸도 맘대로 움직이지 못한다. 세상을 뜬 전우에게 미안해서, 스스로를 용서할 수 없어서—이스케 할아버지의 기분을 상상하면 내장이 꽉 옥죄이는 기분이었다.

“그러다 얼마 뒤에, 아까 얘기했던 것처럼 어쩌다 보니 내가 이스케의 옛날 일을 듣게 된 거야. 아무튼 이스케는 죽은 그 사람에게 사과하고 싶지만 이미 그 사람은 없으니까 하다못해 유족에게 돈을 전달하고 사과하고 싶어 해. 그게 소원인 거지. 그래서 이번에는 내가 이스케 대신 그 유족을 찾기로 했어."

"오빠가?!"

놀란 치요의 표정은 지금까지 단 1초도 일해본 적이 없는 게으름뱅이가 괭이를 들고 밭을 가는 모습을 목격한 사람 같았다.

"야, 치요, 그 툭눈금붕어 같은 얼굴은 뭐냐?"

"찾다니, 어떻게……?"

"바로 그거야. 나도 처음에는 어떻게 찾아야 좋을지 전혀 감도 안 왔는데, 잘 생각해보니까 내가 대학생이더라? 그리고 대학은 어른이 돼서도 여전히 공부를 계속하는 괴짜 같고 머리 좋은 사람들이 선생님으로 있는 곳이잖아. 게다가 나는 그 사람들한테 공짜로 얼마든지 질문할 수 있고. 이걸 어떻게 활용하지 않을 수 있겠느냐는 거지."

"좋은 생각이군요."

리쿠 오빠의 뻔뻔한 말투가 재미있는지 유키야 오빠는 입매가 풀어졌다. "내가 남의 떡으로 설 쇠기를 하면 일본에서 베스트5에 드는 사람이거든." 하고 리쿠 오빠는 입꼬리를 씩 올렸다.

"그래서 쇼와 시대 역사라든가 전쟁이나 그런 거랑 관련된 강의를 하는 교수님한테 찾아가서 이러이러해서 그 전우라는 사람의 가족을 찾고 싶은데 뭔가 좋은 아이디어 없나요, 하고 상담했더니 협력해주시겠다고 하셨어. 전몰자 유족 단체라든가 그런 곳에 연줄이 있나 보더라고. ……나중에 알았는데 그 교수님도 아버지가 전사하셨대. 그래서 도저히 남의 일 같지 않아서 도움을 주고 싶었다고 하시더라."

리쿠 오빠는 마무리하듯 한숨을 내쉬고 쾌활한 미소로 돌아왔다.

"그리하여, 이상—."

"불상은?"

치요가 말을 자르자 리쿠 오빠는 떨떠름하고 어색한 향기를 풍겼다.

"그건 딱히 상관없지 않아? 대단한 일도 아닌데."

"나 때문이야?"

치요의 목소리는 가늘고, 조금 갈라졌다.

"불상이 없어지기 전날 내가 왕할아버지한테 전우의 가족을 찾아서 불상을 선물하자고 했어. 내가 찾아주겠다고. 그래서 왕할아버지가 오빠한테 불상을 숨겨달라고 부탁한 거야?"

"—이스케는 아무 말도 안 했어. 내가 멋대로 한 거야."

하지만 리쿠 오빠는 틀림없이 이스케 할아버지를 위해서 그랬을 것이다. 그날 밤, 리쿠 오빠는 아이스크림을 주려고 이스케 할아버지의 방으로 갔다. 그리고 치요가 제안한 내용을 이스케 할아버지에게서 들었다. 이스케 할아버지는 틀림없이 동요하고 두려워했을 것이다. 지금도 악몽이 되어 찾아오는 자신의 죄를 치요가 알게 되는 것이.

그래서 리쿠 오빠는 불상을 숨겼다. 아마도 불상은 지금도 내가 백단 향기를 느낀 리쿠 오빠의 방에 있을 것이다. 불상을 팔았다는 변명은 유키야 오빠가 지적한 대로 어설펐지만 그래도 리쿠 오빠는 그날 밤 안에 불상이 사라진 걸로 해둬야 했다. 왜냐하면 이튿날이 되면 치요가 또 이스케 할아버지에게 전우에 대해 자세히 물어보려고 할지도 모르니까. 그것은 틀림없이 이스케 할아버지에게는 참을 수 없이 아픈, 묵은 상처를 헤집는 것과 다름없다.

치요가 유족에게 선물하자고 한 백단 관음상뿐만 아니라 장식 선반에 있던 불상을 모조리 숨긴 것도 치요가 전우 유족을 찾는 것을 포기하게 하려고 그랬을 것이다. 백단 관음상만 사라지면 대신 다른 불상을 보내자고 할지도 모른다. 그래서 리쿠 오빠는 모조리 '팔았다'고 하고 불상을 숨겼다.

"치요, 유족에게 불상을 보내자는 말을 꺼낸 사람은 나잖아."

"하지만 나도 그게 좋겠다고 생각했어. 결정한 사람은 카노가 아니라 나야."

숨이 멎을 것 같은 강렬한 눈으로 나를 본 치요는 견디기 힘든지 고개를 숙였다.

"내가, 왕할아버지를 몰아세운 거야……?"

"아니야."

리쿠 오빠의 목소리는 흔들림 없이 강했다.

"이스케에게 치요는 뭐랄까, 보물이야. 예쁘고 소중해서 어쩔 줄 모르겠고, 그리고 조금 눈부신 거야. 그래서 치요한테만은 자신의 추악한 점이라든가 비겁한 부분을 알리고 싶지 않았던 거야. 치요 앞에서는 불상 조각을 조금 잘하는 평범한 증조할아버지로 있고 싶었던 거지. 남자는 그런 면이 좀 있어. 뭐, 완전무결한 안경 미남은 예외겠지만."

"……아뇨, 이해해요."

유키야 오빠가 나직하게 중얼거리듯 말하자 리쿠 오빠는 의외인지 눈이 동그래졌다.

그러고는 리쿠 오빠는 눈가를 비비는 치요를 측은하게 보며 울지 말라고 달래듯이 머리를 쓱쓱 쓰다듬었다. 치요는 하지 말라며 힘없이 오빠의 손을 뿌리치고 내가 준 티슈로 코를 팽 풀었다.

"치요, 나중에 집으로 돌아간 뒤에도 이스케한테 전처럼 어리광부리고 웃어줄 수 있어? 이스케가 가장 두려워하는 건 치요가 다 알게 돼서 자신을 싫어하는 거거든. 이스케가 옛날에 무슨 짓을 했든 넌 이스케를 계속 좋아할 수 있어?"

고개를 든 치요는 토끼처럼 빨개진 눈으로 리쿠 오빠를 노려보고 물어볼 필요도 없다는 듯이 분명히 말했다.

"당연하지."

5

나와 유키야 오빠는 치요, 리쿠 오빠와 헤어진 후 귀갓길에 올랐다.

코묘지 절 앞 버스 정류장에 도착하자 카마쿠라 역으로 가는 버스가 오기까지 아직 10분 정도 시간이 있었다. 이미 줄 서서 기다리고 있는 나이 많은 남자와 중년 부인 다음에 우리도 줄을 섰다.

불어오는 바람에 바다 냄새가 짙게 났다. 겨울 동안에는 차고 건조한 대기 속으로 숨는 온갖 향기는 봄이 되면 향로로 데운 향목처럼 알록달록하게 공기를 물들인다. 하지만 나는 지금은 무척 우울해서 내 발밑만 보고 있었다.

"잠깐 바다 보러 갈래요?"

갑작스러운 목소리에 네? 하고 고개를 들자 유키야 오빠는 발길을 돌려 버스 정류장 바로 옆에 난 가느다란 내리막길로 걸음을 옮겼다. 나도 뒤를 따라가 이윽고 도로 밑을 지나는 짧은 터널로 들어갔고, 그곳을 빠져나오자 너른 모래밭이 펼쳐졌다.

걸을 때마다 신발이 빠지는 부드러운 모래 너머, 햇빛을 반사하며 반짝반짝 빛나는 바다에서는 서퍼들이 파도와 격투를 벌였고, 그보다 더 먼 곳에서는 해원을 천천히 가로지르는 요트의 하얀 돛이 보였다. 멋스러운 모자를 쓴 할아버지가 크고 영리해 보이는 개와 산책 중이었다. 남매로 보이는 어린 남자애와 여자애가 발굴 작업 중인 고고학자처럼 진지하게 조개껍데기를 줍고 있었다.

파도치는 물가를 따라 걷는 도중에 할아버지가 데리고 온 개가 킁킁 하고 코를 들이대자 유키야 오빠는 부드러운 손길로 개의 귀 뒤를 긁어주고 할아버지와 인사를 나눴다. 할아버지와 개가 멀어지자 유키야 오빠는 고개를 돌려 나를 보았다.

"쓸데없는 짓을 했다고 생각하죠?"

"네……?"

"자신의 체질을 이용해 리쿠 씨의 거짓말을 알아챈 걸 하면 안 되는 부당한 행위라고 후회해요. 맞아요?"

맞는 말이라서 나는 아무 말도 못하고 멈춰 섰다.

나는 예전에 스스로를 경계했다. 나는 남보다 강하게 향을 느끼고, 그 향으로 사람의 감정까지 알 수 있다. 하지만 그것은 말하자면 커닝을 하는 것과 마찬가지라, 이 체질 덕에 뭔가를 알았다 하더라도 함부로 관여해서는 안 된다. 본래라면 그랬을 것처럼, 아무것도 알아채지 못한 걸로 하고 조용히 지나쳐야 한다.

하지만 나는 이 무렵 그 경계심을 잊고 있었다. 할머니와 유키야 오빠처럼 내 체질을 알면서 받아들여주는 사람이 가까이에 있고, 이 체질 때문에 관계에 금이 간 아빠나 엄마와도 일단은 서로를 이해할 수 있게 됐고, 이 체질 덕을 봤다고 할 수 있는 사건도 몇 번인가 있다 보니 우쭐해 있었던 것이다. 이런 체질을 가지고 태어났기 때문에 갖춰야 하는 분별을 잊었고, 그 결과 어떻게 되었는가.

이스케 할아버지가 필사적으로 숨겨온 괴로운 기억을 들춰냈고, 자백하듯이 그것을 털어놓게 한 리쿠 오빠에게도, 그것을 듣게 한 치요에게도 고통을 주었다. 내가 억지로 끼어들지 않았더라면 그 모든 일들은 일어나지 않아도 되었는데.

"……유키야 오빠가 제대로 말해줬었는데. 남의 집안일이니 간섭하지 않는 게 좋겠다고. 그런데도 걱정된다며 끼어들었고, 그래서 이스케 할아버지가 치요에게 알리고 싶지 않았던 일도 들키고, 치요도 그렇게나 울고—."

"내가 간섭하지 말라고 한 건 배려나 친절과는 달라요. 어떤 일로 곤란해하는 사람 옆을 말없이 지나치는 그런 종류죠. 하지만 카노는 멈춰 서서 말을 걸었어요."

그렇게 아름다운 일이 아니다. 나는 얼굴이 구겨지는 것을 느끼고 고개를 숙였다. 잠시 틈을 두고 중저음의 목소리가 들렸다.

"예를 들어, 리쿠 씨가 가족에게 비난받지 않았더라면, 그래서 이스케 씨가 괴로워하는 모습을 보이지 않았다면, 카노는 굳이 개입하려고 하진 않았을 거잖아요?"

생각지 못한 질문에 나는 눈을 깜빡였다.

"나처럼 간섭하지 않는다는 건 아무 행동도 하지 않고 방관한다는 뜻이에요. 확실히 그 편이 나은 경우도 있죠. 하지만 카노는 이스케 씨와 리쿠 씨가 괴로워하는 게 힘들었던 거예요. 그래서 이유를 알고 힘이 되어주고 싶었던 거죠."

나는 서서히 눈 안쪽이 뜨거워져서 고개를 숙인 채 코를 훌쩍였다.

"……하지만 그런 걸 다른 말로 쓸데없는 참견이라든가 괜한 간섭이라고 하잖아요……."

"나는 작년 말에 어떤 사람에게서 너는 자신을 전혀 보지 못하고, 왜 자기 일만 되면 그렇게 한심해지느냐고 욕을 먹은 적이 있어요."

"네?! 욕하지 않았어요, 욕한 거 아니라고요……!"

"그때는 솔직히 상당히 정신적 피해가 컸지만, 카노에게도 같은 말을 해줄 수 있어요. 카노는 남에게는 지나칠 정도로 관대하면서 스스로에게는 과하게 점수가 짜요. 그리고 카노의 행동이 쓸데없는 참견이었는지, 아니면 어떤 의미가 있는 일이었는지는 지금 시점에서 카노가 판단할 수 있는 문제가 아니에요."

화학 이론을 설명하듯 담담하게 설교하자 나는 울먹이는 얼굴 그대로 쩔쩔맸다. 유키야 오빠는 검은 메탈 프레임 안경의 브리지를 밀어 올리며 바지 호주머니에서 검은색 스마트폰을 꺼냈다. 누구에게서 전화라도 온 걸까. 스마트폰을 귀에 대며 유키야 오빠가 여기서 기다리라고 하듯이 손을 들고는 내게서 멀어져 조금 전에 왔던 터널 너머로 걸어갔다.

혼자가 된 나는 그 자리에 웅크리고 앉아 황설탕 같은 모래에 의미 없는 모양을 그렸다. 왜 이렇게 못났을까, 한심 대왕이다, 한심 선수권 우승으로 시드권 확정이다, 하고 울적해하면서 얼마나 시간이 흘렀을까. 근처에서 모래를 밟는 발소리가 들렸다.

"왁……!"

"꺄악!"

어깨를 두드리는 바람에 소스라치게 놀라며 고개를 들자 더 크게 놀랐다. 조금 전에 헤어진 치요가 웃고 있었다. 내 운명의 단짝은 스커트 자락을 꼼꼼히 무릎 뒤로 접어 누르며 얼빠진 내 옆에 쪼그려 앉았다.

"치요, 어, 어떻게……?"

"이니셜 Y가 오빠를 거쳐서 연락했어. 카노가 우울해하니까 말 좀 해주라고."

나는 말도 없이 조금 전에 스마트폰을 귀에 대고 멀어져간 유키야 오빠의 모습을 떠올렸다. —전화가 걸려온 게 아니라 건 것이었다.

"과잉보호가 좀 심하네? 이니셜 Y."

"……응, 실은 좀."

"하지만 마이너스 100점이었던 신용 점수는 마이너스 50점 정도로는 올라왔어."

치요의 소곤거리는 목소리에 나는 웃었지만, 그대로 계속 웃으려고 했지만, 웃음은 이내 사라지고 고개가 떨어졌다.

"……쓸데없는 짓을 해서 미안해. 이스케 할아버지가 숨겨온 일을 할아버지 몰래 뒤에서 파헤쳐서. 치요에게는 알리고 싶지 않았던 건데, 이런……."

얘기하면서 깨달았다. 나는 치요보다 이스케 할아버지에게 죄송한 것이다.

나는 이스케 할아버지의 마음을 이해한다. 밝힐 수 없는 비밀을 안고 있고, 그것을 들키면 그 애는 틀림없이 떠나갈 거라고 두려워하는 마음을 아플 정도로 이해한다.

나도 무섭다. 내 체질을 알면 치요는 얼굴을 찡그리고 떠나가지 않을까. 치요와 친구가 됐을 때부터 사실은 줄곧 그것이 무서웠다.

"리쿠 오빠한테 전부 들었다고 왕할아버지한테 말할지 말지 고민했어. 나도 듣고 괴로웠지만 왕할아버지는 그보다 100만 배는 괴로웠고, 왕할아버지가 알리고 싶지 않아 한다면 아무것도 모르는 척하는 게 좋을지도 모른다고."

치요는 바다를 보며 조용히 말했다. 바다 향기에 섞여 아름다운 향기가 났다. 낯을 가리고 목소리는 작지만 사실은 상냥하고 강한 심지를 가진 그녀의 마음의 향기다.

"하지만 조금 전에 이니셜 Y 전화를 받고 여기로 걸어오는 도

중에 결정했어. 집에 돌아가면 왕할아버지한테 다 들었다고 말할 거야."

"……왜?"

"말해주고 싶어. 나는 왕할아버지가 한 일을 알지만 그래도 괜찮다고. 나는 왕할아버지가 어떤 사람이든 정말 사랑한다고."

눈물이 차올라 아무것도 보이지 않았다.

그것은 나를 위한 말이 아니지만 그래도 지금 어떤 구원을 받았다. 있지, 카노. 새끼고양이 같은 목소리로 운명의 단짝이 나를 불렀다.

"만약 그렇게 말하면 왕할아버지는 기쁘실까?"

"……더할 나위 없이 홀딱 반하게 만드는 발언이야……."

"내가 그렇게 말하면 왕할아버지는 아주 조금이라도 안심하실 수 있을까?"

"……응—."

"고마워, 카노. 나는 알게 돼서 다행이었어. 아무것도 모르는 것보다 알아서 다행이야."

나는 이쯤 되자 고개를 끄덕이는 게 고작이었고, 치요는 내 손을 잡고 일어났다. 부드러운 모래밭을, 선생님처럼 손을 잡아끌며 걸었다. 눈물로 흐려진 세계 너머에, 조금 전에 지나온 터널 옆에 호리호리한 그림자가 서 있는 것이 보였다. 계속 거기서 기다려준 걸까. 치요는 걸음을 멈추더니 유키야 오빠에게 꾸벅 인사했다.

“정말 고마웠습니다…….”

“나야말로 불러내서 미안해요.”

“하지만 아직 마이너스 50점 정도 남아 있어요…….”

“앞으로도 열심히 신용 회복을 위해 노력할게요.”

진지한 유키야 오빠의 대답에 치요도 근엄한 표정으로 끄덕였지만 향기는 살짝 웃는 것처럼 부드럽게 흔들렸다.

“카노, 벚꽃이 피면 같이 봄꽃 놀이 사찰 순례 투어 해줄래……?”

“당연하지…….”

“다행이다. 또 보자.”

웃음을 짓는 치요는 교대하듯이 잡고 있던 내 손을 유키야 오빠에게 건네고 잘 가, 하고 손을 흔들며 잔달음으로 멀어져갔다.

“나는 의미가 있었다고 생각해요. 적어도 이번 일은 내가 말한 것처럼 아무런 행동도 하지 않는 것보다 카노가 움직임으로써 더 좋게 흘러갔다고 생각해요.”

유키야 오빠는 내 손을 잡고 걸으며 조용히 말했다.

“확실히 이스케 씨는 알리고 싶지 않았을지도 몰라요. 하지만 대신 이제 더는 고독하지는 않을 거예요. 내가 그랬던 것처럼.”

나는 눈물을 닦으며 끄덕였다. 기도하는 마음으로 몇 번이고 끄덕이며 치요가 해준 얘기를 떠올렸다.

관음보살은 이 세상에서 고통받는 모든 중생을 구제하고 죽은 이의 영혼을 연꽃대에 태워 정토로 데려간다고 한다. 그래서 이스케 할아버지는 구해주지 못했던 전우를 향한 애도와 속죄를 위해 몇십 년 동안 관음상을 조각했다.

하지만 계속 후회하며 기도해온 이스케 할아버지도 부디 구제받았으면 좋겠다. 앞으로 그의 사랑하는 증손녀가 건네는 말이, 계속 괴로워해온 그의 마음에 조금이라도 좋으니 평온함을 안겨준다면 좋겠다.

그 자애로워 보이는 관음보살에게서 피어오르는 자비와도 비슷한 백단 향기 같은 빛을, 부디 그에게도.

여기부터는 그로부터 얼마 지난 뒤의 일이다.

4월에 접어든 어느 날, 치요가 자기 방에서 미성으로 유명한 스님의 불경 CD를 황홀하게 듣고 있는데 대학교에서 돌아온 리쿠 오빠가 노크도 하지 않고 문을 열었다. 울상을 지으며 조각 중인 부처님을 치켜든 치요에게 리쿠 오빠는 빠르게 이스케 할아버지가 찾넌 전우의 유족이 어디 있는지 알았다고 했다.

유족은 니가타현에서 살고 있었다. 이스케 할아버지가 전우에게 들었던, 그가 출정했을 때, 아직 부인의 배 속에 있었다는 자식은 일흔에 가까운 할아버지가 되어 있었다. 리쿠 오빠나 치요와 비슷한 나이의 손자가 몇 명 있고, 아들 부부와 함께 산다고 했다. 치요와 리쿠 오빠가 그 소식을 알리러 달려가자 이스케 할아버지는 소리도 내지 못하고 입술을 떨었다.

그로부터 며칠 뒤, 몸이 좋지 않은 이스케 할아버지를 대신해 리쿠 오빠가 협력해준 대학교 교수와 함께 유족을 만나러 가기로 했는데, 전날 밤에 집으로 돌아온 리쿠 오빠를 보고 치요는 소스라치게 놀랐다. 리쿠 오빠의 충격적이던 아프로헤어가 산뜻하게 짧아져 있었기 때문이다. 이튿날 아침, 리쿠 오빠는 대학교 입학식 때 딱 한 번 입었던 양복을 꺼내 입고 "옷이 날개라더니.", "똑똑해 보여.", "세상에 리쿠가.", "어떻게 리쿠가." 하고 눈물을 훔치는 부모님과, 합장을 하고 절하는 조부모님과, 치요의 부축을 받으며 현관까지 나온 이스케 할아버지에게 가볍게 손을 흔들고 출발했다.

리쿠 오빠가 전우의 아들과 무슨 얘기를 했는지 나는 듣지 못했다. 다만, 아들은 리쿠 오빠가 아무리 설득해도 이스케 할아버지의 돈은 받지 않고 그 아름다운 백단 관음보살만 받았다.

그리고 일주일 후, 치요네 집 우편함에 흰 봉투에 든 편지가 도착했다.

제일 먼저 그 편지를 확인한 사람은 치요로, 발신인 이름을 본 치요는 늦잠 자는 리쿠 오빠를 두들겨 깨워 함께 이스케 할아버지의 방으로 달려갔다.

편지를 건네받은 이스케 할아버지는 떨리는 손으로 편지지를 펼쳐 몇 번이고, 몇 번이고, 몇 번이고, 거기에 적힌 글자를 되풀이해서 읽었다.

그리고 두 증손주가 등을 쓸어주는 가운데 울었다.

제 3 화

작은 당신에게 축복을

1

4월 첫 번째 금요일, 일어나서 바로 커튼을 걷자 창문 너머에 펼쳐진 상쾌하고 푸른 하늘에, 좋아! 하고 나는 주먹을 쥐었다. 거울을 체크하자 턱 구석에 났던 여드름도 깨끗하게 나아 있었다. 몸 상태도 날아갈 것 같았다. 나는 조금만 마음을 놓으면 깡충깡충 뛸 것 같은 기분으로 뒤뜰로 가서 투명한 아침 햇살 속에서 활기차게 일과인 라디오 체조를 했다.

"언니, 봄방학인데 아침부터 라디오 체조 틀지 마……."

부엌에서 아침으로 먹을 토스트를 굽고 있는데 눈을 슴벅슴벅하며 여동생 카린이 일어났다. 올봄에 무사히 제1지망인 도립 고등학교에 합격한 카린은 어제부터 봄방학을 카마쿠라에서 지내러 왔다. 목적은 현재 원거리 연애 중인 오노 아사토와 데이트를 하기 위해서다. 아사토는 할머니의 옛 친구의 손자로, 나와 유키야 오빠와도 친하고, 며칠 뒤의 입학식에서 내가 다니는 현립 고등학교 후배가 된다. "골든위크까지 할 데이트 미리 적립해두려고!" 하고 내 여동생은 기합이 잔뜩 들어가 있다.

우리 집에서는 아침은 각자 챙겨 먹는다는 규칙이 있는데, 기분이 들썽들썽해서 견딜 수 없는 나는 동생과 할머니에게도 빵에 햄과 치즈와 달걀프라이를 얹어 오븐에서 구운 달걀토스트를 만들고 인스턴트 수프까지 곁들여주었다. 긴 머리카락에 까치집을 만든 카린은 토스트를 베어 물며 눈을 끔뻑끔뻑했다.

"언니, 어쩐지 굉장히 기분 좋아 보이네……?"

"카노도 유키야와 데이트하거든. 유키야가 먼저 하자고 했대."

"아니, 데이트 아니야. 그런 거 아니라고……!"

줄무늬 기모노를 입은 할머니가 소곤소곤 귀엣말을 해주자 카린은 "진짜?" 하고 눈을 반짝반짝 빛냈고, 그런 두 사람에게 나는 황급히 정정했다.

그제 유키야 오빠에게서 연락이 왔다. 요즘 LAND로 메시지를 주고받는 일은 종종 있어도 유키야 오빠가 전화를 걸어오다니 별일이었다. 이유도 없이 정좌하고 얼굴이 빨개진 나에게 유키야 오빠는 이렇게 말했다.

[오늘 요코하마 역에서 우연히 히비키 씨를 만났어요.]

히비키 씨는 코시고에에서 레스토랑을 운영한다. 히비키 씨의 아버지, 쿠라나미 케이타로 씨는 우리 할아버지 긴지의 옛 지인으로, 케이타로 씨가 돌아가셨을 때 할머니가 그분의 컬렉션인 향목을 물려받은 것을 계기로 우리는 히비키 씨와 알게 되었다.

마지막으로 만난 게 반년도 더 전이었는데, 나는 히비키 씨의 가게에서 유키야 오빠와 함께 혼이 나갈 정도로 맛있는 비프스튜를 먹었다. 그러고 보니 그 무렵 히비키 씨의 부인 나나 씨의 배 속에는 아기가 있었고, 지금은 이미 태어났을 터였다.

"히비키 씨, 잘 지내신대요?"

[전반적으로는요. 딸도 4개월에 접어들어 얼마나 귀여운지를 오랫동안 열심히 설명해주셨어요.]

"딸이구나……."

[히카리라고 한대요. 그래서 본론으로 들어가면, 히비키 씨네 집에서 기이한 사건이 발생했대요.]

내가 몇 번인가 눈을 깜빡거리고 "기이한 사건이요?"라고 확인하는 톤으로 중얼거리자 [기이한 사건이요.] 하고 유키야 오빠도 끄덕이는 톤으로 되풀이했다.

[모레인 금요일이 가게 정기휴일이라고 해서 얘기를 들어보러 가기로 했어요. 그래서 카노도 같이 가면 어떨까 하고……, 점심을 대접해주신다고 하는데 뭔가 다른 스케줄 있어요? 갑작스럽게 말을 꺼냈으니 무리하진 말고요.]

괜찮아요, 갈게요, 꼭 갈게요, 하고 나는 혀를 깨물 것처럼 재빠르게 말하고 유키야 오빠와 함께 히비키 씨의 집에 가기로 했다. 그리고 오늘이 그 금요일이다.

그러므로 오늘은 데이트가 아니라 기이한 사건으로 곤경에 처한 히비키 씨의 얘기를 듣는 중요한 임무가 있는 날이다. 그래도 유키야 오빠와 둘이서 외출할 수 있다고 생각하니 어떻게 해도 마음이 하늘을 날아갈 것처럼 둥실둥실 떠올랐다. 아침을 먹고 내 방에서 옷을 갈아입었다. 어젯밤에 결정해놓은 봄기운 물씬한 파스텔컬러 원피스다. 이상하지 않나? 어라, 살쪄 보이나? 하고 거울 앞에 붙어 있는데,

“음, 귀엽긴 한데 좀 수수하지 않아? 액세서리 해보면 어때?”

“카린, 왜 엿보고 있는 거야?!”

“뭔가, 찰랑찰랑한 긴 목걸이 없어? 그리고 화장은?”

카린은 자신도 이제부터 아사토와 데이트라 “11시에 데리러 올 거야!”라고 했으면서, 들뜬 모양새로 방으로 들어와 내게 액세서리를 이것저것 대보기 시작했다. 그러는 사이에 “어머나, 즐거워 보이네.” 하고 어째서인지 할머니까지 들어와 “머리는 그렇지, 이렇게, 부풀려서 묶고.”, “카디건은 그거보다 이쪽 색깔이 어울려.”, “다른 건 몰라도 선크림은 꼭 발라! 이맘때의 자외선은 이미 여름과 별로 다르지 않으니까!”, “그리고 이 색깔 들어간 립밤이랑 투명 마스카라! 화장을 안 해도 이것만큼은 해야 해!” 하고 양쪽에서 나를 사이에 두고 머리를 손질해주고, 얼굴에 이것저것 발라주고, 또 나를 거울 앞으로 데리고 가 이러쿵저러쿵 의논했다. 해방되었을 무렵에는 10시가 지나 있었고 “언니 파이팅!”, “괜찮아, 유키야의 마음을 꽉 휘어잡고 와!” 하고

현관에서 배웅하는 두 사람에게 나는 새빨개진 얼굴로 손을 흔들었다.

밖으로 나오자 지난 며칠 사이에 핀 벚꽃 향기가 코를 간질였다. 봄이구나, 하고 느끼고 있는데 냐옹, 하는 울음소리가 들렸다. 가게 앞에 놓여 있는 일본풍 벤치 위에 완전히 친해진 젖소무늬 고양이(암컷)가 몸을 둥글게 말고 있었다. 게다가 세상에, 그녀의 옆에는 새하얀 고양이가 딱 붙어서 몸을 말고 있었는데, 한눈에 봐도 사이가 무척 좋아 보였다. "나, 남자 친구 생겼어……?" 하고 작은 소리로 물어보자 젖소무늬 고양이는 '꼭 말을 해야 아니?' 하는 느낌으로 페리도트 같은 눈동자로 나를 흘긋 보았다. 나는 봄의 마법에 꾸벅거리는 고양이들을 잔뜩 쓰다듬어 주었다.

유키야 오빠와는 10시 반에 카마쿠라 역에서 만나기로 했고, 아직 시간은 여유가 있었다. 꽃구경 하며 천천히 걸어갈까, 하고 생각했을 때였다.

깜빡이를 점멸하며 검은 자동차가 속도를 낮추고 가게 앞의 좁은 주차 공간으로 들어왔다. 보닛에는 사자 엠블럼. 저 차는, 하고 내가 놀라는 사이에 자동차는 조용히 멈추고 이윽고 열린 운전석 문에서 장신의 남자가 내렸다.

지나치게 딱딱하지 않은 올백 머리에 글렌체크 회색 슈트, 피아노 건반처럼 잘 닦은 검은 구두. 무장이라고 해도 좋을 빈틈

없는 차림으로 그가 다가오자 위험을 감지했는지 고양이들이 쌩 달아났다. 쭈그린 채 순간적으로 움직이지 못하고 있는 내 머리 위로 그의 그림자가 드리워졌다. 역광 속에서 그는 입꼬리를 끌어올렸다.

"오랜만이야, 사쿠라 카노. 잘 지냈나?"

미성이라기에는 지나치게 박력이 센, 연설 하나로 민중을 선동할 것 같은 저음이다. 나는 그를 올려다본 채 침을 꼴깍 삼켰다.

"자, 잘 지냈어요……. 카즈마 씨는, 저기, 여기엔 어쩐 일로?"

"당연히 너한테 용건이 있어서 왔지."

유키야 오빠의 외삼촌 키시다 카즈마 씨는 더욱 깊게 웃었다. 마법사가 인간에게 마법을 걸 때 이런 식으로 상대의 눈을 쳐다보며 미소 짓지 않을까 하는 느낌으로.

"너는 오늘 유키야와 외출할 예정이지?"

"네? 어떻게……?"

"어떻게 아느냐고? 당연히 유키야에게 들었으니까 알지. 미안하지만 조카한테 살짝 문제가 생겨서 너와 한 약속 시간을 지키지 못할 것 같대. 자기는 직접 그곳으로 갈 테니 널 데려와 달라고 하더라."

"문제요? 무슨 일이 생겼어요? 유키야 오빠는 괜찮아요?"

"가족 문제로 조금. 하지만 유키야에게 위험한 일은 전혀 없으니까 걱정할 필요는 없어."

카즈마 씨에게서 피어오르는 향기는 여전히 난공불락 요새처럼 꿈쩍도 하지 않았다. 그것으로 유키야 오빠가 위험에 빠지지 않았다는 것은 사실이라고 확인하고 안도했다. "얼른 타." 하고 재촉하자 서둘러 조수석에 탔다. 그때 어라, 하고 생각했다. 예전에도 이런 일이 있었던 것 같은데…….

게다가 뭔가 문제가 생겼다고 해서 유키야 오빠가 카즈마 씨에게 도움을 요청할까? 도쿄에 거점을 두고 있는 카즈마 씨는 카마쿠라까지 오려면 나름 시간과 수고가 들고, 유키야 오빠는 카즈마 씨의 손을 빌리는 것을 좋아하지 않는 느낌이다. 유키야 오빠는 평소에는 실제 나이보다 더 어른스럽게 보일 정도로 차분하지만 이 외삼촌에게는 늘 대들고 반발했다.

뭔가 이상하다. 땀이 쭉 났다.

"저기, 역시 만일을 위해 유키야 오빠에게 연락을 해보고 나서……."

문을 손으로 잡은 순간 '딸깍' 하는 소리가 났다. 자동차 문이 잠기는 소리였다.

"……저기, 왜 문을 잠가요?"

"주행 중에 문이 열리면 위험하니까."

"주, 주행하지 않아도 돼요. 유키야 오빠에게 전화……! 어, 스마트폰……?"

香

『카마쿠라 향방 메모리즈』 ⑤권 초판 한정 특별부록

"언니! 잠깐, 스마트폰 놓고 가면 틀림없이 곤란……! 앗, 언니? 어, 사탄?"

샌들을 꿰신은 카린이 방금 찾던 내 하늘색 스마트폰을 쥐고 달려와 차에 탄 나와 운전석의 카즈마 씨를 보더니 깜짝 놀라 눈이 동그래졌다. 여담이지만 카린은 카즈마 씨를 '사탄'이라는 애칭으로 부르는데, 이는 카즈마 씨가 고등학생이었을 때의 별명인 '변론부의 사탄'에서 유래한다.

"너도 카마쿠라에 와 있었구나, 사쿠라 카린. 마침 잘됐어. 너는 우리 불초한 조카의 연락처를 알고 있지? 녀석에게 이렇게 전해줄래?"

카즈마 씨는 물 흐르듯 거침없이 말하며 흉악하게 미소를 지었다.

"사쿠라 카노의 신병을 확보했다. 돌려받고 싶으면 출두해 다시 한번 대화에 응하라. 장소는 추후 연락하겠다—이상이야. 토씨 하나 틀리지 말고 되도록 긴박감 있게 부탁한다. 그럼."

얼이 빠진 카린에게 가볍게 손을 흔든 카즈마 씨는 지나가는 자동차의 대열에 빈틈을 발견하자마자 액셀을 밟아 엔진을 울리며 급발진했다. "어, 언니?!" 카린의 외침이 엔진 소리와 섞여 들었다.

나는 하얗게 질려서 시트에 등을 눌러 붙이며 떠올렸다. 옆에 앉은 유키야 오빠의 외삼촌이 목적을 이루기 위해서라면 어떤 수단도 불사하는 교활한 사탄이라는 점을.

2

“어디 가는 거예요?!”

“안심해, 시내를 벗어날 생각은 없어. 나도 그 정도로 한가하진 않거든. 그렇지, 유키노시타에 야시로가 좋아하는 홍차 전문점이 있어. 주차장도 있으니 그리로 갈까.”

“어, 어떻게, 또, 이런……!”

“왜 이런 짓을 하느냐고? 좋은 질문이야. 요즘 나와 유키야는 녀석의 장래에 관한 중요한 얘기를 하는 중인데, 그 불초한 조카가 인생 선배인 내 말에 귀를 기울이려고 하질 않잖아. 난감하다니까. 나는 결코 성미가 급하지는 않지만 녀석이 너무나 완고하다 보니 아무래도 조금 화가 났거든. 녀석을 좀 놀라게—아니, 고착 상태에 새로운 바람을 불어넣기 위해서 이번에는 너한테도 동석을 부탁하는 거야. 녀석은 네가 옆에 있으면 태도가 부드러워지니까. 유키야 처리반의 능력을 마음껏 발휘해줘.”

“고, 곤란해요! 오늘은 유키야 오빠와 함께 아는 사람 집으로 찾아갈 약속을……!”

빨간불에 자동차가 멈추자 카즈마 씨가 내 쪽으로 고개를 돌렸다. 입술에는 웃음이 걸려 있지만 날카로운 두 눈은 전혀 웃지 않았다. 그가 육식동물이 쥐를 짓밟는 거침없는 향기를 뿜자 나는 창백해져서 달달 떨었다.

"사쿠라 카노, 너는 내 조수라는 사실을 혹시 잊은 거야? 약속이 있으면 어때? 고양이를 쓰다듬던 네 헤실헤실 풀어진 얼굴과 그 한껏 멋 부린 차림을 보면 반쯤 데이트 같은 긴급성 없는 용건이겠지. 오늘 옷차림은 제법 괜찮긴 하지만. 중학생이 아니라 제대로 고등학생으로 보여."

"동안이라 죄송하네요!"

"고등학생인 너는 봄방학이라는 일본 전역의 어른들이 질투하는 휴가 한가운데에 있어. 한편 나는 다난하고 다망한 업무 중에 짬을 내서 일부러 카마쿠라까지 왔고. 네가 그 남아도는 시간의 극히 일부와 약간의 수고를 제공해 나한테 협력하는 게 대체 뭐가 문제지? 오히려 그건 마스터에 대한 조수의 책무야."

"나, 나는, 애당초 카즈마 씨의 조수가 된 기억이 없어요."

"괜찮아. 네가 잊어도 내가 기억하고 있으니 문제없어."

틀렸다. 이 사람과 입으로 싸우는 건 미야모토 무사시에게 검으로 도전하는 짓이나 마찬가지다. 도저히 상대가 되지 않는다.

갑자기 높고 날카로운 전자음이 울려 퍼졌다. 카즈마 씨는 슈트 안주머니에서 얇은 스마트폰을 꺼내더니 액정 화면을 슬쩍 보고는 그대로 뒷좌석에 던졌다.

"전화 오는데요?!"

"유키야니까 신경 쓰지 마."

"더 신경 쓰여요!"

"녀석도 조금은 마음을 졸여봐야 해."

이런 대화 끝에 신호가 파란색으로 바뀌고 자동차는 다시 출발했다. 나는 완전히 진이 빠져서 입을 다물었고, 뒤쪽 시트에 굴러다니는 스마트폰은 몇 번이나 수신음을 울려댔다.

카즈마 씨는 츠루가오카하치만구 신사 앞 도로를 빠져나가 키타카마쿠라로 이어지는 완만한 오르막길을 달렸다. 얼마 동안 달리자 오른쪽에 중후한 석조로 된 아름다운 서양식 건물이 보였는데, 그곳이 목적지였다. 카즈마 씨는 가게 안에 들어가기 전에 스마트폰으로 유키야 오빠에게 연락했다. 카마쿠라 역에서라면 여기까지 걸어서 15분 정도일 것이다.

가게 안은 신사숙녀가 차를 즐기는 살롱 같은 우아한 분위기였다. 나는 쭈뼛쭈뼛하며 얼어붙었지만, 카즈마 씨는 전혀 주눅 들지 않고 가장 안쪽 테이블로 안내해 달라고 했다. '성미가 급하지는 않다'고 한 것치고는 메뉴를 건네받은 내가 고민하자 10초 만에 "다르질링 두 잔과 이 친구에게는 파운드케이크를 주세요." 하고 멋대로 주문해버렸다.

하얀 찻잔에 나온 저녁놀 색깔의 홍차는 무척 좋은 향기가 났고 마블 무늬 파운드케이크는 정말 맛있어 보였지만, 나는 기이한 사건이 일어났다는 히비키 씨도 마음에 걸렸고 유키야 오빠의 일도 걱정이 되어 견딜 수 없었다. 한편, 아무렇지 않은 얼굴로 홍차를 즐기던 카즈마 씨가 잔을 내려놓고 말했다.

"그런 세상 한심한 표정은 집어치우고 식기 전에 마셔. 얘기는 빨리 끝낼 거고 끝나면 책임지고 너희를 가려던 곳까지 데려다 줄게. 그렇지, 유키야가 낯빛이 변해서 나타나기까지 잡담이라도 나눌까? 우리 조카가 네 할머님 가게에서는 일 잘하니? 녀석이 카게츠 향방에서 아르바이트를 시작했을 때에는 솔직히 그 녀석이 손님 응대 일을 할 수 있을 리가 없다고 생각했는데."

"그렇지 않아요. 유키야 오빠는 가게에 정성을 쏟고 손님들에게도 정말로 평판이 좋아요."

"그래? 의외지만 녀석도 키시다의 피를 이은 놈이니까. 우리 일족은 겉으로 보기에는 괜찮거든. 뱃속에 무엇이 들어 있든 마음만 먹으면 얼마든지 살갑게 굴 수 있지."

"그럼 카즈마 씨는 지금 그럴 마음이 없는 거군요?"

"당연하지. 그럴 마음만 먹으면 나는 퍼스트클래스 승무원도 울고 갈 사근사근함으로 대국의 대통령도 흐물흐물하게 녹일 수 있어."

내 혼신의 비아냥도 키시다 카즈마 씨에게는 코끝을 스치는 산들바람에 지나지 않나 보다. 나는 에라 모르겠다 하고 케이크에 포크를 찔러 넣었다. 입에 넣은 파운드케이크는 폭신폭신해서 감동한 나머지 포크를 입에 문 채 숨 쉬는 것도 잊었다.

"하지만 유키야가 지금처럼 부드러워진 건 역시 네 힘일 거야. 겨울에 있었던 일도 네가 힘을 써준 덕분에 유키야도 회복했어. 외삼촌으로서 인사하지. 고맙다."

카즈마 씨의 말투는 농담으로 넘기는 느낌이 전혀 없고 진지해서 나는 눈이 커졌다. 강렬한 개성으로 사람들을 떨게 만드는 그가 이런 기특한 말을 하다니, 어떤 의미에서는 총에 맞는 것보다도 위력이 컸다. 아니에요, 그렇지 않아요, 하고 당황하며 양손을 젓자 카즈마 씨는 테이블로 눈길을 떨어뜨렸다.

"유키야는 나와 같이 사는 동안에는 말대꾸를 한 적이 없었어. 모든 일이 아무래도 좋다는 듯이 잠자코 있었지. 그래서 너희 가게에서 아르바이트를 시작하고 뒤늦게 반항기가 찾아왔는지 나한테 대들기 시작했을 때는 속으로 놀랐고 기쁘기도 했어. ……하지만 그 불초한 조카 놈이 회복된 지 얼마 안 됐다고 너무 응석을 받아줬나 봐. 이번 기회에 나를 화나게 하면 어떻게 되는지 천천히 가르쳐줘야지."

"아, 저기, 장래에 대해서라면, 혹시 전에 말씀하신 경제학부를 그만두고 법학부로 옮긴다든가 하는 얘기인가요……?"

"기억하고 있었어? 제법인걸. 역시 내 조수야."

"하, 하지만 뭘 선택할지는 유키야 오빠의 자유고, 좋아하는 일을 하는 게 가장 좋지 않을까요?"

카즈마 씨가 나를 똑바로 보았다.

뭘까. 정탐하고 있다는 것을 그의 향기로 알았다. 하지만 무엇을 찾고 있는지는 몰랐다. 날카로운 눈빛에 숨이 막히는데 카즈마 씨가 조용히 물었다.

"넌 녀석이 왜 지금 다니는 대학과 학부를 골랐는지 알아?"

"네? 그건……, 유키야 오빠가 요코하마에 있는 대학에 가고 싶어서 소이치로 할아버지에게—."

유키야 오빠가 카게츠 향방 일을 한 번 그만두었을 때 나는 유키야 오빠의 할아버지, 소이치로 할아버지와 얘기할 기회가 있었다. 그때 사실은 도쿄의 대학에 진학할 예정이었던 유키야 오빠가 동일본대지진 이후에 나와 재회한 뒤로 요코하마에 있는 대학에 진학하겠다고 소이치로 할아버지에게 말했다고 들었다.

계속해서 탐색하는 향기를 풍기며 나를 보던 카즈마 씨가 이윽고 무언가 판단한 것처럼 향기를 누그러뜨리고 홍차를 한 모금 마셨다.

"정말 한심하기 짝이 없지만 우리 친척 중에는 어느 대학의 어느 학부를 나왔는지에 집착하는 고리타분한 가치관을 가진 사람이 많거든. 그래서 아버지도 유키야가 요코하마의 대학에 가고 싶다고 했을 때 어디든 원하는 곳으로 가라고는 하지 못했어. 아버지의 체면이 어떻고 하는 것보다도 그 후 친척들 사이에서 유키야의 위치를 걱정했기 때문이야. 유키야의 얘기를 듣자니, 녀석은 아무튼 카마쿠라 근처에 거점을 두기를 강력하게 희망했고, 대학 랭크나 학부는 그다음이었어. 그래서 처음에는 요코하마 캠퍼스에서 다니는 사립대학의 법학부를 응시할 예정이었지. 유키야도 그러기로 동의했고."

"……지금 다니는 국립대가 아니었어요?"

"그래. 하지만 녀석은 시기가 오자 그 사립대가 아니라 지금의 국립대에 원서를 넣었어. 나한테 말도 없이. 내가 알았을 때는 원서 제출 시기도 끝나서 어떻게 해볼 도리도 없었어."

나는 아닌 밤중에 홍두깨 같은 얘기에 그저 놀라기만 할 뿐이었다. 소이치로 할아버지의 얘기에 나온 '요코하마에 있는 대학'은 유키야 오빠가 지금 다니는 국립대일 거라고 생각하고 아무런 의문도 갖지 않았다.

"유키야 오빠는 왜……."

내 물음에 카즈마 씨가 입을 열었을 때 갑자기 그의 시선이 나를 지나 뒤쪽으로 흘러갔다. 훼방꾼이 들어와 불만인 듯도 하고, 한편으로는 말하지 않아도 되니 다행이라고 안도하는 듯한, 판단을 내리기 힘든 향기가 카즈마 씨에게 어렸다.

"—장난도 적당히 쳐, 이 민폐 변태 변호사야."

공기를 찢는 발걸음으로 홀을 가로질러 온 유키야 오빠는 땅을 타고 울리는 무시무시한 저음으로 말했다. 하얗게 얼어붙은 표정이 영락없이 분노한 사신이라 허둥지둥 양손을 들어 진정하소서……! 하고 필사적으로 기도하고 있는데 마찬가지로 당황한 두 중학생, 이 아니라 새내기 고등학생이 뒤에서 유키야 오빠의 양팔을 붙잡았다.

“아저씨, 진정해! 표정이 어쌔신 같다고!”

“봐, 언니도 일단 무사하잖아! 워워!”

카린뿐만 아니라 머리가 삐죽삐죽한 아사토도 같이 있었다. 카린에게 얘기를 듣고 함께 와준 것이다. 유키야 오빠는 “내 어디가 진정하지 않았다는 거예요?” 하고 두 사람의 손을 뿌리치고 성큼성큼 다가와 카즈마 씨의 넥타이를 움켜잡았다. ―키시다 유키야 씨, 전혀 진정하지 않았어요!

“넥타이 잡아당기지 마. 내가 좋아하는 거라고. 조카가 생일 선물로 준 거란 말이야.”

“그럼 찢어서 태워주마.”

“넌 왜 그렇게 애정 표현이 뒤틀려 있니? 내가 텔레비전을 보고 있으면 늘 소파를 기어 올라와 무릎 위에 앉던 귀여운 유키야는 어디로 간 거야?”

“자꾸 그런 닭살 돋는 기분 나쁜 얘기 지어내지 마!”

넥타이 고리를 조여 카즈마 씨의 목을 조르는 유키야 오빠를 나와 아사토와 카린이 당황해서 떼어내자, 해방된 카즈마 씨는 아무 일도 없었다는 듯이 흐트러진 넥타이를 바로잡고 카린과 아사토를 보았다.

"여동생과 그 교제 상대까지 따라올 줄은 몰랐군. 뭐, 좋아, 너희도 그쪽 테이블에 앉아 먹고 싶은 거 주문해."

옆 테이블을 가리키자 아사토와 카린은 와아 하고 기뻐하며 곧바로 메뉴를 펼쳤다. "당연히 넌 이쪽이고." 의자를 가리키며 명령하자 유키야 오빠는 짜증이 묻은 한숨을 내쉬며 앉아 미간을 찡그리고 나를 보았다.

"무슨 일 당하진 않았어요?"

"괘, 괜찮아요. 저기, 내가 스마트폰을 깜빡해서, 히비키 씨에게 늦는다고……."

"조금 전에 연락해뒀어요. 걱정하지 말고 편한 시간에 오면 된대요. 그건 그렇고, 왜 이런 수상함의 화신 같은 남자의 차를 탔어요? 늘 말하지만 카노는 위기의식과 위기관리가……."

"미, 미안해요……!"

"조수를 나무라지 마. 임무를 완수했을 뿐이니까. 애당초 사태가 이렇게 되도록 방아쇠를 당긴 건 바로 너야. 어제는 잘도 내가 화장실에 간 틈을 타서 말없이 돌아갔더구나. 코스 요리도 나오는 도중인데 테이블로 돌아갔더니 '일행분은 돌아가셨습니다.'라는 말을 들은 외삼촌의 심정을 너는 조금이라도 생각해봤어?"

"그건 카즈 형이 자기 좋을 얘기만 끝도 없이 늘어놓는 데다 내 의견은 전혀 들으려고 하지 않으니까 그렇죠. 시간 낭비라고 판단해서 돌아간 거예요."

서로 노려보는 카즈마 씨와 유키야 오빠. 카즈마 씨도 눈빛이 매서운 사람이지만 유키야 오빠도 진심으로 화가 났을 때는 보는 사람을 움츠러들게 하는 박력이 있다. 나는 오들오들 떨며 옆 테이블에 도움을 요청하는 눈길을 보냈지만 카린과 아사토는 "우와, 이거 맛있다!", "이것도 진짜 맛있어!" 하고 사이좋게 서로의 케이크를 먹느라 전혀 알아채지 못했다. 나는 어깨를 늘어뜨리고 긴박한 현장을 다시 마주했다.

"그럼 묻겠는데, 경제학부 같은 걸 나와서 어디로 갈 생각이야? 은행? 증권회사? 아니면 국세청이야? 앞의 두 곳은 온종일 돈만 생각하며 비인간적인 생활밖에 못하는 불건전한 직업이고, 세금 관련은 미움받는 직종이야."

"지금 당장 당신이 언급한 직종의 관계자에게 무릎 꿇고 사과해요. 왜 내 장래에 대해 카즈 형이 이래라저래라 해요? 앞으로 어떻게 할지는 내가 스스로 정할 거예요. 그리고 분명히 말하지만 법률에는 관심 없어요."

"그럴 리가 없어. 옛날에 내가 판례집을 읽어줬더니 네가 요람 안에서 방긋방긋 웃었잖아. 자각하지 못하는 것뿐이지 사실은 법률을 좋아해."

"유아에게 뭘 들려주는 거야……, 그리고 만에 하나 앞으로 생각이 바뀐다 하더라도 나는 큰외삼촌이나 할아버지의 사업에 관여할 생각은 전혀 없어요."

"당연하지. 그런 고리타분하고 숨 막히는 인종들은 알아서 살게 내버려 둬. 네가 법과대학원을 나와 사법 시험을 합격하고 사법 연수를 마칠 무렵이면 나는 이제까지 쌓아온 인맥과 자금을 총동원해 형의 사무소에서 유능한 젊은이들을 몰래 빼내서 독립해 있을 예정이니까 내 밑에서 일하면 돼."

"……몰래 그런 모반을 꾸미고 있었던 거예요?"

"모반이 아니라 독립이라고 했잖아. 어때, 사쿠라 카노, 너도 미래의 남편이 증권맨이나 은행맨이 되는 것보단 변호사를 하는 게 더 기쁘지?"

"네?! 어—에?!"

"뭐야, 그런 건 생각 안 해봤어? 하지만 아버지는 널 아주 마음에 들어 하셔. 그 사람은 평소에는 신사인 척하지만 한번 노린 사냥감은 절대 놓치지 않거든. 조심해."

"어? 아저씨랑 카노, 그런 사이야?"

"어, 그럼 유키야 오빠가 내 형부가 되는 거야?"

옆 테이블의 커플까지 한마디씩 하면서 자리가 혼돈으로 빠지자 유키야 오빠가 테이블을 때렸다. "조용!" 하고 재판관에게 혼난 것처럼 다 같이 입을 다물었다. 영하의 온도로 얼어붙은 공기를 두르며 유키야 오빠가 카즈마 씨를 보았다.

"시간이 없으니 요점을 정리할게요. 내 진로에 대해 카즈 형이 왈가왈부할 이유는 없어요. 내 나름대로 생각이 있어서 이 공부를 하고 있으니까요. 더는 간섭하지 마세요."

"흥, 정말 그래? ―내가 아무것도 모른다고 생각하진 마라."

카즈마 씨가 나직하게 말한 마지막 말에 유키야 오빠의 눈동자가 흔들린 기분이 들었다.

하지만 유키야 오빠는 바로 속을 보여주지 않는 무표정으로 의자에서 일어났다. 카즈마 씨는 앉은 채로 유키야 오빠를 올려다보았다.

"앉아. 얘기는 아직 안 끝났어."

"난 더 할 말이 없어요."

"다른 일이 있어. ……오늘 아침에, 누나에게서 연락이 왔어."

이번에는 기분 탓이 아니라 명백하게 유키야 오빠의 하얀 뺨이 굳었다.

"저는, 저기―먼저 나가 있을게요."

반사적으로 말하며 일어났다. 카즈마 씨도 말리지 않고 "이걸로 계산 좀 해줘." 하고 지갑에서 1만 엔짜리 지폐를 꺼냈다. 나는 꾸벅하며 그것을 받아들고 옆 테이블에 있는 카린과 아사토에게도 눈짓을 보냈다. 두 사람도 어리둥절하며 일어나더니 "잘 먹었습니다." 하고 한목소리로 카즈마 씨에게 인사했다.

테이블을 떠날 때 딱 한 번 살짝 돌아보았는데 의자에 고쳐 앉은 유키야 오빠의 옆얼굴은 파랗게 굳어 있었다.

아버지 얘기를 할 때면 유키야 오빠는 위협하며 털을 곤두세우는 동물처럼 날을 세운다.

하지만 어머니 얘기가 나오면 숨 쉬는 것도 생각하는 것도 잊고 심장까지 멎을 것 같은 얼굴을 한다.

*

"사탄은 그 얘기를 하려고 카마쿠라까지 오다니, 대체 유키야 오빠를 얼마나 좋아하는 거야?"

"틀림없이 키우는 동물을 너무 귀여워해서 오히려 연약하게 만드는 타입이야."

"언니랑 유키야 오빠가 결혼하면 사탄이 내 사돈 아저씨?"

"아저씨가 형부고 사탄이 사돈 아저씨라니, 조커 두 장 들고 있는 수준의 위력이네."

"나랑 결혼하면 아사토도 똑같아."

"어?"

"'어'가 뭐야, 그런 거 전혀 생각 안 해봤어? 생각도 안 하고 나랑 사귀는 거야?"

"어, 아니, 어?"

주차장에서 두 사람을 기다리는 동안 카린과 아사토의 대화가 이상한 방향으로 흐르기 시작했고, 따지는 카린과 우물쭈물 하는 아사토 사이로 황급히 끼어들어 진정시키고 있자니 이윽고 카즈마 씨와 유키야 오빠가 주차장으로 나왔다. 유키야 오빠는 평소의 차분한 표정으로 돌아와 있었지만, 그래도 얼굴색이 좋지 않아 걱정이 되었다.

"기다리게 해서 미안하다. 너희는 이제부터 어떻게 할 거야? 괜찮으면 데려다줄게."

"아, 저기, 카린, 에노시마에 가보고 싶다고 했지? 모처럼이니까 오늘 갈래?"

"사탄 아저씨, 변호사는 다양한 사람들이 상담하러 오죠? 역시 남자는 다들 태도가 어중간해요? 맛있는 것만 쏙쏙 골라먹고 싶을 뿐인가? 사귀더라도 진심이 아니에요?"

"야."

"뭐야, 사랑싸움이야? 사쿠라 카린, 남자는 이렇고 여자는 이렇고 하는 식의 표현은 양성 간의 오해와 불이익밖에 낳지 않아. 그 두 가지 틀에 들어가지 못하는 소수자에 대한 배려도 없고. 네 앞에 이도저도 아닌 남자가 있다면 그 녀석은 남자라서 이도저도 아닌 게 아니라 단지 이도저도 아닌 인간일 뿐이야."

"진심이 아닌 건 아니야! 정말로 널 좋아해!"

"아사토……."

"뭐야, 벌써 화해했어? 시시하긴. ……너희는 어떡할 거야?"

카즈마 씨가 돌아보자 "에노시마 전철로 갈 거예요." 하고 유키야 오빠가 억양 없이 대답했다. 유키야 오빠가 그렇게 말하자 카즈마 씨도 예상은 했을 것이다. 딱히 아무 말도 하지 않고 자동차 뒷좌석 문을 열고 작은 봉투를 꺼냈다. 향수 같은 작은 물건을 살 때 주는 종이 가방이었다.

"네가 부탁한 거야. 어제 건네주기도 전에 돌아갔잖아."

봉투를 받아들고 안을 확인하는 유키야 오빠를 카즈마 씨가 눈살을 찡그리고 보았다.

"그런 걸 뭐에 쓸 셈이야? 신변의 위협을 느낀다면 마땅히 연락해야 하는 곳에 의논해."

"내가 쓸 게 아니에요. 이제부터 만날 사람이 쓸 거예요."

히비키 씨를 말하는 걸까? 신변의 위협이란 무엇일까. 뒤숭숭한 말에 머뭇거리는 나를 유키야 오빠는 "가요." 하고 재촉하며 걸음을 옮겼다.

역까지 츠루가오카하치만구 신사 경내를 둘러 따라가듯이 이어진 언덕길을 내려간다. 걷기 시작하고 조금 지나자 유키야 오빠는 문득 떠올랐다는 듯이 나를 보고 부드럽게 미소 지었다.

"오늘은 어른스러워 보이네요."

유키야 오빠의 눈은 다정했지만, 그런 말을 해줘서 기뻤지만, 그 미소에서 무리하는 느낌을 살짝 받고 나는 웃어 보이면서도 가슴이 먹먹해졌다.

3

“어서 와, 기다리고 있었어.”

약속한 시간보다 한 시간 가까이 늦게 왔는데도 문을 열어준 히비키 씨의 부인 나나 씨는 여름 꽃처럼 환하고 눈부신 미소로 환영해주었다.

코시고에 역에서 에노시마 역 사이는 에노시마 전철이 노면전차가 되는 구간으로, 특히 선로가 달리는 메인스트리트는 전철 길이라고 불리며, 이 전철 길에서 바다 쪽으로 골목을 하나 들어간 곳에 레스토랑을 운영하는 히비키 씨의 집이 있다. 레트로한 벽돌로 된 벽과 바다처럼 새파란 지붕이 인상적인 2층짜리 건물로, 1층이 식당, 2층이 히비키 씨가 거주하는 구조다. 건물 뒤쪽에는 거주자 전용 현관이 있어, 나와 유키야 오빠는 그쪽으로 들어갔다.

“늦어서 정말 죄송해요…….”

“악질적인 괴한에게 붙잡히는 바람에요.”

“어머, 스릴 있었겠다! 하지만 오히려 다행이었는지도 몰라. 사실은 조금 전에 이웃이 신선한 실치를 주고 갔는데, 히비키가 ‘이건 못 참지!’ 하고 신이 나서 지금 막 굽고 있으니까 갓 구운 따끈따끈한 실치를 먹을 수 있어.”

코시고에는 항구 마을로, 특히 실치가 유명하다. 나도 실치를 무척 좋아해서, 굽고 있다는 말에 가슴이 두근두근거리며 '꼬르륵' 하고 배에서 소리가 났다. 얼굴이 빨개지고 핏기가 사라지는 느낌으로 배를 누르고 옆을 보자 유키야 오빠는 입을 가리며 고개를 돌렸다. 나도 실치가 되어 바다에 가라앉고 싶다고 생각하며 반쯤 울상이 되었는데 나나 씨가 가벼운 웃음소리와 함께 내 어깨를 두드렸다.

"카노, 배고파? 기뻐라. 요리를 만드는 사람한테는 역시 배고픈 상태로 와서 잘 먹어주는 사람이 최고거든. 많이 만들었으니까 많이 먹어."

나나 씨는 이렇게 상냥하고 마음을 편하게 해주는 사람이다. "자, 어서 들어와." 하고 생명력 넘치는 미소로 맞아준 나나 씨가 문득 심각한 표정으로 걸음을 멈췄다.

"그렇지……, 두 사람이 충격받지 않도록 미리 말해둘게. 사실은 히비키가 지금 좀 아파."

네? 하고 놀란 소리가 새어 나왔다. 유키야 오빠도 미간을 찡그렸다. 나나 씨는 심각한 표정으로 말을 이었다.

"의사도 그러더라. '이 병은 어떤 명의가 와도 못 고친다'고. 히비키가 스스로 낫기를 기다리는 수밖에 없다고—그, 딸바보라는 병은."

나는 얼이 빠졌고, 유키야 오빠는 얼음장 같은 침묵을 지켰고, 나나 씨는 "으하하!" 하고 자신의 농담에 폭소하며 이번에야

말로 우리를 안으로 안내해주었다. 현관으로 들어가 바로 나오는 계단을 올라가는데, 그곳에는 말로 표현할 수 없는 맛있는 냄새로 가득해 나는 또 '꼬르륵' 하고 울리는 배를 부여잡고 신음했고, 유키야 오빠는 부자연스러운 헛기침을 하며 걸음을 옮겼다. 계단을 올라가자 마침 복도 맞은편에 있는 문이 열리고 히비키 씨가 얼굴을 불쑥 내밀었다.

"오! 카노, 오랜만이야. 안경도 이틀 만이고. 잘 지냈어?"

턱에 액세서리 같은 멋스러운 수염을 기른 히비키 씨는 눈꼬리에 주름이 생기도록 웃으며 우리를 환영해주었다. 히비키 씨는 사람 간의 경계선을 훌쩍 뛰어넘는 신기한 매력을 가진 사람으로, 나는 낯을 가리는 성격인데도 히비키 씨와는 처음 만났을 때부터 편하게 대화할 수 있었던 것을 잘 기억한다.

"이야, 요코하마 역에서 걸어가고 있는데 진짜 우연히 안경군을 딱 마주친 거야. 그런데 너는 좀 그렇다? 점점 더 차분하고 분위기가 깊어져서 이제는 스물여덟 살 정도의 비즈니스맨 같아졌네?"

"쓸데없는 참견 고맙습니다."

"저기, 이거 나중에 다 같이 드세요."

"앗, 마메다이후쿠! 나 이거 진짜 좋아해! 고마워."

시끌시끌 얘기하며 거실로 들어가자 그 소란을 들은 것처럼 옆방의 열려 있는 문에서 크고 흰 개가 나타났다. 특징적인 늘

씬한 몸매와 눈에서 태어난 것처럼 새하얀 털까지 귀족적인 아름다움을 가진 개다. 나는 기뻐서 소리를 질렀고, 평소에는 향기를 느낄 수 없는 유키야 오빠에게서도 은은하게 두근거리는 향기가 났다.

"예카테리나, 기억 나? 카노랑 안경 군이야."

히비키 씨가 머리를 쓰다듬자 검은 눈동자가 기분 좋게 가늘어진 예카테리나가 천천히 우리에게 다가왔다. 우아하고 기품 있는 여왕이 손님을 맞이하는 것처럼. 나는 처음으로 여왕 폐하 알현에 성공한 평민처럼 감격해서 턱 밑을 긁어주고, 유키야 오빠는 심복 기사처럼 공손하게 무릎을 꿇고 하얀 등을 쓰다듬었다. 나에게는 의무상 어울려주는 느낌이었던 예카테리나는 유키야 오빠가 쓰다듬자 꼬리를 천천히 흔들며 기뻐하는 향기를 퐁퐁 풍겼다. 나는 유키야 오빠 때문인지 예카테리나 때문인지 몰라도 속으로 질투가 솟아오르는 것을 느꼈다.

"예카테리나, 애 보느라 피곤하지? 조금 쉴래?"

나나 씨가 얼굴을 쭉쭉 마사지해주며 물어보자 예카테리나는 '그 정도는 아니야' 하고 대답하듯 새치름한 향기를 풍겼다. 그리고 바로 옆방으로 돌아갔다. 나는 아까부터 옆방에 놓여 있는 아기 침대가 신경이 쓰여서 좀이 쑤셨기 때문에 안절부절못하며 히비키 씨에게 물어보자 히비키 씨는 "보고 싶어? 볼래?" 하고 싱글벙글했다.

아기는 침대 안에서 새근새근 자고 있었다.

생후 4개월이라고 하는데 벌써 몸이 제법 컸다. 아직 가느다란 머리카락은 하늘하늘해서 딱 봐도 보드라울 것 같고, 조그만 코에 조그만 입술, 부드럽게 쥔 손가락 끝에 달린 진짜 조그마한 손톱 등의 정교함에 감동했다. 침대 울타리에 손을 짚은 히비키 씨가 압도될 것 같은 진지한 표정으로 나와 유키야 오빠를 돌아보았다.

"나는 매일 매번 생각해. 이 녀석은 날개를 깜빡하고 내려온 천사가 아닐까 하고."

나와 유키야 오빠는 살그머니 눈짓을 주고받으며, 정말 병이 맞네요, 아주 중증이네요, 하고 끄덕였다.

"이이는 저번에 드라마에서 딸이 아빠한테 '만지지 마!' 하고 소리치는 걸 보고 정말로 울었다니까."

"지금이라면 딸에게 매몰차게 구박받는 전국 아빠들의 슬픔을 잘 알 것 같아."

아기 침대를 사이에 두고 얘기하는 히비키 씨와 나나 씨는 무척 죽이 잘 맞아서 미소가 절로 나왔고 조금 부러웠다.

침대 옆에서 떠들어댄 탓일까. 갑자기 히카리가 눈을 번쩍 떴다. 나는 히카리의 머리 바로 옆에 있었으므로 아이가 고개를 움직일 때 눈이 마주쳤다. 보통 성인이라면 눈이 마주쳐도 바로 돌리기 마련이다. 하지만 히카리는 거침없이 아주 똑바로 나를 쳐다보며 절대로 눈을 돌리지 않았다. 나보다는 더 장대한 세상의 수수께끼를 보는 듯한 반짝이는 눈동자다.

"오, 깼구나. 카노, 안아볼래?"

나나 씨가 영차, 하고 아기를 안아 올리며 덧니를 드러내고 웃었다. 그래도 돼요?! 하고 나는 감격해서 조심조심 팔을 내밀어 안아보았다. 상상했던 것보다 훨씬 묵직했다. 부드러웠다. 히카리는 '얜 뭐야?' 하는 느낌으로 여전히 나를 신기하게 쳐다보다 대체 무슨 일이 일어났는지 갑자기 방긋 웃었다. 너무 사랑스러워서 나는 허리가 푹 꺾일 것 같았다.

"이분은 날개를 깜빡하고 내려오신 천사예요……!"

"그렇지?! 맞지?!"

히비키 씨와 함께 신이 난 나에게서 히카리를 안아 올리며 나나 씨는 이번에는 유키야 오빠에게 웃어 보였다.

"안경 군은? 안아볼래?"

"아뇨, 나는—뭐가 잘못되기라도 하면 큰일이니까요. 그보다 그건 어디 있어요?"

유키야 오빠의 말에 나는 우리가 지금 여기에 점심을 얻어먹으러 온 것도, 아기를 보러온 것도 아님을 떠올렸다.

히비키 씨도 "맞다." 하고 눈이 커지더니 이쪽으로 오라며 우리를 데리고 방 안쪽에 있는 문으로 향했다. 유키야 오빠가 말한 '그것'. 그것이 '기이한 사건'의 정체일까. 사실 나는 유키야 오빠에게서 아직 자세한 얘기를 듣지 못했다. "선입견이 없는 사람도 있는 게 좋을 것 같아서요."라는 유키야 오빠의 의견 때문이었다.

"이거야."

문을 열자 그곳은 복도로, 막다른 곳에 상당히 큰 상자가 놓여 있었다.

딱 봐도 고급품인 으리으리한 오동나무 상자였다. 무려 3단으로 되어 있고 장롱처럼 손잡이가 달려 있었다. 맨 아랫단에는 이동하기 편리하도록 바퀴까지 달려 있었다.

히비키 씨가 맨 윗단 뚜껑을 열었다. 나는 안을 들여다보고 아, 하고 탄성을 터트렸다.

화려한 비단 옷을 입은 인형들. 그중에서도 유난히 눈길을 끄는 한 쌍의 천황 부부 인형.

정말 아름다운 히나 인형이었다.

*

"지난 일요일에 저 거창한 오동나무 상자가 현관 앞에 두둥, 하고 놓여 있었어."

히비키 씨가 점심으로 만들어준 것은 실치를 쪄서 듬뿍 올린 피자였다. 뜨거운 피자를 한 입 베어 물자 실치가 새콤달콤한 토마토소스와 쭉쭉 늘어나는 치즈와 어우러져 입안 가득 퍼졌다. 영혼에 지진이 일어나는 맛이었다. 또 그것과는 별개로 오늘 아침에 갓 잡은 생실치에 심플하게 폰즈만 뿌린 것도 곁들여져 있었는데, 이쪽 역시 비린내도 나지 않고 탱글탱글 달콤했다.

"저녁에 가게 일을 마치고 돌아와보니 저런 게 현관 앞을 막고 있어서 얼마나 놀랐는지 몰라. 택배라도 왔나 싶었지만 아무리 봐도 송장도 뭣도 전혀 없고, 그때는 나나가 집에 있었는데 벨을 누르거나 누가 부르는 소리도 들은 적이 없대. 그래서 열어 봤더니 내용물은 이거야. 진짜 영문을 모르겠더라."

"편지 같은 건 당연히 들어 있지 않았죠?"

"응, 그런 건 전혀 없었어. 우리 집은 히카리가 태어난 지 얼마 안 됐고, 그리고 히나 인형이잖아? 그래서 혹시나 축하 선물인가 싶어서 짐작 가는 친구나 전문학교 시절의 지인들에게까지 일일이 연락해봤어. 하지만 다들 '자기는 아니다.'라고 똑같이 말하더라고. 누가 놓고 갔는지, 무슨 착오가 있었는지 도통 모르겠어서 진짜 곤란하다니까."

확실히 기이한 사건이다. 송장이 없다는 뜻은 택배 등을 사용하지 않고 직접 히비키 씨 집까지 가지고 왔을 가능성이 높다. 대체 누가, 왜 말없이 히나 인형을 놓고 갔을까? —생각하면서도 실치 피자가 너무 맛있어서 나는 무심코 과식하고 말았고, 앞으로 숙일 듯이 배를 부여잡고 있으니 "디저트 먹자." 하고 나나 씨가 직접 만든 푸딩을 가지고 왔다. 나나 씨는 히비키 씨와 같은 요리학교 제과과 출신으로, 그 인연으로 히비키 씨와 알게 되었다고 한다. 기절할 정도로 배가 잔뜩 부른데도 궁극의 푸딩이라고 부르고 싶은 이 디저트는 스푼이 멈추지 않을 만큼 맛있어서 할머니에게도 맛보여주고 싶다고 생각했을 때 문득 떠올랐다.

"저기, 본가에는 물어보셨어요? 그—형님들이라든가."

"그 생각은 나도 했어. 히나 인형은 엄청 비싸고, 게다가 우리 집에 온 저거는 알아보니까 칠기 공예까지 들어간 5단짜리라 엄청난 고급품 같았거든. 그래서 혹시 나오키 형인가 싶었는데."

히비키 씨는 형이 두 명 있다. 장남 나오키 씨와 차남 마사키 씨다. 두 사람 다 돌아가신 아버지의 사업을 물려받았고, 나와 유키야 오빠도 한 번 만난 적이 있다. 나오키 씨는 키가 크고 마른, 정이 아주 깊은 신사이고, 정반대로 차남 마사키 씨는 투실투실한 배가 인상적인, 자신에게 충실한 성격이다. 다만, 히비키 씨와 두 형님은 어머니가 다르다. 중학생 때 히비키 씨의 어머니가 돌아가셨고, 그 뒤로 히비키 씨는 아버지인 케이타로 씨와 두 형, 양어머니와 하세에 있는 쿠라나미 씨 댁에서 살게 되었다.

"나오키 형에게서는 이미 출산 선물을 받았어. 히카리가 태어난 뒤로는 우리도 꽤 바빴기 때문에 3월이 되어서야 엽서로 알렸는데, 그랬더니 전화해서 '왜 바로 알려주지 않았냐.'고 깜짝 놀랄 만큼 화내며 엄청난 고액 기프트카드와 무진장 거대한 테디베어를 들고 우리 집에 왔거든. 혹시나 해서 히나 인형에 대해서도 물어봤는데 역시 아니래."

"마사키 씨는요?"

"아니, 그럴 리는 없어. 그 사람은 나를 못 잡아먹어서 안달이니까."

나와 유키야 오빠가 쿠라나미 씨 댁 형제와 알게 되었을 때 들었는데, 옛날에 쿠라나미 씨 댁에서 도난 사건이 발생했다. 삼 형제의 아버지인 케이타로 씨가 소장한 고가의 항목이 누군가에게 도난당한 것이다. 의심을 받은 사람은 히비키 씨로, 히비키 씨는 그 일을 계기로 가족과 결별하고 집을 나왔다. 사실 도난 사건을 일으킨 사람은 히비키 씨가 아니지만 복잡한 집안 사정과 도난 사건이 맞물려 차남 마사키 씨는 유난히 히비키 씨를 싫어한다고 했다.

"그 밖에 쿠라나미가 쪽으로 약간 짚이는 데가 있는 사람들한테도 물어봤지만 역시 아니라고 하고, 나나네 본가 쪽도 아닌 것 같고……. 어쩐지 좀 오싹해서……."

"그래? 예쁜 히나 인형이잖아. 나는 장식하고 싶은데."

"아니, 아무리 그래도……."

궁극의 푸딩을 다 먹고 스푼을 내려놓았을 때 유키야 오빠가 입을 열었다.

"히나 인형을 한 번 더 봐도 될까요?"

그럼, 하고 대답하는 히비키 씨를 따라 유키야 오빠도 작은 종이봉투를 들고 일어났다. 카즈마 씨에게 받은 봉투였다. 안에는 뭐가 들었을까 하고 생각하며 나도 뒤를 따랐다.

복도의 막다른 곳에 놓인 으리으리한 히나 인형이 든 커다란 오동나무 상자 앞까지 오자 유키야 오빠는 종이봉투 안에 든 것을 꺼냈다. 나는 처음에 무전기인 줄 알았다. 한손에 들어오는 정도의 두께가 있는 기계에 안테나 비슷하게 생긴 돌기가 달려 있었다.

"죄송하지만 휴대용 단말기를 가지고 있으면 잠시 전원을 꺼 주세요."

나와 히비키 씨와 나나 씨는 부스럭부스럭 스마트폰을 꺼내 전원을 껐다. 나나 씨가 호기심 왕성한 고양이처럼 유키야 오빠의 손 쪽으로 얼굴을 바짝 들이밀었다.

"안경 군, 그건 뭐야?"

"도청, 도촬 탐지기예요."

어? 하고 굳는 일동은 개의치 않고 유키야 오빠는 오동나무 상자 뚜껑을 열고 안에 든 고급스러운 인형들을 차례로 인터뷰하듯 기계 안테나를 대고 천천히 훑었다.

"도청이라니……."

"발신인 불명의 수상한 물건이 도착했다고 들었을 때 가장 먼저 떠오른 가능성이 그거였거든요. 게다가 히나 인형이라고 하면 방에서 가장 잘 보이는 곳에 장식하잖아요. 인형과 도구류에 카메라를 장치해 도청과 동시에 광범위 도촬도 가능해요."

"아, 요코하마 역에서 나한테 '인형은 상자에서 꺼내지 말라.' 고 한 건 그래서였어―?"

"네. 어린 딸도 있으니 안전이 확인되기 전까지는 신중을 기해야 한다고 생각했어요. 미안하지만 두 번째 단도 확인하고 싶으니 들어주시겠어요?"

낯빛이 완전히 새파래진 히비키 씨는 "알았어." 하고 오동나무 상자 뚜껑과 첫 번째 단을 들어올렸다.

"하지만 탐지기라니……, 안경 군, 설마 우리를 위해 일부러 준비해온 거야?"

"아뇨, 이건 본의는 아니지만 같은 성을 쓰는 생판 남보다도 관계가 없는 사람에게 빌렸어요."

"아, 유키야 오빠의 외삼촌이에요. 도쿄에서 변호사를 하시는데……."

"와! 변호사가 도청기를 찾으러 다니기도 해? 어쩐지 탐정 같은데."

"아뇨, 이건 그 사람이 사적으로 구입한 거예요. 제가 아는 것만 해도 지금까지 세 번, 헤어진 교제 상대로부터 도청, 도촬을 포함한 스토킹 피해를 입었거든요."

"잠깐, 그 외삼촌은 괜찮으셔?! 만난 적도 없는데 너무 걱정된다."

"묘한 지점에서 빈틈이 있어서인지 어떤 부류의 사람들이 이상하게 집착하는 경향이 있나 봐요. 본인은 모든 인류를 대상으로 가장 사랑하는 반려를 찾고 있을 뿐이라고 하지만요."

카즈마 씨의 충격적인 연애 사정에 시끌시끌한 가운데 유키야 오빠는 오동나무 상자 세 단을 모두 검사하고 고개를 한 번 끄덕였다. 이상 없다는 신호에 일동도 가슴을 쓸어내렸다.

"아, 그렇지. 이 히나 인형 세트와 함께 놓여 있던 게 있어. 아마 향인 거 같은데. 그래서 두 사람이라면 뭔가 알 수 있지 않을까 싶었는데……, 혹시나 싶으니 그것도 조사해줄래? 저쪽에 놔뒀어."

히비키 씨가 '저쪽'이라고 안내한 곳은 어린 히카리가 자고 있는 방이었다. 우리가 들어가자 아기 침대 앞에 엎드려 있던 예가데리나가 고개를 번쩍 들고 나를 물끄러미 보았다. '이 애한테 무슨 짓이라도 하며 가만 안 둬' 하고 경고하는 향을 뿜으며. 여왕님은 왕녀님의 호위도 겸하고 있나 보다.

히비키 씨가 선반에서 가지고 온 것은 길이 40센티미터 정도의 길쭉한 오동나무 상자였다.

뚜껑을 열자 열 종류 가까운 향료가 어우러진 고전적이고 운치 있는 향기가 퍼졌다.

상자 안에 든 것은 내 손바닥 크기의 향낭이었다. 특징적인 역삼각형 모양에, 꽃무늬가 들어간 담홍색 금란 천이 화려하고 아름다웠다. 하지만 평범한 향낭과 다른 점은 걸 수 있도록 긴 빨간색 끈목이 달려 있는 점이다. 끈목에는 날개를 펼친 나비를 연상시키는 화려한 길상매듭이 지어져 있었다.

아름다운 향낭을 한번 보고, 나와 유키야 오빠는 얼굴을 마주 보았다. 유키야 오빠도 같은 생각을 한 듯했다. 유키야 오빠는 향낭과 오동나무 상자 전체를 탐지기로 조사하고 이상 없다고 히비키 씨와 나나 씨에게 고개를 끄덕여 보이고 차분한 말투로 설명했다.

"확실히 이건 향이 맞아요. '가리록'이라는 종류에요."

"가리록……, 어쩐지 아주 귀할 것 같은 이름이네."

"네, 복을 비는 유서 깊은 향이에요. 가리록이라는 건 인도의 식물 이름이에요. 가리록 열매는 예로부터 만병을 치유하는 약으로 귀하게 여겨왔고, 그렇기 때문에 마를 쫓는 부적 같은 성격도 갖게 되었어요. 이 향낭 형태는 가리록 열매를 본뜬 거예요. 주머니 안에도 향료와 함께 건조시킨 가리록 열매가 들어 있을 거예요. 사악한 기운이나 병을 물리치기 위해 이렇게 가리록 열매가 든 주머니를 거는 풍습이 무로마치 시대에 생겨났다고 하고, 지금도 신년이나 축하할 일이 있는 경사스러운 자리에서는 이 가리록을 도코노마나 기둥에 장식해요."

물 흐르듯 술술 나오는 유키야 오빠의 설명에 "와." 하고 히비키 씨와 나나 씨는 한목소리로 감탄했다. 그다음은 내가 이어받았다.

"이 가리록은 아마도 사쿠라도라는 회사의 상품일 거예요."

사쿠라도는 내 증조할아버지에 해당하는 사람이 창업한 향 회사로, 내 아버지도 상품 개발 연구자로 일하고 있다. 카게츠 향방에서 취급하는 상품은 모두 사쿠라도의 것으로, 그렇기 때문에 가리록에 대해서도 잘 알고 있다.

"유키야 오빠가 말한 것처럼 가리록은 축하 자리에 장식하는 경우가 많지만 특히 이 핑크색 가리록은 사쿠라도에서 히나마츠리3월 3일에 여자아이의 행복을 기원하는 행사로 제단에 인형 등을 장식한다. – 역자 주에 맞춰 해마다 기간 한정으로 만드는 거예요. 이 향낭 부분에 복숭아꽃 자수가 들어가 있잖아요?"

"아, 그거 복숭아꽃이었구나. 나는 당연히 벚꽃인 줄 알았지."

"매화와 벚꽃, 복숭아꽃은 비슷하게 생겼지만 구분하는 방법이 있어요. 꽃잎이 동글동글한 게 매화고, 꽃잎 끝이 갈라진 게 벚꽃, 꽃잎 끝이 뾰족하면 복숭아꽃이에요. 히나마츠리는 도화의 절구節句라고도 하잖아요? 그래서 복숭아꽃을 수놓은 거예요."

참고로 가리록은 향 중에서도 격조 높은 향이라 그만큼 가격도 비싸다. 특히 이 사쿠라도의 가리록은 엄선한 소재와 향료로만 만들어 가격이 3만 엔 가까이 한다.

히나 인형, 그리고 복숭아꽃이 자수된 가리록. 모두 여자아이가 건강하게 자라기를 기원하는, 도화의 절구와 관련된 물건이다. 그렇다면 역시 이것을 선물 받은 사람은 갓 태어난 히카리일 것이다.

그렇다면 선물한 사람은 대체 누구일까?

4

"여보, **그것**도 봐달라고 하지그래? 뭔가 단서가 될 수도 있으니까."

가리록을 보며 생각에 잠겨 있던 나나 씨가 입을 열자 히비키 씨는 미간을 찡그렸다.

"그게 상관이 있을까?"

"모르지만, 보여줄 수 있는 건 다 보여주면 좋잖아."

양손으로 쭉쭉 미는 듯한 향을 풍기는 나나 씨의 기에 눌린 것처럼 히비키 씨는 우리를 거실로 불러냈다. "그냥 낙서라고 생각했는데." 하고 말하며 낮은 테이블에 A4 사이즈의 종이를 내려놓았다. 다만 거기에 적혀 있는 내용이 신기했다. 첫 장은 일러스트였다. 인형 같은 노란색 몸에 빨간 옷을 입은, 배가 볼록 튀어나왔고 환한 미소를 짓는 곰. 세계적으로 유명한 캐릭터로, 색연필로 직접 그렸고 음영을 넣은 질감 등이 무척 훌륭했다.

두 번째 종이는 전혀 다르게 문장뿐이었다. 게다가 무슨 뜻인지 '호조 토키무네', '아시카가 타카우지', '토쿠가와 이에미츠', '사카모토 료마'라는 역사 속의 인물이 열거되어 있었다.

나는 눈을 끔뻑이며 옆 의자에 앉은 유키야 오빠를 보았다. 유키야 오빠도 미간에 주름을 잡고 검은 메탈 프레임 안경 브리지에 손가락 끝을 대고 있었다.

"그 히나 인형이 놓여 있던 다음 날, 내가 저녁에 가게에서 돌아왔더니 이번에는 이게 우편함에 들어 있었어. 우표가 없으니까 누군가가 직접 넣은 것 같은데."

우편배달을 이용하지 않고 직접 넣어두는 방법이 택배사를 통하지 않고 인형을 가져온 누군가와 비슷했다. 설마 동일인일까? 하고 생각한 나는 실제로 그렇게 말했지만 팔짱을 낀 히비기 씨는 회의적인 표정이었다.

"같은 사람이라면 히나 인형을 가지고 왔을 때 같이 놔두고 가면 되지 않아?"

"아, 그, 그러네요……."

"게다가 이에미츠니 료마니……. 그리고 이 곰도 히나 인형과 무슨 상관이 있는지 의미를 모르겠고. 생각을 너무 많이 하다 보니 점점 더 모르겠어서 전혀 관계가 없을지도 모른다는 결론이—."

그때 멍! 하고 폭죽을 쏘아 올리는 소리처럼 배에 진동이 전해져 오는 울음소리가 났다.

옆방에서 예카테리나가 달려와 멍! 멍! 하고 현관 쪽을 향해 또 짖었다. 흥분하고 경계하는 향기가 흩어졌다. 히비키 씨가 재빨리 일어났다.

"예카테리나, 알았으니까 조용히 해."

이름을 부르며 무릎을 굽힌 히비키 씨는 길쭉한 예카테리나의 콧등을 오른손으로 감싸듯이 가볍게 누르고 차분한 목소리로 말했다. 예카테리나는 순식간에 짖는 것을 멈추고 향기를 진정시키며 충실하게 그 자리에 앉았다. 히비키 씨는 다정하게 미소 짓고 반려견의 등을 쓰다듬었다. 다음 순간 '딩동' 하고 현관 초인종이 울리고 이어서 옆방에서 "으아앙!" 하고 아기의 우렁찬 울음소리가 들려왔다.

"아, 택배인지도 몰라. 기저귀 주문했거든."

"알았어. 내가 나갈게. 히카리 좀 봐줘."

"알았어."

쿠라나미 부부는 훌륭한 연계를 발휘해 히비키 씨는 현관으로, 나나 씨는 옆방으로 향했다. 남은 나와 유키야 오빠, 예카테리나는 얼굴을 마주 보다가 예카테리나는 옆방 미닫이문 앞에 자리 잡고 앉아 왕녀님의 호위 임무에 임했고, 나와 유키야 오빠는 테이블에 여전히 놓여 있는 찻잔을 씻어두기로 했다. 내가 수세미로 닦아내고 유키야 오빠가 재빨리 헹궜다. 1, 2분 지나자 커다란 상자를 안은 히비키 씨가 돌아왔다.

"아, 미안해. 설거지까지 해줬네."

"괜찮아요, 별것도 아닌데요."

손을 닦으며 부엌에서 나온 유키야 오빠는 옆방 앞에 앉은 예카테리나를 보았다.

"예카테리나는 택배 기사에게 반응한 거예요?"

"응, 맞아. 그 밖에도 우편물이나 회람판이라든가, 아무튼 모르는 사람이 현관으로 다가오면 저래. 기척이 신경 쓰이나 봐. 여기로 이사 오기 전에는 발소리나 잡음이 전혀 없는 환경에서 살았잖아?"

아아, 하고 나는 끄덕였다. 예카테리나는 히비키 씨가 키우기로 하고 이 코시고에로 오기 전에는 하세에 있는 히비키 씨의 본가에서 살았다. 집이라기보다 저택이라는 명칭이 어울리는 호화 주택으로, 카게츠 향방 정도는 부지 내에 몇 채나 지을 수 있을 만큼 넓었고, 카마쿠라 굴지의 관광지에 있는데도 깊은 산속 비경처럼 조용한 환경이었다.

"그래도 이사가 끝나고 좀 지나자 한때는 안정을 찾았었어.

하지만 히카리가 태어나자 또 짖기 시작하더라고. 아마 예카테리나 나름대로 우리를 지켜주는 걸 거야."

예카테리나는 히카리가 걱정이 되어 어쩌지를 못하는지 미닫이문 틈에 콧등을 박고 안을 살폈다. 문 너머에서 나나 씨가 쾌활하게 뭐라고 말하자 하얗고 복슬복슬한 꼬리가 기쁜 듯이 살랑이고, 그것을 본 히비키 씨는 피식 웃었다.

"누군가가 왔다고 알 수 있으니까 좋기는 한데. 하지만 가게에도 미묘하게 들려서 방음 대책을 강구해야겠다고 얘기하는 중이었어……. 응? 왜 그래?"

히비키 씨가 커다란 상자를 거실 구석에 내려놓으며 눈썹을 치켜 올렸다.

유키야 오빠는 대답하지 않고 안경 브리지에 손가락을 대고 무언가 생각하고 있었다. 검은 눈동자는 단 한 곳, 낮은 테이블 위에 펼쳐진 곰 일러스트와 역사 속의 인물 이름이 나열된 A4 사이즈 종이를 주시하고 있었다.

"히나 인형이 도착한 날 예카테리나는 짖었나요?"

"어? ……아니, 그러고 보니 몰랐네."

"이 문서가 도착한 날은 어땠어요?"

"아니……, 그날도 확실히 아무 소리도 못 들었어. 그보다 전에 이상하게 마구 짖어대던 날은 있었는데 그 이후로는 거의 안 짖었어."

히비키 씨도 얘기하면서 이상하다고 깨달았는지 눈에 머뭇거리는 기색이 스쳤다. 맞다, 하고 나도 생각했다. 누군가가 히나 인형을 현관 앞에 갖다놨다면 그때 예카테리나는 침입자의 기척을 감지하고 아까처럼 짖지 않았을까? 그리고 그 괴문서를 우편함에 넣었을 때도 마찬가지로 예카테리나가 반응했을 텐데.

옆방 미닫이문이 열리고 나나 씨가 나왔다.

"우리 아가씨, 많이 먹었네요. 안을 때마다 무거워지는 거 같아요."

안아 올린 히카리에게 장난스럽게 말을 거는 나나 씨가 꼬리를 흔들며 발밑에 엉겨 붙는 예카테리나에게 "그래, 그래, 지금 소파로 갈 거니까 기다려." 하고 웃더니 우리 세 사람을 보고 깜짝 놀랐다.

"왜 그래? 다들 그런 곳에 멀뚱히 서서."

유키야 오빠가 가늘고 긴 손가락으로 낮은 테이블을 쓸며 두 장의 A4 용지를 들어올렸다.

각각을 좌우의 손가락으로 집듯이 들고 나나 씨에게 보이며 이렇게 말했다.

"이건 나나 씨가 썼죠?"

어? 하고 히비키 씨가 작게 소리를 내는 게 들렸다. 나도 유키야 오빠의 질문에 깜짝 놀라 황급히 두 사람을 번갈아 보았다.

하지만 정작 나나 씨는 놀라지도 않고 온화한 향기를 풍기며 조금 쑥스럽게 웃었다.

"벌써 들켰어?"

*

"들켰다니……?"

상당히 긴 침묵 뒤 히비키 씨는 진심으로 영문을 모르겠다는 얼굴이었다.

"당신, 대체 뭘 하는 거야? 왜 이런 장난을……."

"이건 장난이 아니라 힌트예요."

조용한 목소리로 가로막은 유키야 오빠는 이번에는 머리가 혼란스러운 나와 히비키 씨에게 두 장의 A4 용지를 보여주었다. 오른손에 볼록한 배를 내민 유쾌한 노란색 곰 일러스트. 왼손에 역사 속의 인물 이름이 적힌 문서였다.

"유키야 오빠, 힌트라뇨……?"

"히나 인형을 보낸 사람이 누구인지 알려주는 힌트예요. 맞죠?"

나나 씨에게 확인하자 히카리의 등을 토닥토닥 두드리며 미소를 지었다.

"너무 어려웠나? 나는 꽤 직구로 던졌다고 생각했는데."

"일러스트는 그렇다 쳐도, 호조 토키무네나 아시카가 타카우지는 상당히 마니악한 선택이었어요."

“그 둘은 카마쿠라에 연고가 있는 사람으로 골라봤어. 그래도 최대한 유명한 사람으로 골랐다고.”

두 사람이 무슨 얘기를 하는지 몰라 나와 히비키 씨가 눈짓으로 소외감을 공유하고 있는데, 유키야 선생님이 해설을 시작했다.

“먼저, 이 역사 속의 인물들을 생각해봐요. 호조 토키무네, 아시카가 타카우지, 토쿠가와 이에미츠, 사카모토 료마. 이 네 사람에게는 공통점이 있는데, 뭔지 알겠어요?”

“……현역 여고생이 대답해봐. 나는 일본사 수업을 안 들은 지 벌써 10년 가까이 되니까.”

“네?! 아, 저기…….”

현역 고등학생의 체면을 지키기 위해 나는 필사적으로 머리를 굴렸다. 호조 토키무네는 카마쿠라 막부 섭정으로 두 차례의 여몽연합군의 일본 정벌을 막아낸 사람이고, 아시카가 타카우지는 무로마치 막부를 연 사람이고, 토쿠가와 이에미츠는 에도 막부를 안정시킨 쇼군, 사카모토 료마는 모르는 사람이 없는 막부 말기의 요인이다. 모두가 일본사 교과서에 이름이 올라와 있는 유명인인데 활약한 시대도 남긴 업적도 다 달라 공통점이 보이지 않았다. 이래서는 선생님이 실망한다고 울상이 되어 당황하자 유키야 오빠가 작게 웃듯이 한숨을 내쉬었다. 그리고 표정을 다잡더니 한마디했다.

"정답은 '차남'이에요."

"차남."

"호조 토키무네에게는 형이 있었지만 측실의 아들이라 그가 적장자였고, 아시카가 타카우지는 형이 요절해서 가업을 이은 인물이에요. 토쿠가와 이에미츠에게도 사카모토 료마에게도 역시 형이 있었고요. 이들은 모두 차남이에요. ―맞나요?"

돌아본 유키야 오빠에게 히카리를 안은 나나 씨는 덧니를 보이며 생긋 웃었다.

"차남……."

"차남이고, 그리고 이 그림의 곰을 연상시키는 인물. 그게 히나 인형을 보낸 사람이에요."

나는 색연필로 그려진 곰 일러스트를 응시했다. 명랑한 미소와 불룩 튀어나온 사랑스러운 배, 차남, 히나 인형을 보낸 사람, 히나 인형을 보낸 이유가 있는 인물.

"마사키 씨……?"

입에서 새어 나온 이름에 히비키 씨가 미간을 찡그리는 것이 보였다. 나는 황급히 히비키 씨를 돌아보았다.

"그럼 마사키 씨 아닌가요? 마사키 씨는 차남이고, 그리고 그……, 풍채가 좋고, 이 곰과 닮았고요."

히비키 씨가 곤혹과 혼란의 향기를 풍기며 아니, 하고 작게 머리를 가로저었다.

"그건 아니야. 마사키 형은 나라면 질색하고, 동생이라고 생각 안 하고……."

"작은아주버님이야."

나나 씨는 일깨워주는 깊고 고요한 눈빛으로 히비키 씨를 보았다.

"그 히나 인형은 작은아주버님이 히카리에게 주신 거야. 올해는 날짜를 못 맞춰서 면목 없지만 내년에 장식해 달라며. 히카리가 히비키의 딸이라서 보내주신 거야."

히비키 씨에게서 피어오르는 혼란의 향기가 더욱 짙어졌다. 그 당혹스러운 향기 바닥에는 그럴 리가 없다고 부정하려고 발버둥치는 날카로운 향이 있었다. 나 같은 체질을 가지지 않은 나나 씨는 그런 향기는 모를 것이다. 하지만 그녀는 남편의 그런 마음의 흔들림을 모두 꿰뚫어보는 것처럼 가만히 미소 지으며 부드러운 목소리로 말했다.

"따뜻한 차 우려서 카노가 준 마메다이후쿠라도 먹으면서 얘기하자."

나나 씨가 소파에 앉자 예카테리나는 '기다리다 목 빠지는 줄 알았다'는 것처럼 옆에 엎드려 나나 씨가 안은 히카리의 뒤통수에 코를 박고 쌕쌕 귀여운 소리를 냈다. 히카리는 그 소리와 감촉이 재미있어 죽겠는지 작은 양손을 움직이며 즐겁고 기쁜 향기를 퐁퐁 풍겼다.

그러는 사이에 히비키 씨가 쟁반에 컵 세 개와 찻잔 하나를 올리고 부엌에서 나왔다. 허브티를 우린 잔은 나나 씨의 것으로, 수유 기간에는 카페인이 많은 녹차나 커피를 마시지 않는다고 했다. 히비키 씨는 모두에게 차를 다 나눠주자, 나나 씨와 히카리와 큰 예카테리나로 이미 꽉 찬 소파 구석에 앉아 차를 한 모금 마시고 나직하게 말했다.

"왜 말 안 했어?"

나나 씨는 활기차게 양손을 바동바동 움직이는 히카리를 보며 대답했다.

"작은아주버님이 준 거라고 하면 당신은 안 받았을 거 아냐?"

"딱히 그렇지는……."

"적어도 작은아주버님은 그렇게 생각했어. 자신이 준 걸 알면 히비키는 분명히 싫다고 받지 않을 거라고. 그러니 말하지 말아 달라고 부탁하셨어."

히비키 씨의 마음이 흔들리고 향기가 흔들렸다. 얘기가 좀 거슬러 올라가는데, 하고 나나 씨가 말했다.

"3월에 큰아주버님에게 히카리가 태어난 소식을 알리자 '왜 좀 더 일찍 알려주지 않았느냐'고 화를 내시며 우리 집에 오셨잖아?"

"엄청난 고액 기프트카드와 아주 큰 테디베어를 안고 말이지."

"그래. 커다란 테디베어는 예카테리나 여왕이 라이벌 의식을 불태우는 바람에 일단 벽장에 피난시켰지만. ……그리고 그로부터 며칠 뒤에 작은아주버님이 전화를 하셨어. 처음에는 누군지 몰라서 잔뜩 경계했지만. 사실은 혹시나 무슨 일이 있을 때를 대비해 나랑 큰아주버님이랑 연락처를 교환했거든. 큰아주버님한테 내 전화번호를 물어보셨나 봐. '한번 만나고 싶은데 괜찮을까요?' 하고 연락하셨는데, 내가 지금은 이런 상태라 움직이기 힘드니까 우리 집으로 오시라고 했어."

"전혀 몰랐어. 언제?"

"지난 토요일. 당신은 가게에 있었고 휴일 점심때인 가장 바쁠 시간이라 그럴 정신이 없었을 거야. 그래도 예카테리나가 '적군이 습격했다!'라는 기세로 짖어대는 바람에 도저히 방법이 없어서 히카리랑 같이 근처의 카페로 이동했지만."

히비키 씨는 조금 전에 예카테리나가 이상하게 짖어댄 날이 있었다고 했다. 그날이 마사키 씨가 찾아온 날이 아니었을까.

히카리가 꺄르륵 하고 웃는 소리를 냈다. 예카테리나가 나나 씨의 무릎에 상반신을 올리고 히카리의 얼굴 옆에서 하얀 꼬리를 움직였다. "오, 소리 냈다." 하고 나나 씨는 깜짝 놀라며 웃고는 굳은 표정으로 컵에 눈길을 박고 있는 히비키 씨를 보았다.

"나한테는 얘기해준 적 없지만, 당신이 본가에 있을 때 아버님이 소중히 아끼시는 향목이 사라졌었다며? 그래서 당신이 범인 취급을 당해 고등학교 졸업하고 바로 집을 나갔다고."

"……딱히 얘기할 정도의 일은 아니라고 생각했거든."

"그때 히비키를 가장 많이 비난한 사람이 자신이라며 작은아주버님이 말씀하셨어. 자기가 쫓아낸 거나 마찬가지라고. 하지만 사실은 히비키가 아니라 다른 사람이 훔친 거라고 큰아주버님한테 들었대. 아마 큰아주버님이 우리 집에 오시고 바로였을 거야. 큰아주버님이 작은아주버님에게도 우리한테 뭔가 축하해 주라고 하셨나 봐. 작은아주버님이 싫다고 하니까 드물게 벌컥 화내시면서 실제로는 누가 그런 건지 알려주셨대. 히비키는 아무 잘못도 하지 않았는데 말없이 죄를 뒤집어쓴 거라고."

"말없이 뒤집어쓴 건 아니야. 그건 뭐랄까, 여러모로 어쩔 수 없는 사고 같은 거였어."

"히비키는 언제나 그렇게 말하더라. 사람은 누구나 저마다 사정이 있으니까 누가 나쁜 게 아니라 어쩔 수 없는 일이라고. 나는 그런 사고방식이 정말 대단하다고 생각하지만 그래도 역시 히비키는 작은아주버님을 용서 못하고 있잖아. 지금도."

굳게 입을 다문 히비키 씨에게서 급소를 찔린 아픈 향기가 피어올랐다. 내 옆에서 유키야 오빠는 조각상처럼 조용히 얘기를 듣고 있었다. 나도 마찬가지로 말없이 두 사람의 얘기에 귀를 기울였다.

“작은아주버님도 그걸 알고 계셨어. 그 사건이 있었던 때뿐만 아니라 처음부터 계속 히비키를 냉대했다고. 너 싫어, 너는 우리 가족 아니야, 라고 계속 말했다고. 그러니까 이제 와서 얼굴 보면서 축하한다고는 말할 수 없다고. 히비키의 마음을 불쾌하게 만들 뿐이니까, 라고 하셨어.”

그래도 하다못해 선물은 하고 싶다고 했다. 마사키 씨는 자신이 보냈다는 사실을 숨기고 히비키가 받을 수 있게 하고 싶다고, 나나 씨에게 부탁했다.

“그래서 그 자리에서 의논을 했고 절대로 히비키는 만나지 않겠다고 해서 다음 날에 가지고 오라고 했어. 일요일이라면 바빠서 어지간한 일이 없는 한 당신은 저녁까지 가게에서 안 나오잖아? 나는 약속한 시간에 예카테리나와 히카리를 데리고 산책을 나갔어. 그사이에 작은아주버님이 그걸 놓고 가신 거야.”

그래서 히나 인형이 놓여 있던 날 예카테리나는 침입자에게 짖지 않았던 것이다.

이윽고 저녁에 가게 문을 닫고 돌아온 히비키 씨는 현관을 막고 있는 으리으리한 오동나무 상자에 소스라치게 놀랐다. 그리고 내용물을 보고 더욱 당혹스러워 짐작 가는 지인들에게 연락을 돌렸지만 하나같이 ‘자신은 아니다’라고 하니, 영문을 몰라 곤란한 와중에 우연히 요코하마 역에서 유키야 오빠를 만났다. 그리고 우리가 오늘 여기로 오게 된 것이다.

"……그럼 그 이상한 일러스트는 뭐야?"

"이상하다니 무슨 말이야? 내 입으로 말하긴 좀 그렇지만 엄청 잘 그리지 않았어?"

"그게 아니라. 왜 그런 암호 같은 빙빙 에두르는 방법을……. 평범하게 말해주면 좋았잖아."

"뭐? 나는 말했어. 작은아주버님은 말하지 말라고 부탁하셨지만 역시 인사도 못 하는 건 싫으니까 자연스럽게 '작은아주버님 아니야?' 하고 말했잖아. 그런데 당신이 얼음 같은 목소리로 '그건 아니야.'라고 한마디로 잘랐으면서."

그것이 나나 씨가 그 괴문서를 만든 계기였을 것이다. 히비키 씨가 스스로 히나 인형을 보낸 사람이 누군지 알아채도록. 우편함에 힌트 문서가 들어 있었을 때 예카테리나가 짖지 않았던 것도 그것을 넣은 사람이 나나 씨였기 때문이다.

위태로운 분위기를 풍기는 쿠라나미 부부 때문에 내가 안절부절못하자, 나나 씨의 무릎에 엎드린 예카테리나가 몸을 일으켜 먼저 히비키 씨의 얼굴을 하얗고 복슬복슬한 꼬리로 탁 때리고, 이어서 몸을 빙글 돌려 이번에는 나나 씨의 얼굴을 찰싹 때렸다. 부부는 독기가 빠져나간 얼굴로 돌아왔고, 또 히카리가 꺄하하 하고 웃자, 소파 한가운데에 긍지 높게 선 여왕 폐하는 '내 왕녀 앞에서 무슨 추태를 보이는 게냐' 하고 혼내듯 부부를 보았다. 내 옆에서 유키야 오빠가 웃음을 참는지 작게 헛기

침을 했다.

"―작은아주버님한테 고맙다고 인사하면 좋겠어."

나나 씨의 목소리는 조금 전보다도 작았다. 그 바람이 어렵다는 것을 아는 것처럼.

"알았어."

짧게 대답한 히비키 씨의 향기는 딱딱했다. 히비키 씨는 정말로 마사키 씨에게 인사를 할 것이다. 어른으로서 예의를 갖춰 제대로. 하지만 그것은 나나 씨가 바란 형태와는 다르다. 나나 씨가 정말로 원하는 것을 히비키 씨도 짐작하고 있지만, 그럼에도 계속 거부하고 있었다.

나도 용서할 수 없는 마음을, 스스로도 어쩔 수 없는 마음을 잘 안다.

감정의 향기를 느끼는 내 체질을 안 부모님이 나를 카마쿠라의 조부모 댁에 맡겼을 때 나는 두 사람에게 버려졌다고 추측했다. 그게 부모님이라서 그 고통은 더욱 컸다. 그리고 나는 두 사람을 싫어하기로 결심했다. 좋아하는 사람에게 미움받는 것은 괴롭다. 하지만 싫어하는 사람에게서는 미움받아도 괴롭지 않다. 그래서 두 사람을 싫어하기로 했다.

하지만 엉망으로 뒤엉킨 실타래가 풀리는 순간도, 지금의 나는 안다.

전혀 모르는 사이에 누군가가 심어준 꽃처럼, 계속 보이지 않았던 누군가의 진심을 깨달았을 때 그 순간이 찾아온다는 것도.

"히비키 씨, 가리록을 보여주셨죠? 히나 인형과 함께 온……."

갑자기 다른 화제를 꺼내자 히비키 씨는 당황한 향기를 풍기며 나를 보았다.

"아아……, 응."

"유키야 오빠도 말했듯이 가리록은 원래 복을 비는 것이지만 그 가리록은 조금 더 특별해요. 그 향낭에 복숭아꽃이 잔뜩 자수되어 있잖아요?"

"그래, 도화의 절구라서 그렇다고 했잖아?"

"맞아요. 도화의 절구는 중국의 행사에서 기원했어요. 중국에서 복숭아는 신성한 나무로, 사악한 기운을 쫓아내고 장수하게 해주는 힘이 있다고 믿어요. 그래서 마사키 씨는 히카리에게 가리록을 보내셨을 거예요. 건강하고 무탈하게 자라서 오래 살았으면 좋겠다고, 그런 바람이 그 가리록에 담겨 있으니까요."

히비키 씨의 향기가 공명하듯 부드럽게 흔들렸다.

병에 걸리거나 위험한 일을 당하지 말고 부디 건강하게 오래 살아라. 틀림없이 처음에 갓 난 딸을 안았던 히비키 씨도 똑같이 기도했을 것이다.

"작은아주버님이 말씀하셨어."

나나 씨는 어린 히카리를 안으며 큰 에카테리나의 등으로 팔을 둘러 히비키 씨의 손에 자신의 손을 포갰다.

"히카리를 보고 '귀엽다.'고. 무심코 튀어나온 것처럼 불쑥."

가슴이 꽉 옥죄이듯이 히비키 씨의 향기가 크게 일렁였다. 나나 씨가 히카리를 안은 팔과, 히비키 씨의 손을 쥔 손에 힘을 주는 것을 알았다.

"무엇보다, 앞으로 이 아이에게 세뱃돈을 주는 사람이 많으면 많을수록 좋잖아?"

"그게 중요해?!"

"육아를 얕보지 마. 가계부 쓸 때마다 소름 돋는다고. 지출은 앞으로 계속 늘어나기만 할 거야."

기운이 쭉 빠진 것처럼 히비키 씨가 한숨을 푹 내쉬었다. 하지만 그런 모습과는 반대로 완고했던 그의 향기는 힘이 빠져서 안도하고 있었다. 풀어진 향기는 예전보다도 부드럽고, 비가 갠 하늘처럼 청명했다. 차를 한 모금 마신 히비키 씨는 조금 귀찮다는 얼굴을 하면서도 평소의 투명한 눈동자로 말했다.

"알았어. 조금 이따가 인사할게."

"뭐? 왜 나중이야? 지금 당장 해야지. 순서가 그렇잖아."

나나 씨가 눈썹을 치켜 올리자 히비키 씨는 쩔쩔매며 몸을 대각선 뒤로 뺐다.

"아니, 하지만 지금은 카노랑 안경 군도 있고……."

"우리는 신경 쓰지 마세요."

아주 쿨 하게 말한 유키야 오빠는 시원스러운 얼굴로 조금 식은 차를 마셨고 나도 따라서 차를 마셨다. 나나 씨는 “아, 마메다이후쿠가 딱딱해지겠다.” 하고 히카리를 안은 채로 용기에 팔을 뻗어 테이블 위의 상자를 열었고, 예카테리나는 여전히 히카리밖에 보지 않았고, 할 일이 없어진 히비키 씨는 느릿느릿 일어나 바지 호주머니에서 스마트폰을 꺼내며 옆방으로 갔다.

“……저기, 난데. 아니, 보이스피싱이 아니라 히비키야. 쿠라나미 히비키라고. 아니, 무슨 일이냐니, 그 히나 인형……, 아니, 아니, 이미 알아. 그렇게 안쓰럽게 시치미 뗄 필요 없어. 뭐? 아니, 아니라니까, 시치미 뗀다고 뭐라고 하는 게 아니라—하아, 진짜 마사키 형은 왜 그러나 몰라. 옛날부터 남의 얘기는 전혀 안 듣고 자기 말만 따발총처럼 쏘아대는……, 아니, 인사! 고맙다는 인사하려고 전화 걸었는데! 좀처럼 말할 틈을 안 주니까 왜 그러나 하는 거지!”

마메다이후쿠를 먹으며 푸흐흡 하고 나나 씨가 기묘한 소리를 냈다. 나도 웃으면 안 된다고 다짐하면서도 그만 웃음이 튀어나왔고, 유키야 오빠는 쿨 하게 차를 즐기는 사람 같지만 명백히 귀를 쫑긋 세우고 있었다.

“애당초 히나마츠리는 이미 지나간 지 오래고……. 어? 잠깐만, 방금 한 말 다시 해봐. 아니, 특별 주문한 거라고 했잖아, 방금. 그 히나 인형 세트, 대체 얼마야? 설마 눈 튀어나오게 비싼 건……. 아니 아니 아니, 나한테 주는 게 아니든 맞든 그런 문제가 아니라! 그런 게 아니라니까……."

히비키 씨가 일어난 빈 소파 공간을 지금은 하얀 몸을 편안하게 뻗은 예카테리나가 차지했고, 옆방에서 새어 나오는 대화에 웃음을 참는 나나 씨가 히카리를 예카테리나의 배 앞에 조심스럽게 재웠다. 어느새 아기는 새근새근 잠이 들었고, 보들보들한 머리카락이 돋은 그 얼굴을 예카테리나가 사랑스럽다는 듯이 코로 찔렀다.

멀리서 바다가 보이는 창문으로 따뜻한 오후 햇살이 들어와 미소가 절로 떠올랐다.

아아, 봄이다.

5

히비키 씨의 전화는 좀처럼 끝나지 않고 오히려 더 열이 올랐으므로 나는 중간에 화장실을 빌렸다. 실치 피자와 궁극의 푸딩, 마메다이후쿠까지 먹은 내 배는 나나 씨의 일러스트 곰처럼 불룩 나왔고, 오늘 밤 체중계가 어떤 숫자를 보여줄지 두려움에 떨며 거실 문 앞까지 돌아왔을 때 목소리가 들렸다.

"안경 군, 사실은 아기 싫어하지?"

나나 씨의 목소리는 온화하고 다독이듯이 나직했다.

나는 순간적으로 문손잡이에서 손을 놓았다. 침묵. 그리고 또 나나 씨의 목소리가 들렸다.

"기분 나빴다면 미안해. 히카리를 똑바로 시야에 넣지 않으려고 하는 느낌이 들었거든. 혹시 힘들면 침대에 눕혀놓고……."

"아뇨, 그럴 필요는 없어요."

첼로 음색 같은 중저음의 목소리는 평소보다 울림이 딱딱했다. 또 긴 침묵이 흘렀다.

"싫은 건 아니에요. 그런 게 아니라, 그냥—괴로워져서요."

"왜?"

나는 한 걸음 뒤로 물러났다. 그럴 리는 없다고 생각하지만 너무나도 크게 울리는 자신의 심장 소리가 문 너머에 있는 사람들에게도 들리면 어쩌나 싶었기 때문이다.

"—아무것도 못했던, 아무 쓸모도 없었던 나 자신이 떠오르거든요."

옆방에서 "아니, 그러니까." 하고 히비키 씨의 한숨 섞인 말소리가 들렸다.

나나 씨가 허브티를 마셨는지 달각 하고 잔과 받침이 닿는 소리가 났다.

"안경 군은 무슨—누구의 도움이 되고, 어떻게 하고 싶었어?"

"……잘 모르겠어요. 다만, 내가 더—착한 아이였다면, 더 잘

했더라면, 더 빨리 알아챘더라면 결과가 달라졌을지도 몰라요. 그런 식으로 망가지지는 않았을지도 몰라요."

"그건 착각이야."

나나 씨가 받아치는 말은 화살처럼 빠르고 힘이 있었다.

"네가 무얼 떠올리면서 말하는지 나는 전혀 몰라. 그래도 단언할 수 있는데, 넌 아무 잘못도 없어. 전혀 그렇지 않아. 혹시 어떻게 해서든 누군가에게 책임을 물어야 한다면 그건 네가 아니라 네 주변에 있던 어른들이야. 어린애는 원래 그런 거고 어른도 원래 그런 거야."

칭얼거리는 아기의 소리가 들렸다. 다정하게 다독이는 나나 씨의 목소리가 이어졌다.

"나는 이 아이를 임신하고 깨달았어. 모든 아이들은 아무런 동의도 하지 않은 상태에서 이 세상에 태어나잖아. 나도 그랬고, 너도 그랬고. 자기가 원한 것도 아닌 환경에 몇십 년이라는 인생을 맡기고 태어나야 하는 건, 어쩌면 무척 잔혹한 일이 아닐까 싶어. 그래도 결국 나는 이 아이의 의사는 묻지 않고 낳았어. 사실은 정말 무서웠어. 언젠가 이 아이가 '왜 날 낳았어?' 하고 말하면 어떡하나 하고. 만약 언젠가 이 아이가 나를 원망하면, 나는 그걸 받아들이는 수밖에 없고 용서받지 못한다 하더라도 어쩔 수 없다고."

음, 어떻게 말해야 할지 잘 모르겠네……. 나나 씨는 작게 중얼거렸다.

“무슨 말이 하고 싶은 거냐면, 넌 안 그래도 좋아서 태어난 게 아니니까 그런 식으로 고민하고 자신을 책망할 필요는 없다는 거야. 너는 빚 같은 건 지지 않았고, 오히려 태어난 것만으로도 주변 어른들이 큰 빚을 진 거라 원하면 이자 정도는 톡톡히 받아도 괜찮아.”

“—그런가요?”

“그런 표정 짓게 하려고 아이를 낳는 부모는 없어. —라고 말하고 싶지만, 만약 그렇다면 왜 이런 일을 겪어야 하는데? 하고 소리치고 싶을 정도의 일도 세상에는 많지. 음……, 잘 설명을 못하겠으니까, 여왕님, 세상의 책임을 한몸에 짊어진 표정을 짓고 있는 잘생긴 저 안경을 위로해줘.”

예카테리나가 이동했는지 부스럭부스럭 옷이 스치는 소리가 났다. 나는 유키야 오빠의 가늘고 긴 손가락이 예카테리나의 머리를 쓰다듬는 모습을 상상했다.

“안경 군, 요코하마 역에서 만난 히비키가 곤경에 처했다고 하니까 오늘 일부러 여기까지 와줬잖아? 너는 다정하고 착한 사람이야. 누구에게 그런 식으로 미안해하는지는 모르지만 어릴 때의 너도 틀림없이 최대한 열심히 했을 거야. 그걸로 충분해. 너는 최선을 다했어. 내가 하는 말이니까 틀림없어.”

알겠지? 하는 나나 씨의 다정한 목소리 뒤에 히카리가 칭얼거리는 소리가 났다. "그래 그래, 알았어." 하는 목소리와 함께 히카리를 안아 올렸는지도 모르겠다. 나는 심호흡을 했다. 조금 전에 화장실에 들어갈 때와 이어지는 표정으로 안에 들어가야 한다. 방금 그 얘기는 나나 씨와 예카테리나와 어린 히카리만 들은 것이다.

문을 열자 히카리를 안아 올린 나나 씨가 "어서 와." 하고 웃어주었다. 유키야 오빠는 무릎 위에 커다란 예카테리나를 눕히고 새하얀 머리와 등을 쓰다듬다가 나를 보자 살짝 미소 지었다. 나는 뭔가 말하려고 했지만 결국 그만두었다. "저기요, 저, 아, 앉고 싶은데요……." 하고 유키야 오빠에게서 전혀 떨어지지 않는 예카테리나 때문에 울상을 짓는데 옆방에서 지친 얼굴로 히비키 씨가 나왔다.

"어서 와. 어땠어?"

"아니……, 마사키 형은 여전히 남의 말은 도통 듣질 않아. 통화 중에 어쩌다 보니 나오키 형 얘기까지 나와서 결국에는 다음에 셋이서 한잔하기로 했어."

으하하 하고 크게 웃는 나나 씨, 넌더리를 내며 한숨을 쉬는 히비키 씨. "우리 집에 불러도 될까?", "그건 상관없지만 요리는 다 당신이 해야 해." 하고 얘기하는 부부를 보고 나와 유키야 오빠는 눈짓을 주고받으며 일어났다.

"카노와 안경 군, 오늘 고마웠어. 뭐랄까—정말로, 여러모로 말이야."

현관까지 배웅하러 나온 히비키 씨는 발밑에 앉은 예카테리나의 얼굴을 쓰다듬으며 조금 쑥스러운 향기를 풍겼다. "또 놀러 와." 하고 히카리를 안으며 말해준 나나 씨에게 둘이 나란히 꾸벅 인사하고 몸을 일으킨 유키야 오빠는 조금 망설이듯 뜸을 들였다가 히카리를 보며 나직이 물었다.

"쓰다듬어도 될까요?"

눈이 동그래진 나나 씨는 바로 환하게 웃으며 "그럼, 당연하지." 하고 한 걸음 앞으로 나왔다. 손을 내밀려던 유키야 오빠는 움직임을 멈추고 "괜찮을까요?" 하고 예카테리나에게 허락을 구했다. 왕녀님의 호위무사이기도 한 여왕 폐하는 '괜찮아' 하듯이 하얀 꼬리를 흔들었고, 미소를 지은 유키야 오빠는 히카리의 머리에 손을 올렸다. 쉬 부서지는 귀중한 것을 만지듯 신중하게, 가만히.

머리를 쓰다듬는 짧은 몇 초 동안 히카리는 무서워하지도 않고 망설이지도 않고 장대한 세계의 비밀을 비추는 곧은 눈동자로 흥미진진하게 유키야 오빠를 보았다.

"건강하렴."

마지막으로 유키야 오빠가 속삭이자 잘은 모르지만 그 울림이 마음에 들었다는 듯이 태어난 지 얼마 안 되는 어린 여자아이가 방긋 웃었다.

히비키 씨의 집에서 나와 기울어가는 햇살이 쏟아지는 길을 유키야 오빠와 걸었다. 히카리가 귀여웠고, 나나 씨가 멋졌고, 히비키 씨의 실치 피자가 맛있었고, 예카테리나를 만나서 무척 기뻤고, 그리고 무엇보다 쿠라나미가의 기이한 사건이 해결되어 다행이라고 얘기하며.

"유키야 오빠, 도청, 도촬 탐지기를 가지고 오다니, 역시 대단하네요."

"아뇨, 카즈 형 집에 수상한 물건이 도착했을 때 실제로 도청기가 들어 있었던 일이 떠올랐을 뿐이에요."

"나나 씨의 암호를 순식간에 알아챈 것도 엄청났어요. 특히 '차남'이라는 거."

"아뇨, 우연히 네 명 다 아는 인물이었을 뿐이에요."

"그리고, 저기, 예카테리나한테도 사랑받다니, 대단했어요."

유키야 오빠가 걸음을 늦추고 수상하다는 얼굴로 나를 보았다. 안경 너머의 검은 눈이 지그시 보자 나는 진땀을 흘렸다.

"혹시 나한테서 오늘 무슨 냄새가 나요?"

"네?"

"유난히 칭찬하는데, 칭찬해줬으면 좋겠다는 냄새라도 풍기는 건가 싶어서요."

나는 얼이 빠졌다가 "아, 아니에요.", "정말이에요? 그렇다면 맞다고 해주세요.", "아니에요, 정말이에요." 하고 당황하며 부정했다. 유키야 오빠의 향기는 평소와 다름없이 거의 느껴지지 않았다. 그런 게 아니라, 그저.

다만 전하고 싶었다. 유키야 오빠 덕에 도움을 받은 사람이 있다는 것을. 본인은 아무것도 못한다고, 아무런 도움도 안 된다고 하지만 그렇지 않다는 것을.

하지만 설명이 제대로 나오지 않아서 허둥대는 사이에 울상이 된 나를 유키야 오빠는 한동안 말없이 보다가, 이윽고 봄비처럼 조용히 미소 지었다.

"고마워요."

어쩌면 유키야 오빠는 내가 엿들은 것을 알아챘는지도 모른다. 하지만 유키야 오빠는 아무 말도 하지 않았다. 전철 길로 나왔을 때 도로 중앙에 깔린 선로를 달리는 에노시마 전철이 보이자 우리는 코시고에 역으로 달려가 간신히 녹색 차량에 올라탔다.

벚꽃 시기의 에노시마 전철은 앉기 어려울 만큼 혼잡하지만 오늘은 어중간한 시간대라 그런지 둘이 나란히 앉을 수 있었다. 오늘은 아침부터 카린과 할머니에게 패션 지도를 받고, 카즈마 씨에게 납치당하고, 히비키 씨 집의 기이한 사건을 고찰하는 등, 아무튼 많은 일이 있었던 탓에 스스로도 알아채지 못할 만큼 많이 지쳤나 보다. 나는 전철의 기분 좋은 흔들림 속에서 점점 졸음이 쏟아졌다. 카마쿠라 역에 도착하면 깨워줄게요, 하고 유키야 오빠가 말해줘서, 미안해요, 하고 눈을 감았더니 순식간에 잠들고 말았다.

다음에 눈을 떴을 때는 전철이 시치리가하마를 지나고 있었다. 맞은편 좌석에 앉은 승객이 몸의 방향을 바꿔 창밖의 푸른 바다를 보고 있었다. 그런데 각도가 이상해, 어라? 하고 눈을 깜빡이던 나는 유키야 오빠의 어깨에 기댔다는 것을 깨달았다.

“아, 미안해요……!”

황급히 머리를 들며 몸을 비틀었을 때, 목소리가 점점 작아지면서 사라졌다.

몸 앞에 팔짱을 낀 유키야 오빠는 고개를 살짝 숙이고 턱을 당긴 채로 눈을 감고 있었다. 안경 렌즈 너머로 긴 속눈썹까지 똑똑히 보이고, 유리창으로 비쳐드는 햇빛에 따라 뺨의 얇은 솜털이 빛나거나 보이지 않게 숨거나 했다. 나는 남들 앞에서는 절대로 자지 않는 경계심 강한 흑표범이 낮잠을 자는 모습을 목격한 듯한 충격을 받고 요상한 자세 그대로 잠든 유키야 오빠를 뚫어지게 보았다.

전철은 이나무라가사키 역에 정차했고 몇몇 사람이 전철에 올라탔다. 나는 얼굴의 난감한 기능이 발동하는 것을 느끼며 슬그머니 유키야 오빠의 어깨에 다시 머리를 기댔다. —카마쿠라 역에 도착하면 깨워준다고 했으니까. 오늘은 많은 일이 있어서 피곤하니까.

변명을 하며 눈을 감고 호흡에 맞춰 천천히 오르내리는 유키야 오빠의 어깨 움직임을 느꼈다. 처음에는 심장이 요동쳐서 죽을 것 같았지만 서서히 의식이 멀어져갔다.

히비키 씨는 마사키 씨와 화해할 수 있을까? —틀림없이 괜찮을 것이다. 만약 두 사람이 또 싸울 것 같으면 날개를 깜빡하고 내려온 천사 같은 아기가 미소 짓고, 그러면 둘 다 단박에 싸움 같은 건 잊을 게 틀림없다.

나는 흰 개가 지켜주는 침대에서 새근새근 잠든 아기를 떠올렸다.

올곧은 눈동자로 장대한 세계와 미래를 바라보는 작은 너.

모두가 너에게 바란다. 부디 무사히, 건강하게, 오래 살기를.

그리고 꼭, 행복하기를.

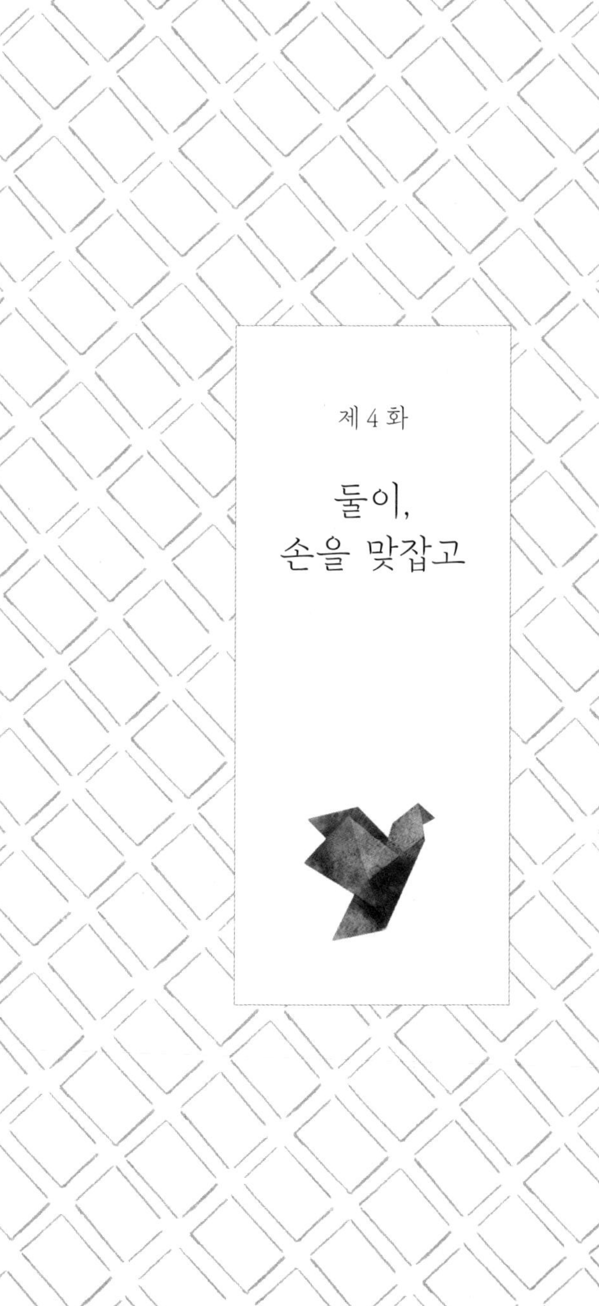

제 4 화

둘이,
손을 맞잡고

1

"진짜, 갑자기 와장창! 하지 뭐야. 얼마나 놀랐는지 몰라. 학생들도 소스라치며 향로를 떨어뜨리지 재는 날아오르지, 완전히 난리도 아니었어."

4월 첫째 주 일요일, 향도 교실 강사 일을 마치고 돌아온 할머니는 저녁을 먹으며 나와 유키야 오빠에게 얘기했다. 할머니는 유이가하마의 오래된 민가에서 방을 빌려 매주 일요일마다 향도 교실을 여는데, 오늘 수업 중에 갑자기 솔개가 창문을 들이박아 유리가 산산조각이 났다고 한다. 녹초가 된 할머니를 위해 오늘 메인 메뉴인 팔보채를 작은 그릇에 담아주던 유키야 오빠가 "버드 스트라이크로군요." 하고 말했다. 날아가던 새가 인공물에 충돌해 벌어지는 사고를 그렇게 부른다고 한다.

"다친 사람은 없었어? 솔개는 어떻게 됐어?"

"다행히 아무도 다치진 않았고, 솔개도 몸을 뒤집고 꼼짝도 안 해서 큰일 난 줄 알았는데 좀 있으니까 비틀비틀 일어나서 날아갔어."

사람도 새도 무사했다는 사실에 일단 안도했다.

"그런데 말이야."

할머니가 유키야 오빠에게서 그릇을 받아들며 작게 한숨을 내쉬었다.

"집주인이 사정이 있어서 창문 수리가 바로는 안 된다니 다음 주는 방을 못 쓰게 됐거든. 어쩔 수 없이 다음 주 수업은 급하게 쉬기로 했어."

할머니는 올해로 일흔한 살이지만 평일에는 가게를 보고, 주말에는 늘 향도 교실과 향회 초대 등으로 바쁘다.

"간만에 좀 쉬어."

"그래, 일요일에 집에 있었던 적이 별로 없는데 뒹굴뒹굴 쉬어야겠다."

할머니와 얘기하다 문득 유키야 오빠가 젓가락을 멈추고 할머니를 보고 있는 것을 깨달았다. 입술 사이에 작은 틈이 생기고, 마치 하고 싶은 말이 있는데 망설이는 모습이었다.

"미하루 씨—, 다음 주 일요일에는 댁에 계실 거죠?"

유키야 오빠가 다시 말을 꺼낸 것은 저녁 식사가 끝나갈 무렵이었다. 채소절임을 오독오독 씹던 할머니는 눈이 동그래지더니 입안의 음식물을 완전히 삼킨 뒤 끄덕였다.

"응, 교실도 없어졌으니 그럴 생각이야."

“갑작스러운 얘기라 정말 죄송하지만 혹시 괜찮으시면 그날 오후부터 일을 빠질 수 있을까요?”

유키야 오빠가 하고 싶었던 말은 이것이었나 보다. 할머니는 끄덕였다.

“당연히 괜찮지. 그런데 오후부터라도 괜찮아? 볼일이 있는 거잖아. 그냥 하루 다 쉬는 게 낫지 않아?”

유키야 오빠는 기본적으로 포커페이스라 희로애락을 그다지 얼굴에 드러내지 않지만 그런 유키야 오빠를 초등학생 때부터 봐온 나와 할머니는 유키야 오빠의 얼굴에 드러난 미묘한 흔들림을 놓치지 않았다. 할머니는 한쪽 눈썹을 재주 좋게 쓱 올렸다.

“것 봐. 네 성격상 배려하느라 ‘오후부터’라고 했을 줄 알았어. 그럼 못써, 유키야. 우리가 남이니?”

“아뇨, 하지만 13일은 카마쿠라 축제 첫날이라 가게도 바쁘지 않을까 싶어서요.”

카마쿠라 축제는 매년 4월 둘째 일요일부터 시작되는 카마쿠라의 봄맞이 일대 이벤트다. 시끌벅적한 긴 행렬이 와카미야 대로를 행진하는 퍼레이드를 시작으로 츠루가오카하치만구 신사에서 열리는 시즈카의 춤과, 절에서 하는 야외 찻집, 궁마술인 야부사메 등 다양한 행사가 일주일 내내 개최되고, 그런 만큼 오가는 인파도 늘어난다. 하지만 할머니는 유키야 오빠의 말을 딱 잘랐다.

"카마쿠라 축제라고 해서 우리 가게가 장사진을 이뤘던 적이 있었니? 혼잡하기로는 수국 시즌이 훨씬 북적이지. 애당초 유키야, 일요일에 내가 집에 없으면 너는 정말로 볼일이 있는데도 종일 가게에 나와 있을 셈이었지? 내가 나가고 너까지 쉬면 카노가 혼자 가게를 봐야 하니까."

나도 어렴풋이 느끼던 것을 할머니는 거침없이 말했다. 유키야 오빠는 프로급 무표정으로 묵비권을 행사했지만 그것이 통하지 않는 할머니는 팔짱을 끼고 얼굴을 찡그렸다.

"유키야, 처음 아르바이트를 시작할 때 내가 말했지? 주말과 공휴일에 가게 일을 도와주면 되고 휴일에 하고 싶은 일이나 볼일이 생길 수도 있으니 그럴 때는 기탄없이 말하라고. 그런데도 넌 아무리 시간이 흘러도 늘 조심하면서 서먹하게 굴기나 하고. 그렇게 남처럼 굴면 나 삐친다?"

"아뇨, 휴무는 지금까지도 사양 않고 썼어요."

"그래봐야 1학년 때 감기 걸려서 딱 하루 쉰 거랑 작년에 할아버지가 수술 받기 위해 입원하시는 바람에 조금 쉰 게 다잖아. 물론, 그 뒤에는 마른하늘에 날벼락 같은 전격 퇴직도 있었지만."

"하, 할머니, 그 얘기는……!"

"—그때는 지대한 폐를 끼쳐 정말 죄송합니다."

"살다 보면 볼일이 생기는 건 당연하고 그로 인해 휴가를 내는 건 일하는 사람의 권리고, 그럴 때마다 서로가 협력해서 메꿔나가는 게 같이 일한다는 뜻이잖아? 그걸 폐라고 하지는 않아. 다음 일요일은 하루 쉬어. 앞으로도 볼일이 있으면 분명히 말하고. 그리고 조금은 다른 사람한테 어리광도 부리고 기대는 걸 좀 배워. 알았어?"

눈썹을 치켜 올린 할머니가 다그치자 유키야 오빠는 쩔쩔매며 "네." 하고 반사적으로 소리가 나온 것처럼 대답했다. 그리고 조금 지나서 고맙습니다, 하고 작은 소리로 덧붙이자 괜찮아, 하고 할머니는 생긋 웃었다.

"다음 주 일요일은 미안하지만 하루 쉴게요."

저녁 식탁 정리도 끝나고 집으로 돌아가는 유키야 오빠를 현관 밖까지 배웅하러 나갔는데 헤어질 때 또 그런 남 같은 소리를 했다. 밖은 이미 완전히 어두웠고 현관 미닫이문으로 새어 나오는 빛이 닿는 범위만 어렴풋이 밝았다. 나는 할머니 흉내를 내며 입을 삐죽거렸다.

"가게는 나 혼자서도 충분해요. 계산도 포장도 많이 빨라졌고요."

"바보 같은 소리 하지 마요. 가게라는 곳은 늘 개방된 누구나 출입 가능한 공간이에요. 그런 곳에 미성년자인 카노를 혼자 둘 수는 없어요. 그래서 미하루 씨도 카노 혼자에게만 가게를 맡긴 적은 없는 거예요."

뜻밖의 매서운 말투에 나는 쩔쩔맸다.

"하, 하지만 버튼 누르면 경비회사 사람도 오고……."

"그런 문제가 아니잖아요. 카노는 왜 그렇게 위기의식이 부족해요?"

어째서인지 내가 설교를 듣는 신세가 되어 울상을 지으며 풀이 죽자 유키야 오빠는 작게 한숨을 쉬었다.

"그런데……, 조금 전에 미하루 씨가 제안을 하셨어요."

뭔데요? 하고 고개를 들자 유키야 오빠는 어째서인지 미묘하게 눈을 피했다.

"이달 27일은 일요일이고, 또 카노의 생일이잖아요?"

"아, 맞아요. 그러네요."

"미하루 씨가 그날은 여러 사정상 가게 문을 닫겠다고 하셨어요. 그래서 말인데, 혹시 다른 일정이 없으면 어딘가 같이 안 갈래요?"

나는 뚫어질 듯이 유키야 오빠를 응시했다. 시간이 조금만 더 길었더라면 유키야 오빠의 하얀 얼굴에 눈으로 구멍을 뚫을 수 있었을지도 모른다. 얼굴의 난감한 기능이 올해 최대 출력으로 발동해 너무 동요한 나머지 일본어가 익숙치 않은 외국인처럼 더듬더듬했다.

"외, 외출……, 가, 같이……, 어, 어디로?"

"카노가 가고 싶은 곳으로요."

그렇게 말하면 나는 유키야 오빠와 역 앞 슈퍼에 아이스크림만 사러 가도(가능하면 손을 잡고) 행복하지만, 이상한 애라고 질색할 우려가 있으므로 달아오른 얼굴로 필사적으로 고민했다.

"에, 에노시마? 어때요?"

"괜찮네요. 하지만 억지로 가까운 곳 중에서 고르지 않아도 돼요."

"유, 유키야 오빠는요? 어디 가고 싶은 곳 있어요?"

유키야 오빠는 생각지도 못한 질문을 받은 사람처럼 안경 너머의 눈이 동그래졌다. 그러더니 안경 브리지에 손가락을 대고 가만히 고민했다. 침묵은 10초가 지나도 계속 이어졌다.

"……저기, 그렇게 미간을 찡그리고 고민할 일은……."

"오스트리아 국립도서관에 가보고 싶은데 당일치기는 힘들고."

"국립도서관이요?"

"세계에서 가장 아름다운 도서관 중 하나로 꼽히는 곳인데 프룬크잘이라는 광장이 특히 유명해요."

무척 흥미가 동하기는 하지만 확실히 조금 멀기는 하다. 이대로는 유키야 오빠의 미간 주름이 사라지지 않을 것 같아 의견을 하나 내보았다.

"저기, 동물원은 어때요?"

"동물원?"

"유키야 오빠는 개나 고양이 같은 동물을 좋아하니까 재미있지 않을까 싶어서…….”

그런데 ‘대학교 3학년인 성인 남자가 과연 동물원 같은 데에 가서 재미가 있을까?’라는 의문이 말하는 도중에 뭉게뭉게 솟아올라 목소리가 점점 작아졌다. 하지만 유키야 오빠는 “그렇군요.” 하고 감탄한 듯 말했다.

“확실히 동물은 좋아해요. 개인적으로 기린과 올빼미에 흥미가 있어요.”

“그리고 호랑이와 고릴라, 북극곰도요.”

“카노는 의외로 무섭게 생긴 동물을 좋아하는군요.”

“머, 멋있잖아요……. 호랑이는 자는 모습밖에 본 적이 없지만…….”

유키야 오빠는 신기하다는 듯이 웃고 재미있을 것 같네요, 하고 부드러운 목소리로 말했다. 나한테 맞춰준 것인지도 모르지만 기뻐서 에헤헤 하고 바보처럼 웃고 말았다. 그런 뒤 버스 정류장으로 향하는 유키야 오빠를 배웅하려고 했지만, “이미 어두우니 그 이상은 나오지 말아요.” 하고 단박에 동장군의 아들 같은 쿨 한 눈빛으로 손가락을 내미는 바람에 나는 주눅이 들어 문 앞에서 유키야 오빠의 뒷모습을 지켜보았다.

“……후후후, 동물원이라니 귀엽기도 하지.”

“으악!”

본채로 돌아가려고 했더니 할머니가 무슨 요괴처럼 현관문에서 얼굴을 반만 내밀고 있어서 심장이 덜컥했다.

"할머니, 엿듣지 말라니까!"

"얘는, 엿들은 거 아니야. 나도 유키야를 배웅해줘야겠다 싶어서 나왔다가 우연히 들은 거야, 우연히."

할머니는 결백하다는 미소로 고개를 갸웃거렸다. 나는 이 곤란한 할머니를 어쩌면 좋을까 하고 걸레를 꽉꽉 짜는 기분으로 생각했다.

"그런데……, 할머니, 27일에 정말로 가게 문 닫아도 돼?"

"그럼. 괜찮으니까 그렇게 말했지."

현관으로 돌아오며 할머니는 손을 파닥파닥 흔들며 덧붙였다.

"그리고 사실은 조만간 가게 정기 휴일을 늘리려고 생각 중이거든. 지금처럼 수요일에 쉬고 일요일도 추가하려고. 그러니까 시험 삼아 해본다는 의미도 있어."

"어, 왜 갑자기?"

"갑자기가 아니야. 전부터 생각은 했었어. 올해는 유키야도 3학년이잖아? 지금으로서는 대학원에 진학할 생각은 없고 빨리 취직해서 자립하고 싶다고 했으니까 본격적인 구직 활동은 내년부터 시작하겠지만, 그래도 올해부터 여러모로 준비가 필요할 거야. 평일에는 학교에 다니고 주말은 모조리 아르바이에 쏟는 지금의 생활을 계속했다가는 틀림없이 시간이 부족할 거고 몸에도 무리가 가잖니. 그러니 차라리 아르바이트 일수를 줄여야겠다 싫어서. 유키야는 토요일에만 와달라고 하고 일요일은 정기 휴일로 돌리면 나도 걱정 없이 향도 교실에 갈 수 있잖아? 올해는 카노도 수험생이니까 공부에 집중해야 하고."

"나는 괜찮아."

"안 돼. 딱히 대학으로 인생이 결정되는 건 아니지만 카노 인생에서 중요한 이벤트이긴 하니까 후회가 남지 않게 제대로 해봐야지. 그리고 무엇보다 유키야가 용서하지 않을걸? 우리끼리 있으니까 하는 말인데, 유키야가 이미 카노는 4월까지만 일하고 가게에 못 나오게 해야 한다더라."

"어?! 나는 아무 말도 못 들었는데……?!"

"유키야는 조용히 퇴로부터 막아두고 만반의 준비를 갖춘 뒤에 단숨에 설복시키는 타입이니까. 하지만 자기 일은 안중에도 없는지, 얘기를 들어보면 아무래도 4학년이 돼도 계속 여기서 아르바이트를 할 생각이더라. 앞으로 구직 활동도 하고 졸업 논문도 써야 하는데. 그러니 더욱더 때가 되면 유키야도 제대로 자기 일에 전념할 수 있게끔 지금부터 조금씩 나 혼자서도 가게를 꾸려나갈 수 있게 영업시간도 재고해 보려고. 아무튼 다음에 다 같이 얘기해보자."

"하지만 할머니 혼자서는 힘들어."

"힘들면 그때 또 다시 생각해보고 좋은 방법을 찾으면 돼. 새로 사람을 고용해도 되고. 앞으로도 가게를 계속 하려면 피해

갈 수 없는 문제니까."

할머니가 남몰래 그런 생각을, 그것도 나와 유키야 오빠가 없는 카게츠 향방을 지켜나갈 방법을 고민하고 있었다는 것을 알고 충격으로 말이 나오지 않았다. 하지만 나를 보는 할머니는 비관하거나 괴로워하는 기색이 전혀 없는, 오히려 즐거워하는 눈으로 웃었다.

"사실은 할머니도 예전에는 유키야와 카노가 바빠지면 가게는 접을 생각이었어. 할아버지도 이제 없고 나도 계속 나이가 들어가니까. 하지만 너희가 이 가게를 위해 정말 열심히 일 해주니까 조금 더 해보자, 할 수 있는 데까지 가게를 끌고 가보자는 마음이 생기더라. —고마워, 카노."

코를 훌쩍이며 고개를 가로젓는 내게 할머니는 다정하게 웃으며 얼굴을 바짝 들이밀었다.

"그런데 카노와 유키야가 사귀는지 아닌지의 문제는 어떻게 됐어?"

"왜, 왜 지금 갑자기 그런 걸 물어……?!"

"카노, 할머니는 '사귄다'는 건, 다시 말하면, 서로를 특별한 존재라고 인정하는 거라고 생각하거든? 서로에게 특별하니까 만나서 얘기하고 시간을 같이 보내고 무슨 일이 일어나면 함께 극복하기 위해 노력하자는 약속이라고."

약속—.

"제대로 약속하면 앞으로 카노가 어떤 선택을 하든 유키야가 어디로 가게 되든 함께하기 위해 노력하자고 할 수 있잖아? 할머니 욕심이지만, 유키야가 카노의 남자 친구라면 언젠가 아르바이트를 그만둬도 저녁 먹으러 오라고 부를 수도 있고 말이야. —뭐, 유키야는 그때 그런 뜻을 담아서 해준 말이겠지만."

데이트하면서 물어봐, 하고 할머니는 쾌활하게 내 어깨를 두드리며 웃고는 콧노래를 부르며 복도로 올라갔다. 나는 약속이라는 것과 생일에 같이 놀러가는 것, 장래의 고민으로 얼굴이 빨개지기도 하고 끙끙 앓기도 하며 현관문을 잠갔다.

그러다 나는 이러한 것들을 훨씬 빨리 알게 된다.

카마쿠라 축제가 시작되고 거리가 한층 북적이는 4월 13일. 고작 하루 사이에 1년이 지났나 싶을 만큼 많은 일이 일어난 그날에.

2

그날, 맨 처음 카게츠 향방을 찾아온 사람은 미즈키 씨였다.

야시로 미즈키 씨는 카마쿠라 경찰서에 근무하는 경찰관이고, 내가 다니는 현립 고등학교 선배이기도 하다. 또 마찬가지로 내 고등학교 선배인 카즈마 씨와는 예전에 동급생이었고 지금도 친하게 지낸다(사귀느냐고 두 사람에게 물어본 적이 있는데 불같이 화를 내며 아니라고 했다). 나는 작년 겨울에 일어난 사건으로 미즈키 씨에게 큰 신세를 지기도 했다. 미즈키 씨가 협력해주지 않았더라면 나는 중간에 마음을 접었을지도 모른다.

다만, 미즈키 씨는 바쁜 경찰관이고 나는 일개 고등학생에 지나지 않으니 가깝게 교류하지는 않았다. 1월 말에 겨울의 사건에 대한 인사차 한중寒中 문안 엽서를 보냈고 미즈키 씨도 답장을 주었고, 그걸로 끝이었다. 그렇다 보니 일요일에 문을 열자마자 늘씬한 쇼트커트 머리의 미즈키 씨가 '향'이라고 붓으로 쓴 포렴을 걷으며 칠하지 않은 미닫이문을 열고 들어왔을 때는 정말로 놀랐다.

"오랜만이야. 잘 지냈어?"

미즈키 씨는 계산대 앞까지 와서 살짝 웃었다. 짙은 블루 데님 셔츠에 검은 쇼트 재킷을 걸친 미즈키 씨는 아래도 검은 스키니 바지에 검은 구두를 신었는데, 마치 군살이라고는 전혀 없는 단단한 몸에 민첩하고 강인한 도베르만을 연상시켰다. 미즈키 씨는 너무 놀라서 얼빠진 표정을 짓고 있는 나를 찬찬히 보고 어쩐지 기뻐하는 향기를 풍기며 고개를 끄덕였다.

"기모노 예쁘다. 귀여운 여자애가 입으니까 더 근사해."

"고, 고맙습니다……."

오늘의 기모노는 회녹색이 은은하게 들어간 유백색 바탕에 흰 등꽃이 홀치기염색으로 자잘하게 들어가 있다. 할머니는 조금 수수하다고 했지만 나는 무척 좋아하는 디자인이다. 하지만―"힐링된다." 하고 감동하며 중얼거리는 미즈키 씨는 어디로 보나 물건을 사러 온 느낌은 아니었다. 그녀에게 고개를 갸웃거리며 물어보자 미즈키 씨도 표정을 다잡았다.

"미안해, 갑자기 찾아와서 놀랐지? 물어보고 싶은 게 있어서 왔어. 오늘 유키야는 있어? 주말에는 여기서 아르바이트를 한다고 들었는데."

미즈키 씨가 왜 유키야 오빠를 찾는 걸까. 설마 작년에 카마쿠라 역에서 일어난 트러블로 무슨 문제가 생긴 걸까. 걱정이 스치며 낯빛이 파래지는 나에게 "그런 게 아니야." 하고 미즈키 씨가 손바닥을 들며 설명했다.

"사실은 오늘 아침에 갑자기 카즈마에게서 전화가 왔거든. '카게츠 향방이라는 가게에 가서 유키야가 제대로 일하고 있는지 보고 와 달라.'더라고. 영문을 몰라 설명을 요구했지만 아무튼 자꾸 가라고만 하니 끝이 나야 말이지. 그래서 이렇게 와본 거야."

"아……, 유키야 오빠는 오늘 휴무예요. 볼일이 있는지 지난주에 갑자기 결정했어요."

"그래……?"

"그런데 카즈마 씨가 왜 그런 부탁을 하셨을까요……?"

"모르지만 그 녀석이 생각하는 일은 언제나 제대로 된 게 없으니 주의가 필요해."

그러더니 미즈키 씨는 가게를 둘러보고 "힐링되는 향을 소개해줄래?" 하고 말했다. 나는 마음 쓰지 않아도 된다고 황급히 손을 내저었지만 미즈키 씨는 심각한 표정으로 "나는 지금 절실하게 힐링이 필요해." 하고 말했다. 역시 경찰관이라는 직업은 정말로 많이 힘든가 보다. 지나치게 달콤하지 않은 상쾌한 향이 좋다고 해서 카게츠 향방에서도 가장 인기가 많은 선향 '저녁별'을 추천했다. 실제로 향을 테스트 해보는 중에 본채에서 전화 응대를 하던 할머니도 가게로 돌아왔다. 미즈키 씨를 고등학교 선배고 큰 신세를 진 사람이라고 소개하자 "어머나, 그래요?" 하고 할머니는 생긋 웃었다.

"손녀를 잘 돌봐주셔서 정말 고맙습니다."

"아뇨, 별로 한 일도 없는걸요. 그런데 집안일에 참견하는 것 같아 죄송하지만 이 댁에서는 카노와 할머님 두 분만 사시는 건가요?"

"네, 맞아요. 3년 전에 남편이 세상을 떠났거든요."

"조금 전에 문을 보니 홈 시큐리티에는 가입되어 있는 것 같지만, 요즘 빈집털이 피해도 접수되고 있으니 조심 또 조심하면서 문단속을 철저히 해주세요. 혹시 무슨 일이 있으면 망설이지 마시고 바로 경찰서로 전화 주시고요."

미즈키 씨는 휴일에도 시민의 안전을 걱정하느라 여념이 없었다. 어머, 친절하셔라 하고 끄덕인 할머니도 "멋있는 분이시네." 하고 몰래 귀엣말을 했고, 그치, 그치? 하고 나도 끄덕였다. 미즈키 씨는 "힐링 되는 향기가 나……." 하더니 '저녁별'이 무척 마음에 드는지 한 상자 사기로 했다.

날카로운 전자음이 울린 것은 내가 물건을 포장하던 때였다. "실례할게." 하고 미즈키 씨는 스마트폰을 들고 밖으로 나가 전화 건 상대와 얘기했다. 하지만 미즈키 씨가 손을 등 뒤로 돌려 닫은 미닫이문이 살짝 열려 있었기 때문에 목소리가 가게 안으로도 어렴풋이 들려왔다.

"……없었어. 갑작스런 용무로 오늘은 휴무래. —뭐? 그건 또 무슨 소리야? 학습 센터에는 왜?"

의아해하는 미즈키 씨의 목소리에 나는 무심코 귀를 쫑긋 기울이고 말았다. 학습 센터는 와카미야 대로에 있는 문화시설이다. 다다미방과 회의실, 대형 홀도 있어서 시민이 자유롭게 이용할 수 있다. 그런데 그 학습 센터가 어쨌다는 걸까?

"싫어. 나는 이 길로 카마쿠라 축제 퍼레이드를 보러 갈 거야. 현경 음악대 친구가 나오거든. —그래, 맞아, 나는 카마쿠라 시민 편이야. 당당하게 말할 수 있어. 하지만 카즈마, 그렇게까지 나를 비난하고 카마쿠라 축제를 모독한다면 나도 한마디 할게. 물론 너는 한때 카마쿠라 시민이었지만 지금은 도쿄도에 세금을 납부하는 도쿄 도민이잖아? 그렇다면 경시청에 가서 도와달라고 해. 그 참에 그 꼴사나운 고압적인 성격을 줄로 갈아서 조금은 둥글게 만들고. ―고향 납세? 그래? 아이고 착하네. 앞으로도 계속해서 고향의 시정에 공헌해. 기특하니까 내키면 학습센터에도 들러봐줄게. 그럼 끊는다."

통화가 끝났는지 미즈키 씨는 미닫이문을 열고 돌아왔다. 나는 포장을 마친 물건을 내밀며 실례인 줄 알면서도 묻지 않을 수 없었다.

"저기……, 카즈마 씨예요?"

"그래, 여전히 아주 성가신 녀석이야. 카노, 만에 하나 그 녀석이 나타나 무례한 짓을 하면 바로 나한테 신고해."

사실은 며칠 전에 이미 가볍게 납치당했다고 얘기했더니 미즈키 씨는 정말로 당장 카즈마 씨를 체포하러 갈 기세로 날카로운 향기를 뿜었다. 나는 말없이 고개를 끄덕끄덕했다.

"다음에 또 오세요."

"네, 꼭 올게요."

미즈키 씨는 할머니와 생글생글 웃으며 인사하고 떠나갔다.

다음 귀한 손님이 찾아온 것은 그로부터 약 한 시간이 지난 뒤였다.

"안녕하세요."

명랑한 목소리와 함께 칠하지 않은 미닫이문이 열렸을 때 나는 조금 이른 점심을 먹고 할머니와 교대한 참이었다. 들어온 동안의 남자를 보고 나는 깜짝 놀랐다.

"타카하시 선배."

"카노, 오랜만이야! 잘 지냈어?"

타카하시 켄타로 선배는 유키야 오빠의 (자칭) 절친으로, 유키야 오빠가 잠시 카게츠 향방을 그만뒀을 때에는 대신 아르바이트를 해주었다. 유키야 오빠의 빈자리를 메워주기도 했고, 타카하시 선배의 그늘 없는 쾌활함이 그 무렵 곧잘 울적해졌던 나와 할머니에게 많은 힘을 주었다. 지금도 타카하시 선배는 천진난만한 강아지처럼 달려오자마자 계산대 너머로 내 양손을 잡고 흘러넘치는 환한 미소를 지으며 휙휙 악수했다.

"오늘은 어쩐 일이세요?"

"응, 조금 곤란한 일이 있어서……. 어라, 시놋치, 뭐 해? 들어오지 않고……."

타카하시 선배가 손짓하자 나는 그제야 가게 문 앞에 누가 서 있는 것을 깨달았다.

호리호리한 남자였다. 머리는 유행하는 스타일로 잘랐고, 옷깃에 하얀 라인이 들어간 남색 테일러드 재킷과 조금 개성적인 디자인의 가죽구두가 멋스러웠다. 가까이 다가온 그는 조금 불편한 향기를 풍기며 "안녕하세요." 하고 작게 꾸벅 인사했다. 나도 긴장해서 얼굴이 빨개지며 어색하게 인사했다.

"얘는 같은 학과 친구야. 서클도 같고. 시놋치라고 해, 잘 부탁해."

"아니, 정식 이름으로 제대로 소개해야지."

그는 절묘한 타이밍에 타카하시 선배를 팔꿈치로 쿡 찌르고 "시노야 코키입니다." 하고 한 번 더 가볍게 머리를 숙였다. 조금 전의 치고 들어오는 타이밍도 그렇고, 동작의 기민함도 그렇고, 시노야 씨는 리듬감이 뛰어나 보였다. "사, 사쿠라 카노입니다." 하고 나도 자기소개를 했다.

"그런데 윳키는 지금 점심시간이야?"

"아, 아뇨, 유키야 오빠는 오늘 쉬는 날이에요."

"어, 그래?! 왜?! 무슨 사고라도 났어? 아니면 입원했어?!"

안색이 바뀌며 당황해서 어쩔 줄 모르는 타카하시 선배 때문에 나까지 덩달아 당황하고 말았다.

"아뇨, 저기, 사고나 입원 같은 게 아니라 볼일이 있다고……."

"카노, 사실대로 말해줘. 다른 사람도 아닌 윳키가 카게츠 향방 아르바이트를 쉬다니 보통 일이 아니잖아. 안 그래?!"

"저, 정말로 볼일이 있어서 쉬는 거예요. 어제도 만났는데 유키야 오빠는 틀림없이 잘 지내고 건강했어요."

타카하시 선배는 여전히 의심스럽다는 듯이 콧등에 주름을 만들다가 "볼일이라니 뭘까, 지구가 멸망할 위기가 닥친 걸까?" 하고 중얼중얼하며 일단은 물러났다. "볼일의 규모가 너무 크지 않니?" 하고 또 시노야 씨가 절묘한 순간에 핀잔을 주었다.

"음, 이건 예상 못 했는데. 윳키의 스마트폰으로 연결이 안 돼서 혹시 전처럼 배터리가 나갔나 싶어서 와봤거든. 그런데, 아, 휴무구나……."

"무슨 일 있었어요? 조금 전에 곤란한 일이라고……."

"응. 윳키한테 수수께끼 편지를 해독해달라고 할 참이었거든."

수수께끼 편지? 눈만 끔뻑끔뻑하는 나를 타카하시 선배는 순간 깜짝 놀라며 보았다.

"그러고 보니 카노도 향을 잘 알지? 이름부터 향이 점지해준 사람 같은 느낌이고."

"네?! 저, 점지해주다니 그게 무슨……!"

"아무튼 한번 보기라도 해줄래? 향이랑 관련이 있는 것 같거든. 시놋치."

재촉하자 시노야 씨는 어깨에 메고 있던 보디백 지퍼를 열어 벚꽃 꽃잎 그림이 흩뿌려진 분홍색 화지 봉투를 꺼냈다.

그러고는 봉투에서 반으로 접힌 편지지를 꺼냈고, 펼쳐진 그것을 본 나는 무심코 눈을 깜빡이는 것도 잊고 말았다.

종이 자체는 지극히 평범한 가로줄이 있는 편지지였다. 이것도 화지이고, 봉투와 같은 컬러의 벚꽃 꽃잎이 흩뿌려져 있으니 아마도 편지 봉투와 세트일 것이다.

하지만 편지지에 적힌 내용은 전혀 평범하지 않았다. 문장 대

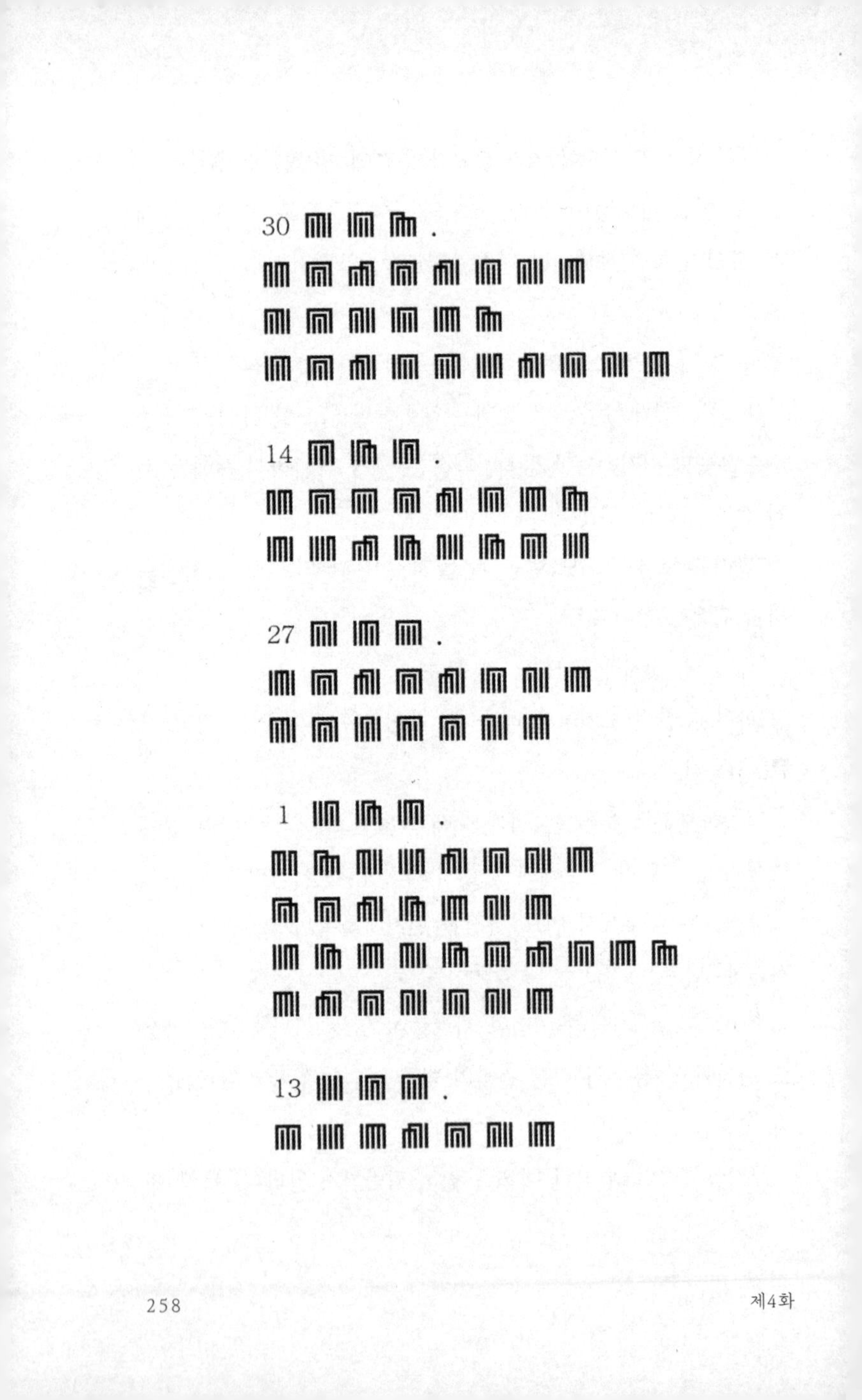

30 .

14 .

27 .

1 .

13 .

신 숫자를 섞으며 자잘하게 그려넣은 수많은 도형.

"이건—겐지향도源氏香図네요."

"알아?"

순간 눈이 커진 시노야 씨가 기대에 찬 향기를 풍겼다. 그렇다, 알고는 있다. 잘 안다고 할 수 있다.

향도에는 '조향組香'이라는 향놀이가 있고 '겐지향'은 조향의 한 종류다. 이름 그대로 겐지 이야기를 테마로 삼았으며, 500가지가 넘는 조향 중에서도 특히 유명하고 인기가 많다.

겐지향의 가장 큰 특징은 향 맞히기 놀이의 해답에 도형을 사용하는 점이다. 향목을 세 종류 사용한 경우, 네 종류 사용한 경우 등 다양한 베리에이션이 존재하는데, 가장 유명한 것이 다섯 종류의 향목을 사용하는 것이다. 다섯 가지 향목을 다섯 포씩 준비하고, 그 스물다섯 포에서 또 다섯 포를 골라 순서대로 향을 듣는다. 첫 번째 향부터 다섯 번째 향 중에서 똑같은 향이 무엇인지를 맞히고 그것을 겐지향도로 표현하는데, 예를 들면 이런 식이다.

- 첫 번째 향부터 다섯 번째 향까지 모두 다르다 →
- 첫 번째 향부터 다섯 번째 향까지 모두 같다 →
- 첫 번째 향만 다르고 두 번째 향과 네 번째 향, 세 번째 향과 다섯 번째 향이 같다 →

스물다섯 포의 향목에서 다섯 개를 고를 경우 52가지 조합이 가능하고 겐지향도도 총 52종이다. 그리고 52종의 겐지향도에는 겐지 이야기의 각 권의 이름이 붙어 있다. ‘’은 ‘하하키기’, ‘’은 ‘습자’, ‘’은 ‘첫 새 울음소리’라는 식이다. 겐지 이야기는 원래는 전부 54권으로 되어 있지만 겐지향도의 52종에 맞추기 위해 1권 ‘키리쓰보’와 54권 ‘헛된 꿈의 배다리’는 제외된다.

이상이 겐지향도의 대략적인 내용인데, 나는 시노야 씨에게 받은 편지를 봐도 눈만 끔뻑거리는 수밖에 없었다. 겐지향도 자체는 무척 세련된 디자인으로, 다양한 굿즈에 활용되거나 가문家紋으로 사용되는 등 인기가 많다. 하지만 그 아름다운 도형이 줄줄이 나열되어 있는 모습은 의미 불명이라 타카하시 선배가 ‘수수께끼 편지’라고 한 이유를 알 것 같았다.

“이 편지는, 저기, 시노야 씨가 받은 거예요……?”

“맞아. 대학교……, 친구가 준 거야.”

“어쩐지 암호 같네요…….”

“아마 상대도 그런 의도로 그랬을 거야. 나도 이게 겐지향도라는 건 알아. 그래서 도형 이름을 하나하나 조사해보고 해당하는 권의 겐지 이야기 내용을 알아보기도 하고, 권명의 이니셜을 이어 붙여 보기도 하고, 생각나는 건 대충 다 해봤는데 전혀 모르겠더라. 이 숫자도 다 제각각이라 규칙이 보이지 않고. 그래서 타카하시가 전에 카마쿠라의 향 가게에서 아르바이트를 했었다는 걸 떠올리고 의논해봤는데."

"겐지향도라는 거 몰랐어. 그보다 잊고 있었어. 카게츠 향방 졸업생으로서 부끄러워. 미안해."

허리를 90도로 꺾으며 사죄하는 타카하시 선배는 눈꼬리가 아래로 축 처져 있었다.

"어제 우리 투자 서클에서 신입생 환영회를 했는데—아, 물론 뒤풀이에 나오지 않는 환상 속의 레어 캐릭터 윳키는 불참했지만—거기서 시놋치가 이 편지를 보여줬는데 전혀 모르겠어서 그럼 내일 윳키한테 물어보자고 했지. 그런데 와보니 설마 휴무일 줄이야……. 카노, 넌 알겠어?"

강아지 같은 눈동자로 묻자 나는 당황해서 다시 편지로 눈길을 돌렸다.

적혀 있는 겐지향도는 내용도 숫자도 모두 제각각이라 딱히 법칙 같은 것은 보이지 않았다. 간신히 줄을 띄우고 시작하는 블록 첫머리는 숫자로 시작하고, 그다음에 겐지향도가 세 개 이어져 있고, 마침표 같은 점을 찍고 끝난다는 공통점은 발견할 수 있었다. 하지만 그게 무엇을 의미하는지, 이 편지에는 무슨 내용이 적혀 있는지는 전혀 모르겠다. 게다가 겐지향도에 대응하는 겐지 이야기의 각 권별 내용을 살펴본다든가, 권명의 이니셜을 이어보는 등 내가 떠올릴 수 있는 것은 이미 시노야 씨도 시도해보았다. 결국 1분 후, 나는 풀이 죽어 고개를 가로젓는 수밖에 없었다.

"도움이 못 돼서 죄송해요……."

"괜찮아, 네가 사과할 일도 아니잖아. 내가 멋대로 가져온 걸 같이 고민해줬는데, 오히려 내가 미안해."

손을 젓는 시노야 씨에게서 피어오르는 향기는 정말로 미안함이 가득 밴, 남을 비난하지 않는 투명한 향이었다. 상대의 입장과 마음을 배려하는 자세가 딱히 지금만 그런 게 아니라 평소 그의 성격이 나타나는 태도라는 인상을 받았다.

그 후 점심식사를 마친 할머니가 가게로 돌아와 "어머나, 타카하시 왔구나." 하고 기쁨이 섞인 놀라움의 향기를 풍겼다. 그렇다, 향이 점지해준 사람이 있다면 그건 내가 아니라 향도 집안에 태어나서 자란 할머니 쪽이다. 나는 사정을 얘기하고 시노야 씨의 편지를 할머니에게 보여주었다. 할머니는 매실장아찌를 먹을 때처럼 입술을 오므리고 눈을 가늘게 떴다.

"어머나, 눈이 따끔따끔할 정도로 잘기도 하구나……. 용케도 이렇게 작은 겐지향도를 잔뜩 그렸네. 이걸 그린 사람은 의지가 강하고 근성이 있을 거야."

"아……, 네. 그런 느낌이에요. 생각이 똑 부러지고 무척 근성이 있어요."

"여자구나. 봉투와 편지지에도 예쁜 무늬가 있고 글씨 선이 부드러워. 이 겐지향도도 하나하나 정성껏 그렸으니 틀림없이 성실한 성격이야. 그러면서 장난기도 있고 센스가 좋네."

"대단하세요—, 정말 그렇거든요."

"할머니, 성격 분석 말고 내용 쪽은 어때요? 무슨 뜻인지 아시겠어요?"

"내용? 그건 전혀 모르겠어. 우훗."

어깨가 축 처지는 두 대학생과 한 고등학생에게 "내가 이런 쪽은 약하거든. 추리소설을 읽어도 범인을 맞힌 적이 한 번도 없어." 하고 할머니는 손을 파닥파닥 저으며 시노야 씨에게 편지를 돌려주었다.

"유키야라면 이런 건 단박에 감이 딱 올 것 같은데 아쉽게도 오늘은 휴무라. 그래도 연락이라도 해보지그래?"

"그게, 이미 해봤어요. 먼저 LAND로 메시지를 보냈는데 답장이 없어서 전화를 걸어봤는데 안 받더라고요. 전원이 꺼져 있는지도 몰라요."

"그래? 난감하네……."

"저기, 그냥, 괜찮아요. 잘 생각해보니 키시다에게 부탁할 정도의 일도 아니고요."

시노야 씨의 말투는 대수롭지 않았지만 유키야 오빠의 이름을 말할 때 씁쓸한 향기가 피어올랐다. 싫다고 할 정도로 강하지는 않지만 무언가가 뱃속 깊은 곳에 응어리져 있는 향기였다.

"하지만 편지에 엄청 중요한 내용이 적혀 있을지도 모르잖아."

"중요하거나 긴급한 일이라면 이런 영문 모를 행동을 할 리가 없잖아. 더 직설적으로 쓰든가, 학교에서 만났을 때 직접 말해도 되고."

"뭐어? 이 편지는 같은 학교 사람한테 받은 거야? 그럼 가서 직접 물어보면 되잖니?"

어려울 것 없잖아, 하고 할머니가 눈썹을 올리자 시노야 씨의 향기가 가라앉았다.

"지금은 좀, 말을 걸기 어려운 상태라……."

"그 친구가 혹시 애인? 싸웠어?"

나도 어쩐지 그렇지 않을까 싶었는데 할머니가 단도직입적으로 묻자 시노야 씨의 향기가 격렬하게 동요했다. 시선이 흔들리고 귀가 서서히 빨개졌다.

"아뇨, 그런 건, 아니에요."

"어? 시놋치랑 클레어는 사귀는 거 아니었어? 나는 꼭 그런 줄로만 알았는데."

"어머, 외국 분이야?"

"아, 맞아요. 클레어라고, 호주에서 온 유학생인데 우리랑 같은 학부에서 공부하고 있고……, 어, 나이도 같나?"

"……아니, 우리보다 한 살 많아."

"아, 그렇구나. 일본어를 무척 잘하고 야무진 애예요. 공부도 열심히 하고, 그런데 그랬구나. 사귀는 건 아니었구나. 시놋치는 곧잘 클레어랑 밥도 같이 먹고 집에도 같이 돌아가곤 하니까 그런 줄 알았지."

"게다가 이렇게 쓰는 것만도 보통 일이 아닌 의미심장한 편지까지 받았잖아. 정말 사귀는 사이 아니야?"

연애 얘기를 좋아하는 할머니와 호기심 왕성한 타카하시 선배가 나란히 눈을 반짝반짝 빛내며 묻자 움츠러들며 몸을 뒤로 빼는 시노야 씨의 입매가 굳어졌다.

"사귀는 거 아니에요. 클레어는 친구예요."

친구, 하고 입에 올린 순간 그의 향기에 작은 흔들림이 생겼다. 그 단어로는 부족하다고 마음이 스스로에게 작은 저항을 한 것처럼. 혹은 지금 한 말로 무언가를 배신했고, 그로 인해 본인도 상처 입은 것처럼.

시노야 씨는 그런 감정을 쫓아내듯이 한숨을 내쉬고 얼굴을 가만히 찡그렸다.

"오히려 지금은 나보다 키시다와 사이가 좋아 보이고요."

뭐? 하고 나는 심장이 쿵 내려앉았고, 할머니는 "키시다라면 유키야 말이니?" 하고 눈이 동그래졌고, 타카하시 선배가 "네, 윳키요. 학부에 키시다는 윳키밖에 없거든요." 하고 말했다.

"그런데 윳키가 클레어랑? 무슨 말이야?"

"최근에 둘이 자주 얘기하잖아. 학생 식당이나 도서관에서 같이 있는 모습도 보이고."

"아! 그건 윳키가 주변에서 가장 바르고 고운 일본어를 쓰는 사람이니까 클레어의 회화 상대가 되어주는 거야. 애초에, 클레어가 누구 괜찮은 사람 없냐고 물어봐서 내가 윳키가 적임자라고 추천했거든."

"뭐? 네가 왜?"

"클레어는 귀국하면 금융 관련 일을 하고 싶은데 일본 문화도 좋아하니까 자원봉사로 일본어를 가르치는 사람도 되고 싶대. 그래서 그럼 윳키한테 도와달라고 해보면 어때? 하고 얘기했지. 클레어의 일본어는 지금도 충분히 아름답다고 생각하지만."

"너는 클레어의 인생 설계를 어떻게 그렇게 잘 알아?"

"응? 그야 나는 생협에 새 과자가 출시되면 라운지에서 같이 먹는 사이니까. 클레어도 어린 여동생이 있어서 얘기가 잘 통하거든. 아, 참고로 여동생은 소피라고 하는데 엄청 귀여워. 금발의 요정이야."

"……너의 그 허물없는 커뮤니케이션 능력에 지금 좀 살의가 끓어올라."

타카하시 선배의 얘기를 종합하면, 클레어 씨라는 분과 유키야 오빠는 사이가 좋지만 어디까지나 학우 관계일 뿐이라고 정리하면 될까? 그렇게 생각하면 될까? 천 갈래 만 갈래로 찢어지는 심정인데 할머니가 생긋 웃으며 내 어깨를 두드렸다.

"다행이다, 카노. 바람피우는 게 아니라서."

"나, 나는, 별로 아무것도……!"

"뭐? 혹시 너는 키시다와……?"

"그래, 시놋치. 카노는 윳키의 여자 친구니까 카노를 불안하게 만들면 안 돼."

다음 순간 시노야 씨가 눈을 부릅뜬 얼굴이 아주 볼만했다. '얘가 그 키시다랑?!'이라고 외치는 듯한 표정에 나는 어린애같이 생긴 수수한 여자 주제에 죄송하다는 마음으로 얼굴이 빨개지며 고개를 숙였다.

"타카하시, 그런 건 빨리 말해야지!"

"응? 어라? 오는 길에 내가 말 안 했나?"

"진정해. 남자 친구, 여자 친구라고 해도 정말로 사귀는 게 맞는지 잘 모르겠다고 하는, 아직 초등학교 1학년 산수 문제 같은 애들이니까."

"산수 문제요……?!"

"괜찮아, 카노. 윳키는 카노한테 푹 빠져 있으니까. 카노의 생일 선물도 엄청 고민이 많아서 우리 누나들한테 여자는 뭘 좋아하느냐고 물어봐달라고 부탁도 했고—앗! 취소! 취소! 방금 거 취소! 이 말 한 거 들키면 말살당하니까, 카노, 잊어줘!"

새파랗게 질린 타카하시 선배는 나에게 양손을 내밀며 "잊어라~, 잊어라~." 하고 최면술을 걸려고 했고, 나도 허둥지둥 눈을 감고 "잊어라~, 잊어라~." 하고 스스로를 타일렀다. 그래도 얼굴이 빨개지는 것은 어쩔 수 없었고, 입매가 풀어지는 것도 막지 못했다.

"아무튼 결론을 내리면, 아쉽지만 우리끼리는 편지의 비밀을 알아낼 방법이 없을 것 같네."

할머니가 정리하자 시노야 씨의 표정이 눈에 띄게 어두워졌다. 대수롭지 않다는 식으로 말하기는 했지만 사실은 그도 편지 내용이 궁금해서 견딜 수 없을 것이다. 할머니가 그런 그를 위로하며 웃었다.

"기다리면 곧 유키야에게서 연락이 올 거야. 그때까지 카마쿠라 축제라도 구경하지그래? 물론 우리 집에서 기다려도 되고. 유키야는 오늘은 저녁까지 카마쿠라에 있을 것 같으니까 기다리면 바로 만날 수 있을 거야."

나는 깜짝 놀라서 할머니의 기모노 소매를 잡아당겼다.

"할머니, 유키야 오빠가 오늘 카마쿠라에 있다니……?"

"어머, 못 들었니? 어제 돌아갈 때 그랬잖아. 사실은 내일 볼일이 있어서 저녁까지는 카마쿠라에 있을 예정이라 무슨 일이 있으면 달려올 테니 연락 달라고."

처음 들었다. 그렇다면 유키야 오빠는 지금 생각보다 가까이 있다는 말이다.

"그런데 카마쿠라에서 볼일이라니……."

"나는 그냥 본가에 다녀오려나 보다 했는데?"

"네? 하지만 윳키가 그 정도 일로 아르바이트를 쉴까요? 카게츠 향방은 윳키한테 최우선 사항이잖아요."

"아."

뭔가 짐작이 간다는 소리를 낸 사람은 시노야 씨였다. 시선이 일제히 쏠리자 시노야 씨는 조금 움찔하며 입을 열었다.

"아니, 아마도 그렇지는 않겠지만……, 대학교 교수님이 오늘 카마쿠라에서 강연회를 하시거든요. 카마쿠라 축제 첫날에 역 앞 학습 센터에서 하신다고 지난번 강의 시간에 말씀하셨어요."

학습 센터.

오늘 가게 문을 열자마자 미즈키 씨가 와서 유키야 오빠는 오늘 아르바이트를 하러 나왔는지 물었다. 그것은 카즈마 씨가 부탁한 일인 듯했고, 그 뒤 카즈마 씨에게서 전화가 걸려왔을 때 미즈키 씨도 학습 센터라고 말했었다.

"뭐? 일부러 강연회 때문에 요코하마에서 카마쿠라까지 와서 아르바이트를 쉰다고? 설마."

"그러니까 확실하진 않다고. 하지만 키시다는 그 교수님 수업을 상당히 좋아하는 것 같거든. 너도 올해는 국제금융론 듣잖아? 그 교수님이야."

"아! 그 교수님 강의 재미있지."

"나는 작년에도 그 교수님의 경제정책론을 들었는데 키시다도 있었거든. 걔는 매 수업마다 혼자 앞자리에 앉아서 잡담도 하지 않고 강의를 집중해서 들었어. 그런데—좀 이상하더라."

1년 전 기억을 다시 끄집어내듯 시노야 씨는 미간을 찡그렸다.

"걔는 한 번도 빠지지 않고 강의를 들었는데 시험 날만 안 왔거든. 그날 있었던 다른 시험은 제대로 봤으니까 몸이 아팠던 것도 아닌데."

"뭐?! 왜?"

"나도 이상해서 나중에 키시다한테 물어봤어. 그랬더니 '그 수업은 수강 신청을 안 했다'고 하더라고."

나도 올해에 대학 입시를 앞두고 있다 보니 조금 공부했는데, 대학교에서는 스스로 수강할 강의를 결정하고 신청한다. 그것이 수강 신청이고, 신청하지 않으면 청강 자체는 자유롭게 할 수 있어도 시험을 보고 학점을 취득할 수는 없다고 한다.

"진짜 이상하지 않아? 수강 신청도 하지 않았는데 왜 매번 강의에 나오고, 그보다 빠짐없이 나올 만큼 열심인데 왜 신청하지 않았을까? 안 그래? 이왕 들을 거 제대로 시험도 보고 학점도 따면 좋잖아. 학점을 안 따면 졸업도 못하는데."

"글쎄……, 신청하는 걸 깜빡했나?"

"저기—그 강의 교수님 성함이 어떻게 되세요?"

심장 박동이 점점 빨라졌다. 상자에 덮인 뚜껑이 벗겨지는 예감이 들었다.

"아, 경제학부 객원교수님인데, 카노도 알걸? 가끔 정보 프로그램 같은 데에도 나오시니까. 카가미 교수님이라고 하는데."

그 이름이, 그 울림이 유리 파편처럼 날카롭게 심장을 관통한 느낌이었다.

"성 말고 이름은, 우……, 뭐였지?"

"유키히코일 거야."

시노야 씨가 똑똑히 덧붙였다.

"카가미 유키히코."

3

지금부터 외출하고 싶다고 부탁하자 할머니는 무언가 짐작했는지 "괜찮아, 다녀와." 하고 아무것도 묻지 않고 웃으며 가게를 맡아주었다.

버스로 카마쿠라 역으로 향했지만 카마쿠라 축제 때문인지 거리는 어디나 수많은 인파로 혼잡했다. 특히 역 앞에서 츠루가오카하치만구 신사 주변까지가 사람이 엄청났다. 그러고 보니 이 시간대는 카마쿠라 축제 이벤트로 츠루가오카하치만구 신사에서 미스 카마쿠라를 선보이는 이벤트가 열리고 있을 것이다.

타카하시 선배, 시노야 씨와는 역에서 일단 헤어졌다. 두 사람은 늦은 점심을 먹으러 가고 나는 학습 센터로 서둘렀다. 강연회 시작 시간은 오후 1시. 이미 지났다.

[어? 카노도 가려고? 하지만 유키가 진짜 있을지 어떨지 모르는데?]

같이 가게 해달라고 부탁하자 타카하시 선배는 놀라서 말했다. 괜찮다고, 흥미가 있다고 대답했지만 사실은 확신에 가까운 예감이 들었다.

[카가미 교수님은 딱 우리가 입학한 해에 객원교수가 됐는데 윳키는 1학년 때도 그 교수님 강의를 들으러 갔었어. 나도 한 번 따라간 적이 있는데 2학년 대상 강의라 주변에는 선배들뿐이었는데도 윳키는 열심히 들었어.]

와카미야 대로 한쪽에 있는 학습 센터에 도착해 서둘러 유리로 된 문을 열었다. 걸음을 옮기며 요전에 카즈마 씨에게 납치당했을 때 들은 얘기를 떠올렸다.

[처음에는 요코하마 캠퍼스에서 다니는 사립대학의 법학부를 시험 볼 예정이었지. 유키야도 그러기로 동의했고.]

[하지만 녀석은 시기가 오자 그 사립대가 아니라 지금의 국립대에 원서를 넣었어. 나한테 말도 없이. 내가 알았을 때는 원서 제출 시기도 끝나서 어떻게 해볼 도리도 없었어.]

그때 듣지 못했던 이유가 이것이었을까.

이미 시간이 지나서 강연장에는 들어가지 못할 줄 알았는데 접수대에 있던 여직원은 흔쾌히 내게 팸플릿을 내주며 들어가 보라고 했다. 나는 팸플릿을 받아들고서야 비로소 오늘 강연회 제목을 알았다. 출입구에도 강연 제목을 크게 써 붙인 입간판이 있었을 텐데 다른 일에 정신이 팔려 제대로 보지 못했던 것이다.

그것은 예상을 크게 뒤엎는 테마였다.

"강연장에 들어가기 전에 휴대전화는 전원을 꺼주세요."

접수원의 말에 나는 황급히 가방에서 스마트폰을 꺼내 전원을 껐다. 그래서 유키야 오빠의 스마트폰도 연결이 되지 않았던 거라고 한 박자 늦게 깨달았다.

[—최근에 발생한 재해 중에서 특히 강렬하게 기억에 남는 것이 3년 전의 동일본대지진일 겁니다. 전대미문의 대재앙이었던 이 지진으로 1,700명이 넘는 아이들이 부모를 잃었고, 그중 241명의 아이들이 양쪽 부모를 모두, 어느 날 갑자기 아무런 예고도 없이 잃었습니다.]

2층 홀의 방음 소재로 된 문을 열자 마이크를 통해 남자의 목소리가 흘러나왔다. 너무 낮지 않고 귀에 부드럽게 울리는 차분한 목소리. 약 300명을 수용할 수 있는 홀은 약간 어둑하고 한층 밝은 조명이 연단을 비추었다. 그 빛을 받으며 다크네이비 슈트를 입은 남자가 연단에 서 있었다.

[재해 직후에는 피해자를 다독이고 위로하던 분위기가 세월

이 지날수록 앞을 향해 나아가자, 복구를 위해 힘내자는 의견으로 바뀌었습니다. 앞을 향해 나아가자고 하는 사회 분위기 이면에는 자신의 슬픔을 드러내지도 못하는 아이들도 존재합니다. 이는 다른 대규모 재해에서도 마찬가지인데, 상처받은 건 자기 혼자만이 아니다, 괴로운 건 누구나 똑같다, 그러니 혼자만 계속 슬퍼할 수는 없다고 갈등하게 됩니다. 갈등은 침묵을 낳고, 앞으로 나아가자는 분위기 속에서 아이들의 감정은 뒤에 남겨지게 됩니다.]

관객석이 완전히 차지는 않아 드문드문 빈자리가 보였지만 나는 사람들에게 피해를 주지 않도록 출입구에서 가장 가까운 끝줄 자리에 앉았다. 연단 끝에는 학습 센터의 입구 앞에 있던 간판의 축소본이 세워져 있고, 「슬픔에 다가가다—재해 아동 지원에 대하여」라는 강연 제목과 강연자의 이름이 적혀 있었다.

【카가미 유키히코】

[……보호자를 잃은 아이들은 심신 양면으로 다양한 문제를 안고 있는 케이스가 많다고 조금 전에도 말씀드렸습니다. 예를 들어 식사가 부실해지고, 밤에 잠을 못 이루고, 공부나 놀이에 의욕을 잃게 됩니다. 이는 강한 스트레스를 받았을 때 나타나는 몸과 마음의 당연한 반응인데, 방금 말씀드린 것처럼 침묵하는 아이들의 심리 케어는 곧잘 뒤로 밀리게 됩니다.]

그가 청중을 대상으로 얘기하는 모습을 보는 것은 두 번째였다. 작년에 내가 다니는 현립 고등학교 문화제 때 창립 85주년을 기념해 졸업생을 초대해 강연회를 열었는데, 그도 강연자로 왔었다. 하지만 그때는 고등학교 시절의 추억이나 경제학자라는 직업을 선택한 경위 등을 이따금 유머를 섞어가며 온화하게 얘기했었다.

[소중한 사람을 사고나 자연재해 같은 충격적인 사건으로 잃으면 아이들은 그 죽음에 압도되고 사로잡혀 자신의 의지와는 상관없이 머릿속에서 반복되는 죽음의 광경에 꼼짝도 못하게 됩니다. 그중에는 기력을 잃고 장래의 희망을 갖지 못하고 일상생활에까지 지장을 받는 경우도 있습니다. 그렇게 되지 않도록 신속한 케어를 하려면 먼저…….]

시선을 고정하지 않고 강연장 내부의 청중 모두에게 말을 걸듯이 천천히 고개를 움직이며 얘기하는 그는 문화제 때보다 훨씬 말투가 차분했다. 하지만 비관적이지 않았고, 절절하게 호소하지도 않았고, 자신의 감정을 컨트롤한 중립적인 정신으로 필요한 내용을 전달하려고 노력하는 인상이었다. 하지만 그렇기 때문에 풀어내는 말 한마디 한마디가 듣는 사람의 가슴 깊은 곳으로 파고들었다.

나는 강연에 귀를 기울이며 무의식적으로 객석을 둘러보았다. 맨 뒷줄에서는 강연장 전체를 둘러볼 수 있다. 그리고 생각지도 못한 가까운 곳, 내 왼쪽으로 몇 미터 앞인 강연장의 중앙

부근에 익숙한 옆얼굴이 보였다.

연단에 눈을 박고 진지하게 경청하고 있었다. 이따금 메모를 하는지 몇 초씩 고개를 숙였다. 그러고 또 연단을 보았다.

대학교에서도 저런 모습일까.

저렇게 진지하게 그를 보고 그의 목소리에 귀를 기울일까.

강연은 오후 2시에 종료했다.

다만 오늘의 강연회 자체는 강연자가 여러 명으로 구성되어 있는지, 지금부터 30분 휴식한 뒤 또 다른 강연자의 발표가 있을 예정이었다.

홀 안에 휴식과 강연회 재개 시간을 안내하는 방송이 흘러나오자 사람들이 줄줄이 자리에서 일어나 계단식 통로를 올라왔다. 나도 서둘러 일어났다.

유키야 오빠는 오늘 일을 들키고 싶지 않을 것이다. 특히 자신의 아버지를 아는 사람에게는. 나는 그것을 알면서도 확인하고 싶은 마음에 여기까지 왔으니 하다못해 유키야 오빠에게 들키기 전에 모습을 감출 생각이었다. 정말로 그럴 예정이었다.

하지만 통로로 나가려는데 지팡이를 짚은 남자가 계단을 올라오는 바람에 아, 먼저 가세요, 하고 길을 양보했고, 그러다 보니 이미 사람들이 길게 줄지어 통로로 나오면서 타이밍을 놓치는 바람에 당황하는 사이, 왼쪽 대각선 앞자리에서 유키야 오빠가 일어나는 모습이 보였다. 크림색 셔츠에 벽돌색 카디건과 검은 바지를 입은 복장까지 똑똑히 보였다. 지금 유키야 오빠가 돌아보면 확실하게 눈이 마주친다고 생각한 순간 텔레파시가 통한 것처럼 유키야 오빠가 돌아보는 기미가 보이고, 나는 꺅 하고 좌석과 좌석 사이의 좁은 공간에 쭈그리며 몸을 숨겼다. 그러자 내 앞을 지나가려던 친절한 중년 부인이 걸음을 멈췄다.

"학생, 왜 그래요? 어디 아파요?"

"앗, 아뇨, 그런 게 아니라……."

"괜찮아요? 설 수 있겠어요? 일단 밖으로 나가요."

"고, 고맙습니다. 하지만 부디 신경 안 쓰셔도……!"

"―카노?"

머리 위에서 내려오는 중저음의 목소리에 흠칫 놀랐다.

좌석 사이에 쭈그린 채 머뭇머뭇 고개를 들자 나를 살피는 중년 부인 뒤에서 유키야 오빠가 고개를 내밀고 있었다. 비유를 하자면, 밭도 뭣도 아닌 길가에 큼지막한 호박이 열려 있는 것을 목격한 듯한, 아무튼 신기한 광경을 목격한 사람의 표정이었다. 나는 하얗게 질리며 고개를 훽 숙였지만 때는 이미 늦었다.

"카노 맞죠?"

"……자, 잘못 보셨어요……."

"어떻게 봐도 카노 맞는데요?"

"……아, 아니에요……."

"아는 사람이니 제가 밖으로 데리고 갈게요. 마음 써주셔서 감사합니다."

"어머, 그래요? 그럼 다행이고."

유키야 오빠는 생긋 웃는 부인에게 예의 바르게 인사하고 내 팔을 잡고 홀을 나왔다. 나는 연행되는 현행범처럼 고개를 푹 숙이고 팔을 잡아끄는 대로 발을 움직였다.

학습 센터 1층 로비에는 자유롭게 이용할 수 있는 간이 소파와 테이블이 있다. 소파에 유키야 오빠와 나란히 앉자 나는 고개를 들 수가 없었다.

"……저기, 죄, 죄송해요……."

"뭘 사과하는지 모르겠어요."

유키야 오빠의 목소리는 평소보다 세 배는 쿨 했다. 역시 화났다……! 나는 울상이 되어 원피스 자락을 꽉 움켜쥐었다.

"모, 몰래 스토킹해서 정말로 미안해요……."

"카노가 내 스토커인 줄은 몰랐네요."

내 변명이 조금 웃겼는지 유키야 오빠의 목소리에 작게 웃음기가 섞였다. 주뼛주뼛 고개를 들자 유키야 오빠는 입가를 가리듯이 손가락을 대고 나직이 말했다.

"오늘 일, 전부터 알고 있었어요? 아니면 누군가가 말해줬나요?"

"……강연회가 있다는 건 시노야 씨에게 들었어요. 오늘 타카하시 선배와 시노야 씨가 우리 가게에 왔거든요."

"시노야? 나랑 같은 대학의 시노야 말이에요?"

유키야 오빠는 파스타를 주문했는데 우동이 나왔을 때처럼 어리둥절한 표정을 지었다. 나는 시노야 씨가 클레어 씨라는 유학생에게 받은 수수께끼 편지에 대해 의논하기 위해 타카하시 선배의 제안으로 카게츠 향방을 찾아왔다고 설명했다.

"클레어가 준 편지를 내가 봐달라고요? 클레어가 시노야에게 쓴 거라면 다른 사람이 보면 안 될 것 같은데요."

"하지만 시노야 씨는 일부러 카마쿠라까지 찾아왔고……, 그리고 딱히 그렇다고 말은 하지 않았지만 시노야 씨는 편지도 그렇고 클레어 씨가 무척 신경이 쓰이는 것 같았어요. 역시 무슨 말이 적혀 있는지 알고 싶은 거예요. 그러니 잠깐이라도 좋으니 봐주면 안 될까요? 부탁해요."

얘기하는 사이에 어째서인지 유키야 오빠는 속을 보여주지 않는 프로급 무표정으로 변했다. 심기가 상한 것처럼 보이기도 했는데 기분 탓일까.

"시노야 편을 상당히 드네요."

"네? 아뇨, 딱히 편을 드는 건 아니에요. 좋은 사람 같기는 하지만……."

"그 친구는 내 도움을 빌리고 싶지 않을 거예요. 아마도 나를 싫어하니까."

"네? 그렇지는……."

"오랫동안 많은 사람에게 미움받다 보니 그런 센서가 발동하거든요."

"유키야 오빠, 혹시 화났어요……?"

"화나지 않았어요. 화낼 이유가 어디 있다고요."

하지만 어째선지 유키야 오빠는 기분이 많이 언짢은 표정으로 정면만 보고 있었다. 우리는 옆에 나란히 앉았기 때문에 유키야 오빠가 내 쪽을 봐주지 않는 한 눈이 마주치지 않는다. 혹시 내가 뭔가 잘못한 걸까?

유키야 오빠는 어째서인지 강렬한 감정의 움직임이 있을 때만 향기를 느낄 수 있다. 그렇기 때문에 지금 유키야 오빠가 무슨 생각을 하는지 나는 모른다.

어쩌면 내가 알고 싶어 하지 않아서가 아닐까, 하고 생각할 때가 있다.

이유는 모르지만 나는 이상한 체질을 가지고 태어나는 바람에 내 의지와 상관없이 향기로 상대의 감정을 느낄 수 있다. 상대의 마음을 함부로 엿보는 것 같아 꺼림칙하고 솔직히 말하면 괴로웠던 적도 있다. 평범하게 살다 보면 어떻게 해도 상대가 불쾌해하거나 나를 싫어한다고 느끼는 순간은 피할 수 없다. 누군가가 나를 향해 그런 향기를 뿜을 때면 어쩔 수 없다고, 그 사람과 나는 생각하는 바가 다르니 서로 맞지 않을 수도 있다고 아무리 스스로를 타일러도 마음이 차갑게 굳는다.

만약 유키야 오빠에게서 그런 향기를, 나를 거부하는 칼날 같은 향기를 느끼면 나는 틀림없이 견디지 못할 것이다. 다른 사람과는 그런 일이 있어도 아마 그렇게까지 깊이 상처받지는 않겠지만 그 상대가 유키야 오빠라면 나는 세상에서 사라지고 싶은 기분이 든다. 그렇기 때문에 무의식적으로 유키야 오빠의 향기를 느끼지 않으려고 거부하는 게 아닐까.

침울하게 그런 생각을 하고 있는데 옆에서 유키야 오빠가 바지 호주머니에서 검은색 스마트폰을 꺼내 화면을 손가락으로 터치했다. 짧게 스마트폰을 만진 후, 내 쪽을 돌아봤을 때 유키야 오빠는 이미 평소의 차분한 분위기로 돌아와 있었다.

"타카하시에게 연락했으니 곧 이리로 올 거예요. 하지만 다음 강연도 들을 거라 휴식 시간 안에 도착하지 못하면 얘기는 그 다음에 듣기로 했어요."

"고, 고맙습니다……!"

"카노가 인사할 일이 아니에요."

그런 뒤에도 유키야 오빠는 검은색 스마트폰 액정 화면으로 눈길을 돌렸다. 바람이 어느 순간 꽃향기를 실어오는 것처럼 기분 탓인가 싶을 만큼 희미하게, 망설이는 향기를 유키야 오빠에게서 느꼈다. 향기를 느낀 사실에 놀라는데 유키야 오빠가 가늘게 한숨을 내쉬었다.

“스스로 내 얘기를 해본 경험이 별로 없어서 얘기하는 게 좋을지, 얘기하면 부담스럽진 않을지 판단이 서지 않아서 의견을 묻고 싶은데—듣고 싶어요?”

나는 작게 숨을 삼켰다. 유키야 오빠가 먼저 말을 꺼낼 줄은 몰랐다.

“……솔직히 말하면요.”

“네.”

“무척 듣고 싶어요.”

내 대답이 어딘가 이상한지 유키야 오빠는 작게 웃고 내용을 정리하듯 몇 초 침묵했다.

“대학 입시 때, 사실은 지금 다니는 대학이 아니라 다른 대학에 시험 볼 예정이었어요.”

“……저번에 카즈마 씨에게 들었어요. 사립대 법학부에 진학할 예정이었다고요.”

“거점이 요코하마라면 어디든 상관없으니 딱히 그래도 불만은 없었어요. 하지만 고3 가을에, 정말로 우연히 그 사람이 지금 대학의 경제학부에 초빙된다는 뉴스를 봤어요.”

그 사람, 이구나.

유키야 오빠가 자신과 피가 이어진 사람을 부르는 호칭은.

“카즈마 씨는 알아요? 그, 카가미 씨가 지금 대학교에서 강의하는 거…….”

"지금은 아마 알 거예요. 전부터 전과하라는 말은 계속 했지만 작년 무렵부터 갑자기 압력이 거세진 건 그래서겠죠. 하지만 그전까지는 몰랐을 거예요. 알았으면 절대로 용서하지 않았을 거고, 내가 지금 대학에 입학하기 전에 더 방해했을 테니까요. 어쩌면 할아버지가 카즈 형을 속여줬는지도 몰라요. 할아버지는 내가 말도 없이 지망 학교를 바꿨을 때부터 아셨을 거예요. 지난 설에 이런저런 얘기를 하면서 그런 느낌을 받았거든요."

1층 로비에는 강연회 청강자로 보이는 사람들 외에도 바둑을 두는 할아버지와 어린아이를 데리고 온 젊은 부부가 있었다. 딱히 잘못한 것도 없는데 소리를 낮추는 우리의 대화는 주변의 떠들썩한 소음에 묻혀 사라졌다.

"……카가미 씨는, 저기……, 유키야 오빠를 모르죠……? 지금도……."

"그 사람이 초능력자가 아니라면 아마도요."

"……알리지 않을 거예요—?"

"그럴 일은 없어요."

조용한 목소리였다. 작아서 잘 보이지는 않지만 엄청나게 단단한 돌 같았다.

"스스로도 왜 그때 이런 선택을 했는지 잘 모르겠어요. 다만 그럴 일은 절대 없어요. 그것만큼은 확신할 수 있어요."

나는 말없이 끄덕였다. 사람이 정말로 확고하고 흔들리지 않는 의지를 가지고 말하면 상대는 대꾸할 말을 잃는다고, 처음으로 알았다.

유키야 오빠는 검은색 스마트폰을 만지작거리면서, 어머니는, 하고 나직하게 말했다. 그 한마디를 꺼내기 위해 엄청난 결심과 에너지가 필요했다는 느낌과 함께.

"어머니는 내 아버지에 관해서는 거의 아무런 얘기도 해주지 않았어요. 물론 어머니가 얘기하지 않아도 친척들이 차례차례 내게 말해주니, 그 인간은 영 제대로 된 놈이 아니고, 어머니는 속아 넘어간 거라고, 적어도 주변 어른들은 그렇게 여기고 있다는 걸 알았어요. 그래서 더욱 어머니에게는 묻지 않았어요. 하지만 어머니는 혼자 나를 낳은 뒤에도 그 사람을 사랑했을 거예요. 나와 살던 동안에는 주변에서 아무리 결혼하라고 권해도 꿈쩍도 하지 않았고, 겨울에 태어나지도 않은 나에게 유키야라는 이름을 지어줄 정도니까요. 이름을 비슷하게 지은들 그 사람을 대신할 수 있는 것도 아닌데."

"그럴 의도는 아니었을 거예요."

나는 실제로 유키야 오빠의 어머니가 어떤 심정이었는지는 모른다. 하지만 어쩐지 거들고 싶어서 참을 수 없었다.

"대신이라든가 그런 게 아니라……, 어른의 사정으로 아버지가 떠나서 미안하다고, 하다못해 이름만이라도 이어져 있기를 바라는 마음이었을지도 몰라요."

유키야 오빠는 눈앞에서 손뼉을 짝 친 것 같은 얼굴이었다.

"……생각지도 못한 새로운 해석이에요."

"유키야 오빠는 사고가 괜히 부정적으로 기우는 경향이 있으니까요……."

"음침증후군 때문일까요?"

"드럭스토어에서 포지티브드링크 사서 돌아가요."

유키야 오빠가 희미하게 웃었다. 웃어줘서 나도 안도했다. 하지만 또 바로 유키야 오빠의 눈은 과거를 바라보듯 멀어졌다.

"중1 때 사건을 일으키고……, 도쿄에서 카즈 형과 살게 된 뒤로, 어느 날 갑자기 그 사람에 대해 조사해봐야겠다는 생각이 들었어요. 조사해서 어쩔 건지 스스로도 잘은 몰랐지만—그런데 강연회 팸플릿은 봤어요?"

나는 끄덕였다. 무릎 위에 올려둔 팸플릿은 내 체온으로 인해 만지면 어렴풋이 따뜻했다. 거기에는 카가미 유키히코 씨의 프로필이 기재되어 있었다.

[1973년, 화재로 부모를 잃었다. 1995년, 한신 아와지 대지진 발생 후 경제, 교육, 기업 관계자 같은 유지들과 함께 재난 피해 아동의 진학을 지원하는 '어린이들을 위한 미래기금'을 설립했다. 2011년, 동일본대지진 발생 시에도 동 기금 활동 외에 NPO와 자원봉사 단체 조성에 힘쓰고 있다. 현재도 경제학자로서 활약하는 한편, 재난 피해 아동 지원 활동을 이어가고 있다.]

"그 사람이 태어난 곳은 카나가와현이지만 초등학교 5학년 때 아버지의 전근으로 큐슈로 이사했고, 중학교 1학년 겨울에 부모님과 함께 백화점에 갔다가 화재를 당했어요. 규모가 아주 큰 화재로 100명이 넘는 사망자가 나왔기 때문에 당시에는 상당한 뉴스였나 보더라고요. 부모님과 따로 다녔던 그는 옥상으로 피신했지만 부모님은 발화 지점과 가까운 층에 계셔서 살아남지 못했어요."

유키야 오빠는 감정 없이 얘기했지만 나는 한기가 덮쳐와 어깨가 얼어붙었다. 사람의 기도를 막는 검은 연기와 맹렬한 불길이 눈앞에 나타난 것처럼 생생하게 떠올랐다. 게다가 거기서 목숨을 잃은 두 사람은 유키야 오빠의 조부모에 해당하는 사람들이다.

"그 이후로 그 사람은 카마쿠라에 있는 당숙의 집으로 가게 됐어요. 몇 년 전에 어느 인터뷰에서 진짜 가족처럼 소중히 대해줬다고 하더군요. 그 사람은 카마쿠라에서 중학교와 고등학교를 졸업한 뒤 도쿄에 있는 대학교에 진학했고, 그대로 대학에 남아 연구를 계속해 조교수가 됐을 때—어머니가 그가 있는 대학교에 입학했어요."

테이블 자리에서 바둑을 두는 할아버지들과 그 너머에서 어린아이들에게 물통의 물을 따라주는 젊은 부부. 그들은 그 직전까지 서로에 대해 몰랐지만 어떤 계기로 만나 서로 끌리고 남이 아닌 가족이 되었다. 20여 년 전, 대학교에서 만난 두 남녀도. 사람의 운명은 참 신기하다고 생각하며 나는 살짝 어지럼증이 났다.

"여기부터는 설에 할아버지에게 들은 건데, 카가미 유키히코는 어머니가 입학했을 때 양부의 딸과 약혼한 상태였어요. 하지만 그는 머지않아 어머니와 그런 관계가 되었고, 어머니는 나를 임신한 뒤 그와 헤어지고 2년 동안 휴학했어요. 당시 할아버지가 어머니에게 들은 얘기로는, 그때 어머니는 그 사람에게 나에 대해 일절 알리지 않았대요. 그리고 그 사람은 어머니가 휴학한 사이에 약혼을 파기하고 교수직도 사임하고, 그 뒤에는 시중 은행과 증권회사 싱크탱크에서 경제학자로서 활동하며 지금의 재난 피해 아동 지원 활동을 시작했어요."

얘기를 마무리한 뒤 유키야 오빠는 고도의 집중력을 필요로 하는 민감한 작업을 마친 사람처럼 가늘게 한숨을 내쉬었다. 나도 조금 허탈감이 들었다. 이따금 몇 시간 자는 사이에 며칠씩 시간이 흐르는 꿈을 꿀 때가 있는데, 상당히 생략되기는 했지만 한 사람의 인생을 훑어나간 지금의 심정은 그 긴 꿈에서 깨어났을 때와 비슷했다.

"……카가미 씨가 지금의 활동을 하는 건 역시 본인의 경험 때문일까요?"

"나는 그 사람의 의도는 모르지만 그게 요인이 되었을 가능성은 높을 거예요."

"그러고 보니 요전에 할머니와 저녁을 먹을 때 카가미 씨가 텔레비전에 나왔는데 여배우가 '결혼해주세요.' 하고 프러포즈 하니까 쓴웃음을 지었어요."

"계속 독신이었던 것 같더라고요."

"혹시 유키야 오빠의 어머니를 못 잊어서가 아닐까요………?"

"카노는 소녀의 마음을 가지고 있군요."

"결혼할 사람이 있었는데 파혼했잖아요? 유키야 오빠의 어머니를 정말로 사랑해서 다른 사람과는 결혼할 수가 없어서, 그래서……."

"그 반대도 생각할 수 있어요."

"반대?"

"즉, 대학교 교수이면서 여학생과 바람직하지 않은 관계를 가진 걸 약혼자에게 들켜서 약혼을 파기당했고, 그 추문 때문에 대학교에도 있을 수 없게 된 거죠."

"유, 유키야 오빠는 네거티브 킹!"

"그럼 카노는 포지티브 퀸이에요?"

유키야 오빠는 기본적으로 예의 바른 대학생이지만 마음만 먹으면 아주 심술궂게 웃을 수도 있다. 발을 쾅쾅 구르고 싶은 심정으로 조금 얄미운 얼굴을 노려보았더니 유키야 오빠는 문득 눈매를 부드럽게 풀며 눈을 내리깔았다.

"예쁘게 포장하려고 하지 않아도 돼요. 나는 딱히 그 사람에게 기대도, 실망도 하지 않으니까."

젊은 부부가 데려온 어린 남자아이가 사랑스러운 웃음소리를 냈다.

"예를 들어, 카즈 형은 그 사람을 눈엣가시로 여기고, 할아버지도 좋은 감정은 품고 있지 않아요. 그건 두 사람에게 어머니가 소중하기 때문이고, 어떤 의미에서 두 사람이 어머니를 통해 그 사람이라는 존재를 가깝게 느끼기 때문이에요. 나는 그의 존재가 완전히 배제된 곳에서 태어났어요. 이름, 텔레비전이나 사진으로 보던 얼굴, 밖에서 들어오는 그의 사소한 정보밖에 몰라요. 예를 들자면 책 속에 등장하는 인물과 크게 다르지 않아요. 그래서 그 사람이 아무리 변변찮은 인간이라도 나는 딱히 상처받지 않고, 위대한 사람이라고 한들 기쁘지도 않아요. 정말로, 이제 괜찮아요."

그리고 유키야 오빠는 타카하시 선배에게서 답장이 오지 않았는지 확인하기 위해 스마트폰 화면을 터치했다. 그렇게 함으로써 이 얘기는 끝이라고 선언하는 것처럼.

이제 됐다고 유키야 오빠는 말했다. 하지만 역시 예전의 당신은 알고 싶었다.

자신이 이 세상에 태어난 의미를. 자신을 이 세상에 태어나게 한 두 사람의 마음을.

*

"야, 윶키!"

몇 분 후, 시노야 씨와 함께 도착한 타카하시 선배가 기운차게 손을 흔들며 다가왔다.

"손 흔들지 마. 공공장소에서 큰 소리 내지 마. 그리고 그 큰 소리로 이상한 별명 부르지 마."

"응, 미안해!"

긴 다리를 꼰 유키야 오빠가 얼음장 같은 눈길을 던지자 타카하시 선배는 거의 반사적으로 차려 자세를 취했다. "훈련 받는 개냐?" 하고 뛰어난 리듬감으로 퉁을 주는 시노야 씨는 유키야 오빠와 눈이 마주치자 어색한 향기를 풍기며 시선을 돌렸다.

"클레어에게 수수께끼 같은 편지를 받았다고 타카하시가 연락했던데."

"아, 응. 타카하시가 키시다는 향 같은 걸 잘 안다고 했거든."

"윶키는 엄청 잘 알아! 내가 잔챙이 캐릭터라면 윶키는 최종 보스야."

"뭔지 모를 예시 들지 마."

"응."

우리는 얘기를 나누기 편하게 테이블석으로 옮겼다. 4인석 자리에 나와 유키야 오빠, 타카하시 선배와 시노야 씨가 나란히 앉았다. 시노야 씨가 간소한 테이블 위에 클레어 씨의 편지를 펼치자 유키야 오빠는 안경 브리지에 손을 대며 한동안 생각에 잠겼다.

"클레어는 겐지향도에 무슨 특별한 감정이라도 있어?"

"특별한 감정인지 어떤지는 모르지만……."

시노야 씨는 기억을 더듬으며 말했다.

"작년 6월에 대학교에서 향도 워크숍이 있었어. 유학생에게 일본 문화를 소개하기 위한 기획인데 일반 학생도 참가할 수 있었거든. 나는 마침 그때 아르바이트 일정이 취소돼서 한가했던 터라 그 워크숍에 가봤어. 거기에 클레어도 있었고, 그때 했던 주제가 겐지향이었어. 클레어는 일본 문화를 사랑하니까 무척 기뻐하며 모양이 너무 예쁘다고 겐지향도 일람표를 강사에게 부탁해서 받았을 정도였어."

그랬구나, 하고 유키야 오빠는 끄덕였다. 그러고는 안경 브리지에서 손가락을 떼고 겐지향도가 나열된 수수께끼의 편지를 들고 살펴보았다.

침묵이 흐르는 동안 시노야 씨는 어딘지 불편한 향기를 풍겼고, 타카하시 선배는 호기심에 차서 유키야 오빠가 손에 든 편지를 보고 있었다. 나는 스마트폰 전원을 계속 꺼뒀던 것을 떠올리고 가방에서 하늘색 스마트폰을 꺼냈다. 전원을 켜자 디지

털시계 시각이 표시되었고, 아차, 싶었다. 어느새 시간이 많이 지났고 다음 강연 시작 시간이 다가와 있었다.

유키야 오빠도 그것이 신경 쓰였나 보다. 왼쪽 손목에 찬 시계를 흘깃 확인했다.

시노야 씨의 향기가 굳어지며 유키야 오빠의 손에서 편지를 뺐다.

"역시 됐어. 시간 없잖아? 미안했어."

시노야 씨의 말투는 결코 공격적이지는 않았지만 단호한 울림이 있었다.

유키야 오빠도 그것을 느꼈는지 한동안 시노야 씨를 보다가 말없이 자리에서 일어났다. 그리고 계단 쪽으로 가려다 바로 걸음을 멈추고 돌아보았다.

"시노야."

자신의 이름을 부르자 어깨가 움찔한 시노야 씨에게 유키야 오빠는 차분하게 말했다.

"그 편지는 클레어가 네가 읽어주기를 바라는 마음으로 썼을 거야. 그러니 못 읽을 리는 없어. 해독하지 못하는 건 네가 생각하는 법칙과 그녀가 상정한 법칙이 다르기 때문이야. 접근 방법을 바꿔보는 게 좋아. 나도 같이 생각해볼게."

시노야 씨는 유키야 오빠가 그런 말을 하리라고는 생각지 못했나 보다. 놀라움과 당혹감이 뒤섞인 향기를 풍겼고, 이윽고 걸음을 옮기는 유키야 오빠의 모습이 사라지자 이번에는 씁쓸한 향기가 배어났다. 나도 익숙한, 무슨 실수를 하거나 남에게 상처 줬을 때마다 느끼는 자기혐오의 향기다.

"시놋치는 윳키를 좀 불편해하더라?"

양손으로 턱을 괸 타카하시 선배가 나직이 말했다.

"불편한 게 아니라……."

시노야 씨는 더 정확히 자신의 감정을 비추는 말을 찾듯이 눈을 감았다.

"뭐랄까—키시다는 좀 다르잖아."

"다르다니?"

"머리가 엄청 좋은데 그렇다고 딱히 잘난 체하지도 않고, 나는 3학년이 돼서야 겨우 취업 어떡하나 고민하기 시작했는데 녀석은 훨씬 전부터 미래를 생각하며 이런저런 활동을 하고 결과도 내고 있어. 1학년 무렵부터 이미 대학원생이나 사회인 같은 느낌이 났고. 어쩐지 인간의 레벨이 다르다고, 녀석을 보고 있으면 그런 생각이 들어."

"레벨이라든가, 저기, 유키야 오빠는 그런 건 전혀 의식하지 않을 거예요……."

무심코 변호하듯이 말한 나에게 시노야 씨는 가늘게 미소 지었다. 너한테 이런 말을 듣게 해서 미안하다고 사과하듯이.

"응, 녀석은 전혀 의식하지 않겠지. 의식하지 않는 그런 부분이 역시 다르다고 생각해."

타카하시, 하고 시노야 씨는 나직이 말했다.

"2학년 초에 서클 신입생 환영회를 할 때 웬일로 키시다도 왔었잖아?"

"아, 응. 윳키를 끌고 가느라 엄청 힘들었어."

"넌 다른 테이블에 있어서 몰랐을 수도 있지만, 그때 살짝 다툼이 있었어. 누군지는 말하지 않겠지만 부원의 험담을 시작한 선배들이 있었거든. 선배가 너도 그렇게 생각하지? 하고 옆에 있던 키시다에게 말을 걸었어. 하지만 키시다가 '저는 그렇게 생각하지 않아요.' 하고 딱 잘라 말하는 바람에 순간 분위기가 얼어붙었거든."

나는 그 환영회가 있었던 장소조차 모르는데도 당시 분위기를 맞추려는 기색조차 전혀 없는 유키야 오빠의 목소리와 주변 사람들의 얼어붙은 표정이 선명하게 떠올랐다.

"그 뒤로 그 선배들이 키시다를 좀 싫어하게 됐는데……, 그보다 그 사람들은 사실은 키시다가 전부터 마음에 안 들었던 거겠지. 이러니저러니 해도 키시다는 능력 있고 눈에 띄니까. 어느 날 내가 부실에 가니까 선배들이 키시다의 험담을 하고 있는 거야. 스스로도 한심한 줄은 알지만 나는 남들과 다투는 걸 싫어하거든. 남들에게 자신이 어떻게 보이는지가 무척 신경 쓰이고, 상대의 의견을 반박하고 나설 만큼 내 의견이 옳다는 자신도 없어서 결국 언제나 입을 다물고 말아. 그때도 그랬어. 너도 그 녀석이 마음에 안 들지? 하고 선배들이 말하자 딱히 마음에 안 들지는 않지만, 선배는 깊은 의미 없이 나에게 '맞아요'라는 대답이 듣고 싶을 뿐이란 걸 아니까 '그렇죠……', 하고 적당히 웃어넘겼어. 그런데……."

"아, 설마……."

"키시다가 문을 열고 들어와서 선배들도 나도 얼어붙었어. — 틀림없이 들었을 거고, 내가 아무런 반박도 하지 않고 실실 웃었던 것도 알았을 거야. 하지만 녀석은 우리를 슬쩍 보기만 하고 아무 말도 없었고, 평범하게 컴퓨터를 켜고 아무렇지 않게 데이터를 입력하고 인쇄하고 몇 분 뒤에 '먼저 가보겠습니다.' 하고 평범하게 인사하고 돌아갔어. 그 일이 있은 뒤로는 어쩐지……, 기분이 더러웠어. 더러웠다는 건 키시다가 그렇다는 게 아니라 즉, 내가 너무 한심했다는 거야."

시노야 씨는 몸속의 응어리를 토해내는 듯한 무거운 한숨을 쉬고 앞머리를 쓸어 올렸다.

"그러니까 불편하다기보다……, 내 마음이 꼬인 거야. 내가 남의 눈을 신경 쓰느라 못 하거나 미루는 일을 녀석이 눈앞에서 해나가는 게 떨떠름한 거지. 게다가 키시다가 요즘 클레어와 잘 지내는 모습까지 보이니까 온갖 감정이 뒤섞여서 엉망진창이었어. —클레어한테도 한소리 들었어. 내가 늘 남의 눈치만 살피고 상황을 모면하려는 말만 한다고. 그렇게 남의 평가에 휘둘리면 마음이 소모돼서 행복을 느낄 수 없다고."

아련하게 먼 곳을 보는 시노야 씨에게서 앨범 페이지를 넘기는 듯한 추억의 향기가 났다.

"그 말을 들은 건 겐지향 워크숍에서 얘기를 나누면서 얘 좀 괜찮다는 생각이 들 무렵이었어. 큰맘 먹고 점심 같이 먹자고 했는데 속으로는 너무 긴장해서 시답잖은 소리만 잔뜩 지껄여댔더니 느닷없이 진지한 얼굴로 그렇게 말하더라. 간파당했다고 생각했어. 그래서 이상하지만 나는……, 간파당해서 감동했어. 알아줬다는 느낌에. 뭐랄까, 그걸로—멈출 수가 없더라."

말을 끊은 시노야 씨는 깊고 깊은 한숨을 내쉬고 양손으로 얼굴을 감쌌다.

"그런데 나는 왜 카마쿠라의 학습 센터에서 이런 얘기를 하고 있을까……?"

"뭐 어때. 더 얘기해봐! 주스 사올까?!"

"저기, 그 뒤에 클레어 씨는요……?"

타카하시 선배는 시노야 씨와 클레어 씨가 사귀는 줄 알았다고 했다. 그렇게 착각할 만큼 남들 눈에는 두 사람이 친밀하게 보였을 것이다. 그런데도 시노야 씨는 클레어 씨에게 복잡한 향기를 풍기면서도 '사귀지 않는다'고 했다. 아무래도 그 부분에 이 불가사의한 편지로 이어지는 힌트가 있지 않을까 하는 생각이 들었다.

시노야 씨는 멋쩍은 향기를 풍기며 귀 뒤를 만졌다.

"……그 뒤로 같이 밥 먹고 카마쿠라 여행을 하러 다니게 됐어. 클레어는 절이나 신사를 좋아해서 카마쿠라에 가보고 싶은데 혼자라 망설여진다고 해서 그럼 내가 잘 아니까 안내해주겠다고 했거든."

"시놋치는 카마쿠라에 대해 잘 알아? 요코하마 토박이잖아?"

"허세지. 몰래 공부했다. 왜, 안 되냐? ……하지만 클레어가 가고 싶어 하는 곳은 가이드북에도 안 나오는 작은 가게 같은 곳이라 전혀 도움이 안 됐어. 절에 갈 때도 '코토쿠인高德院 절의 코토쿠는 무슨 뜻이야?'라든가 '라이고지來迎寺 절의 라이고는?' 같은 난감한 질문만 하거든. 품성이 높다는 뜻이라든가, 데리러 온다는 뜻이라고, 내가 적당히 알려주자 그렇구나 하고 반짝반짝 빛나는 눈으로 기뻐하며 듣더라."

예를 들면 라벤더색으로 빛나는 아침놀에 물든 하늘같은, 혹은 밤하늘을 수놓는 알록달록한 불꽃놀이 같은, 아름답고 행복하지만 언젠가는 지나가고 사라진다는 걸 알기 때문에 애달픈 향기가 시노야 씨에게서 피어올랐다.

그렇다. 시노야 씨가 말하는 클레어 씨는 세피아색을 띠고 있다. 두 사람의 관계가 이미 끝나가는 것처럼. 적어도 그는 그렇게 생각하는 것처럼.

"저기……, 지금은 클레어 씨와 말하기 힘들다고 하셨는데 무슨 일이 있었나요?"

참견인 줄은 알지만 그래도 아마 그 점이 이번 일의 열쇠다. 타카하시 선배도 '어떻게 된 거야?' 하는 눈으로 보자 시노야 씨는 괴로운지 눈을 감았다.

"……작년 12월에 일이 좀 있었어."

"무슨 일인데?"

어지간히 말하기 힘든 사정인가 보다. 시노야 씨가 입을 열기까지 몇 초의 공백이 있었다.

"—단풍철이라 또 둘이서 카마쿠라에 갔어. 여기저기 절을 둘러보고 꿈처럼 예쁘다며 클레어도 무척 기뻐했어. 어쩐지 그런 모습을 보다가……."

"보다가?"

"……………………키스하고 말았어."

와우, 하고 타카하시 선배는 외국인처럼 작게 감탄했고, 나도 얼굴이 빨개지고 말았다. 하지만 시노야 씨는 그늘진 표정으로 울적한 향기를 풍겼다.

"그리고 해가 바뀌고 학교에 갔더니 클레어가 엄청 진지한 얼굴로 물었어. '나를 어떻게 생각해?'라고."

그 편지로 이어지는 부분까지 왔다고 생각했다. 타카하시 선배도 이번에는 농담을 하지 않았다.

"시놋치는 뭐라고 했어?"

"—모르겠다고 했어. 그 뒤로는 말을 안 했어. 학교에서도 날 피하고."

"왜? 클레어 좋아하지 않아?"

"좋아해."

거칠게 대답한 시노야 씨는 오히려 자기 목소리에 돋친 가시에 상처 입은 것처럼 얼굴을 찡그렸다.

"하지만 클레어는 올해 귀국하잖아."

네? 하고 얼굴을 보자 타카하시 선배는 서운한 눈으로 시노야 씨를 보며 끄덕였다.

"자기를 어떻게 생각하냐니, 좋아하지만, 당연히 누구보다도 좋아하지만 그렇게 대답해서 어떻게 되는데? 사귀어? 그러다 몇 달 지나서 바이바이? 머지않아 끝난다고 생각하면서 같이 있어? 그런 건 못 해. 사실은 지금도 충분히 괴로운데. 아니면 클레어가 일본에 남아? 자신의 꿈이 그렇게나 확고한 사람인데 말도 안 되잖아. 그럼 내가 호주로 가? 그것도 불가능해. 나는 나이 차이가 많이 나는 남동생이 있는데 오른쪽 다리에 약간 장애가 있고 부모님도 맞벌이해서 내가 돌봐줘야 해. 그럼 일본과 호주에서 원거리 연애를 할까? 계절이 정반대일 정도로 먼 나라에서 그게 가능하겠어? 클레어는 호주에서 일하고 나는 일본에서 졸업이나 취업으로 정신없을 텐데, 그런 상황에서도 제대로 관계가 이어질까? 아무리 생각해도 그 앞의 일을 도저히 모르겠어. 나는 아직 내 미래도 안 보이는데."

시노야 씨는 고개를 숙이며 앞머리를 와락 움켜쥐었다.

"……아니, 아니야. 보이지 않는 게 아니라 지금까지 보려고 하질 않았던 거야. 고등학교까지 그럭저럭 요령 좋게 넘겨왔고 입시도 끝나 대학교에 들어왔으니 안심하고 놀기만 한 거야. 공부하기 위해 대학교에 들어온 주제에 아무렇지 않게 늦잠 자고 강의도 빼먹었어. 어른으로 넘어가는 한계선이 바로 코앞까지 와 있는 걸 알면서 생각하기가 무서워서 아직 괜찮다고 미루기만 하다 거의 아무것도 고민하지 않았어. 키시다나 클레어는 야무지게 해나가고 있는데, 나는 내가 뭘 하고 싶은지 전혀 모르겠어. 어떤 어른이 되고 싶은지도 모르겠어."

"……시놋치, 그건 누구나 다 그래. 나도 그런걸."

"모르겠다고 대답했을 때 클레어는 내가 밀쳐낸 것 같은 얼굴이었어. ―그 얼굴을 봤을 때는 정말로 나 자신이 싫어졌어."

시노야 씨는 고통스러운 후회와 다 내던져버리고 싶은 자기혐오를 풍기며 고개를 숙였다. ―이 사람도 사실은 그녀를 잃고 싶지 않은 것이다. 하지만 그녀의 물음에 대한 대답은 그녀와 자신의 앞날에 대한 선택이고, 그것은 자신에 대해 결정을 내리는 것이기도 하다. 수평선 저편보다도 먼, 아직 아무것도 보이지 않는 미래를.

"하지만 클레어 씨는 편지를 주신 거죠……?"

시노야 씨가 천천히 고개를 들어 나를 보았다.

"줬다기보다, 학교에서 배에 펀치를 날리듯이 떠밀었어……."

"이렇게 겐지향도를 그리려면 무척 힘들었을 거예요. 내용도 생각해야 하고……, 싫어하는 사람에게는 그런 수고를 들이지 않을 거예요. 아직 클레어 씨는 시노야 씨를 좋아하고, 무언가를 전하고 싶어서 이 편지를 썼을 거예요."

그러므로 그는 이 편지를 해독해서 그녀의 마음을 확실히 알아야 한다.

하지만 시노야 씨는 완전히 자신감을 잃은 울적한 눈으로 편지를 흘긋 볼 뿐이었다.

"……사실은 여기에, 해독해봤더니 결정적인 내용이 적혀 있으면 어떡하나 하는 생각이 들어서 이쯤 했으면 됐다는 기분이기도 해."

"시놋치, 어두워! 요코하마 스피릿은 어디로 간 거야!"

"나는 요코하마 사람이라고 할 자격도 없는 겁쟁이야……."

"틀렸어, 완전히 침울해 있어! 따뜻하고 영양가 있는 걸 먹어야 해……. 어묵 같은 거!"

"앗, 제, 제가 사올게요!"

나는 재빨리 일어나 바로 근처에 있는 편의점을 향해 달려갔다. 어떻게 하면 시노야 씨가 클레어 씨의 편지를 읽을 수 있을까? 유키야 오빠는 접근 방법을 바꾸는 게 좋다고 했다. 하지만 그렇다면 어떻게 접근해야 하지? 고민만 앞서다 보니 초조해져서 주변에 주의가 허술해졌다. 출입구에 가까워졌을 때 옆에서 걸어오는 사람과 꽈당 부딪치고 말았다.

"미안합니다. 괜찮아요?"

너무 낮지 않으면서 부드럽게 울리는 남자의 목소리였다.

중음역의 건반만 사용해 연주하는 피아노 곡 같은 우아한 향기가 코를 스쳤다.

부딪친 코를 누르며 눈물이 맺힌 얼굴을 들었다가 이상한 소리를 내고 말았다.

"다치지 않았어요?"

카가미 유키히코가 눈앞에 서 있었다.

4

입을 벌리고 멀뚱히 서 있는 나는 틀림없이 세상에서 제일 얼빠진 얼굴을 하고 있었을 것이다. 다크네이비 슈트를 단정하게 입고 비즈니스 가방을 든 카가미 유키히코 씨는 슬슬 표정이 심각해졌다.

"어디 아파요? 미안해요. 잠시 한눈을 팔았어요."

"아……, 아뇨……, 괜찮아요, 저야말로, 죄, 죄송합니다……."

새빨개져서 고개를 휙휙 가로젓자 카가미 씨는 "그래요?" 하고 안도했는지 표정이 부드러워지며, 어라? 하는 느낌으로 눈썹을 올렸다. 물끄러미 바라봐서 내가 고추처럼 완전히 새빨개져 식은땀을 흘릴 무렵, "아아." 하고 이해가 된 것처럼 온화하게 미소 지었다.

"실례지만, K 고등학교 학생 아닌가요?"

"네? 네—, 어, 어떻게……?"

"작년 10월에 열린 문화제에서 만나지 않았어요? 아나운서 아카기 세이지 씨와 원예부 온실을 찾아가던 중에 학생에게 길을 물었던 것 같은데요."

나는 경악해서 눈으로 구멍을 뚫을 듯이 그를 응시했다.

확실히 나는 문화제 때 그와 말을 나눈 적이 있다. 무척 인상 깊은 사건이었기 때문에 지금도 똑똑히 기억한다. 하지만 그는 유명인이고 유키야 오빠와도 관계가 깊은 인물이라 내 기억에 남는 게 당연하지만, 그 자리에 몇백 명이나 있던 학생 중 하나에 지나지 않는 나를 기억하다니 믿을 수 없었다.

"하, 하지만 그때는 정말로 아주 잠깐 대화를 나눈 게 전부였는데요……?!"

"검은 앞치마를 두르고 솜사탕을 들고 있었죠? 그리고 차통처럼 보이는 틴케이스도."

다 정답이다! 이쯤 되자 경악을 넘어 전율하는 나를 “표정이 풍부하네요.” 하고 카가미 씨가 감탄하며 보았다.

“소소한 특기예요. 사진으로 찍은 것처럼 영상이 기억에 남거든요.”

“대, 대단하세요……!”

한숨 섞인 말투가 재미있어서 무심코 웃음이 나왔고, 그러고 나서 퍼뜩 깨달았다. 기억이 사진으로 찍은 것처럼 선명하게 남는다면, 게다가 조금 전에 반년 전의 문화제 때를 곧바로 떠올린 것처럼 그 기억이 계속해서 남아 있다면, 그건 괴로운 일도 잊지 못한다는 뜻이 아닐까. 예를 들어—그가 지금의 나보다 어렸을 때 느닷없이 가족을 앗아간 끔찍한 사건까지도.

“그럼 이만.”

“앗, 저기요!”

카가미 씨가 목례하고 지나가려고 하자 순간적으로 부르고 말았다. 게다가 스스로도 깜짝 놀랄 만큼 큰 소리가 나오는 바람에 카가미 씨도 눈이 커지며 멈췄다. 어떡하지? 무슨 말을 하지? 순식간에 얼굴이 새빨개지는 것을 느끼며 아무튼 입을 열었다.

“저기, 강연, 들었어요. 그러니까……, 표현은 잘 못하겠지만 제가 모르는 일이 세상에는 많다는 것을 깨달았고 무척 인상 깊어서……, 고맙습니다.”

그것은 본심이었다. 카가미 씨는 완전히 의표를 찔린 모습이었다.

"그래요? 아니, 학생처럼 젊은 사람이 들으러 와줄 줄은 몰랐거든요. 나야말로 고마워요. 그렇게 말해주면 보람을 느껴요."

그의 외까풀 눈이 부드럽게 가늘어지며 미소 지을 때 심장이 꽉 옥죄이는 느낌이 들었다. 그렇게 웃는 모습. 어쩌면—이렇게나 닮았을까.

나는 그에게서 눈을 떼지 못하는 한편으로 정체 모를 위화감을 느꼈다. 뭐지? 그는 다른 사람들과 무언가가 달랐다. 그게 뭘까. 생각하는 사이에 카가미 씨가 발걸음을 돌리려 했다.

"그럼, 이만."

"앗, 저기요!"

또 순간적으로 큰 소리를 지르자 또 무슨 일이냐는 듯이 카가미 씨가 눈을 크게 떴다. 나도 내가 못 가게 붙잡아놓고 당황했다. 하지만……, 어쩌면 조금 더 기다리면 돌아올지도 모른다. 아, 하지만 돌아온다고 해서 어떻게 될까? 알릴 생각은 없다. 그럴 일은 절대 없다고 했는데. 하지만 여기서 헤어지면 이대로 헤어지면 틀림없이 다시는 기회가 없을 것이다.

"저기요, 아, 아주 좋은 향기가 나네요."

"네?"

변태 같은 말을 하고 말았다……! 나는 너무 부끄러워서 울상을 지으며 원피스 자락을 꽉 움켜쥐었다.

"이, 이상한 뜻이 아니라, 저기, 향수 취향이, 좋으신 것 같아서요……."

"고마워요. 사실은 나도 좋아하는 향수거든요."

온화한 목소리에 고개를 들자 그는 말투처럼 부드러운 미소를 짓고 있었다.

"다만, 이건 내가 아니라 지인이 골라준 거예요. 나는 담배 연기와 냄새를 도저히 못 견뎌서 지금보다 흡연자가 많고 흡연 구역도 나눠져 있지 않던 옛날에는 고생이 심했는데, 그 지인이 이거라도 뿌리면 조금은 편해질 거라며 선물해줬어요."

"그분이 취향이 좋으시군요……."

"맞아요. 솔직히 나는 먹을 수 있으면 되고, 입을 수 있으면 그만인 사람이라 취향에는 별로 자신이 없어요."

그는 언제나 말끝마다 상대의 마음을 진정시켜 주는 유머를 섞었다. 나는 미소가 나왔고, 그 순간 계속 머리 한쪽을 스치는 위화감의 정체를 깨달았다.

그에게서 향기가 나지 않았다.

체취는 난다. 향수 냄새도 난다. 하지만 사람이 정신 상태에 따라 끊임없이 뿜어져 나오는 향기, 비눗방울 표면처럼 강약과 색채가 다양하게 변모하는 감정의 향기가 그에게서는 느껴지지 않았다. —유키야 오빠와 똑같다.

충격을 받고 있는데 카가미 씨가 "그럼 이만." 하고 미소 지었다. 이번에는 진짜로 가도 될까요? 하고 확인하는 뉘앙스를 풍기며. 그도 바쁜 사람이니 더는 방해하면 안 된다. 침울하게 인사하려는데 더할 나위 없는 타이밍에 쾌활한 목소리가 들렸다.

"앗, 카가미 교수님이다! 안녕하세요!"

나와 카가미 씨가 서서 얘기하는 게 보였는지 타카하시 선배가 활발한 강아지처럼 조르르 달려왔다. 카가미 씨는 타카하시 선배도 본 기억이 있는지 귀염성 있는 동안을 물끄러미 보고는 나한테 그랬듯이 단시간에 "아아." 하고 눈썹을 올렸다.

"자네는—Y대 학생이죠?"

"맞아요. 교수님의 국제금융론을 이번 달부터 수강하고 있어요. 타카하시 켄타로입니다."

타카하시 선배는 자연스럽게 악수를 청했고 카가미 씨도 거기에 응하며 타카하시 선배의 천진난만한 얼굴을 찬찬히 보았다.

"자네가 타카하시 켄타로 학생이군요."

"네? 어라, 제가 유명한가요?"

"그럼요. 지난 강의에서 국제금융에 대한 자신의 의견을 적어서 제출하라고 했잖아요? 학생의 의견은 유니크하고 재미있지만 오탈자가 많으니 제출 전에 검토하고 내세요."

"아, 죄송합니다……!"

"저기 있는 학생도 수강생이죠? 기운이 많이 없어 보이네요."

카가미 씨가 시선을 보낸 테이블 석에는 시노야 씨가 우중충하고 침침한 공기를 무겁게 이고 있었다. "시놋치." 하고 타카하시 선배가 손짓해서 부르자 시노야 씨는 느릿느릿 고개를 들더니 클레어 씨의 편지를 들고 이쪽으로 다가왔다. 작은 소리로 카가미 씨에게 인사한 시노야 씨의 어깨를 타카하시 선배가 탁탁 두드렸다.

"시놋치, 클레어의 암호를 교수님께도 봐달라고 하면 어때?"

"너는 무서운 게 없달까, 꽤나 뻔뻔한 거 알아……?"

"암호요?"

의외로 카가미 씨는 흥미가 동한 듯했다. "이건데요, 무슨 뜻인지 전혀 모르겠어서요." 하고 타카하시 선배는 거침없이 시노야 씨에게서 편지를 빼앗아 카가미 씨 앞에 펼쳤다. 카가미 씨는 숫자와 복잡한 문양이 적힌 편지지를 얼굴에 가까이 대고 지그시 관찰했다.

"이건……, 향도에서 쓰는 마크 아닌가요? 겐지 이야기와 관련이 있는 걸로 아는데."

"네, 맞아요, 겐지향도라고 하는데요."

겐지향도군요, 하고 중얼거리며 카가미 씨는 편지를 계속 관찰했다. 설마 정말로 같이 암호를 풀어주려는 걸까? 유명인이고 아마도 바쁠 게 틀림없는 사람이. 나는 상냥하고 친근한 태도에 놀라움과 감동을 동시에 느꼈다.

"설마, 정말로 도쿄에서 오다니. 조카에 대한 집착이 솔직히 무섭다."

"시끄러워. 네가 박정한 소리나 하며 보러 가주질 않으니까 그렇잖아."

"네가 부탁을 들어주고 싶은 마음이 싹 사라지는 투로 말하니까 그렇지. 그리고 뭐야? '학습 센터에 가서 유키야가 있는지 보고 와.', '있으면 당장 데리고 나와.'라니. 그런 설명으로 무슨 영문인지 어떻게 알며, 그리고 대체 왜 그렇게 유키야를 속박해?"

"속박하지 않았어. 나는 외삼촌으로서 조카를 올바른 길로 이끌어주려는 것뿐이야. 자꾸 투덜대지 마. 철야하고 와서 지금은 정말로 기분이 나쁘니까."

탄력 있는 여자의 목소리와 선동가 같은 위력이 있는 남자의 목소리가 들렸다. 나는 흠칫 놀라 돌아보았다. 지금 막 학습 센터 유리문을 열고 들어오는 늘씬한 쇼트커트 여자와 하얀 니트에 그레이 재킷을 입은 키가 큰 남자. 여자는 오늘 아침에도 만난 미즈기 씨고, 남자는 평소와 달리 캐주얼한 차림에 셀프레임 안경까지 쓰고 있지만 틀림없는 방약무인한 왕, 키시다 카즈마 씨였다.

작년 10월에 문화제로 떠들썩한 고등학교 한쪽에서 험악한 기운을 뿜으며 카가미 씨에게 시비를 걸던 카즈마 씨의 모습이

스파크가 일 듯이 뇌리에 되살아났다. 그리고 그 카가미 씨는 지금 바로 여기에 있고, 2층 홀에는 유키야 오빠까지 있다. 나는 '위험하니 섞지 마시오!'라는 욕실용 세제의 경고 문구가 어째선지 머릿속에 떠오르면서 하얗게 질렸다. 만약 그들이 여기서 딱 마주치면 사나운 사탄에 의해 카마쿠라가 멸망할지도 모른다.

우리는 출입구에서 비교적 가까운 곳에 서 있었지만 다 같이 클레어 씨의 편지를 보고 있었던 터라 카즈마 씨와 미즈키 씨는 이쪽을 알아차리지 못하고 지나갔다. 두 사람은 2층 홀로 이어지는 계단 옆에 설치된 강연회 접수대로 걸어갔다. 나는 다가오는 카마쿠라 멸망의 위기에서 벗어나기 위해 결사의 행동에 나섰다. 가방에서 하늘색 스마트폰을 꺼내 예전에 교환한 미즈키 씨의 번호로 전화를 걸었다.

전자음 멜로디가 흐르고 미즈키 씨가 핸드백에서 스마트폰을 꺼냈다. 액정 화면을 보더니 고개를 갸웃하고 스마트폰을 귀에 댔다. 미즈키 씨, 뒤를 보세요, 하고 나는 작은 소리로 재빨리 말했다. 돌아본 미즈키 씨는 나를 보고 눈이 동그래졌다.

미즈키 씨가 입을 열기 전에 나는 온몸의 기백을 모조리 짜내 양팔로 가위표를 만들었다. 미즈키 씨의 눈이 점점 더 동그래졌다. 나는 필사적인 눈으로 접수대로 향하는 카즈마 씨를 가리키며 혼신의 힘을 다해 가위표를 강조했다. 미즈키 씨는 등 뒤에 있는 카즈마 씨를 보고 "얘 말이야?" 하고 카즈마 씨를 가리킨 뒤 "안 돼?" 하고 가위표를 따라 하고 고개를 갸웃하며 확인했다. 나는 크게 끄덕끄덕했다.

미즈키 씨는 한 박자 침묵했다가 한 번 끄덕이고 접수원에게 말을 걸기 직전인 카즈마 씨의 목덜미를 재빨리 잡아당겼다. "컥." 하고 카즈마 씨의 목에서 이상한 소리가 났다.

"무슨 짓이야!"

"카즈마, 모처럼 카마쿠라에 왔으니 실치덮밥이라도 먹자. 마침 간식 타임이고 요즘 철에는 생실치를 먹을 수 있거든."

"뭐? 나는 너랑 달리 간식으로 실치덮밥을 먹는 특이한 위장은 갖고 있지 않아. 가고 싶으면 혼자 가."

"혼자서는 식당에 들어가기 싫어. 휴일의 카마쿠라는 커플이 많아서 기죽는단 말이야."

"머리라도 다쳤어……? 고깃집이든 술집이든 아무렇지 않게 혼자 들어가는 여자가 무슨."

"말해두지만 너한테 거부권은 없어. 잊지는 않았겠지? 나는 네 목숨을 구해준 은인이고, 너는 내가 뭘 시키든 이유 불문하고 세 번 따르겠다고 계약했잖아."

"잠깐, 다른 사람도 아닌 내가 뭐든 원하는 대로 해주겠다고 한 그 귀중한 기회 중 하나를 고작해야 실치덮밥을 먹는 데 쓰겠다는 거야? 게다가 이걸로 두 번째야. 남은 기회는 딱 한 번이라고."

"걱정하지 마. 세 번째는 이렇게 말하려고 이미 정해뒀거든. '앞으로 또 100번, 내가 시키는 대로 무조건 따르겠다고 맹세하라'고."

"너, 그거 조폭들이나 하는 짓이잖아…?!"

"조폭 아니고 경찰관. 나는 카마쿠라 시민의 편이거든."

자, 가자, 하고 미즈키 씨는 카즈마 씨의 팔과 목덜미를 잡고 밖으로 끌고 나갔다. 나는 마음속으로 경례하며 든든한 경찰관의 뒷모습을 배웅했다.

일단 카마쿠라 멸망의 위기에서 벗어난 그때 갑자기 날카로운 전자음이 울렸다. 시노야 씨가 "아, 내 거야." 하고 황급히 하얀 바지 호주머니에서 스마트폰을 꺼냈다. 액정 화면을 보고 깜짝 놀란 향기를 풍기더니 바로 전화기를 귀에 댔다.

"여보세요? 응, 시노야야."

아무래도 2층 홀에서 열리던 강연회가 끝났나 보다. 여러 사람의 말소리와 발소리가 들리고 홀로 이어진 계단을 수많은 인파가 내려왔다. 유키야 오빠도 머지않아 올 것이다. 나는 계단으로 다가가 위에서 내려오는 사람들을 응시했다.

"아니, 사실은 아직 학습 센터에서……, 1층 로비에, 어, 뭐? 알파벳?"

등 뒤에서 들려온 시노야 씨의 목소리가 어리둥절한 기색을 띠었다. 아, 하고 나는 무심코 한 걸음 앞으로 나갔다. 우르르 나오는 사람들 속에서 검은색 스마트폰을 귀에 대고 내려오는, 벽돌색 카디건을 입은 유키야 오빠를 발견했다.

"그래, 52가지 겐지향도를 알파벳 표에—."

유키야 오빠는 계단 중간까지 왔을 때 손을 흔드는 나를 보았다. 그리고 서서 얘기를 나누는 타카하시 선배와 시노야 씨, 그리고 두 사람 옆에 서 있는 다크네이비 슈트를 입은 남자를 보자, 내가 아는 한 이보다 컸던 적이 없을 정도로 안경 너머의 눈이 커졌다. 그 이후 유키야 오빠의 움직임은 훌륭했다. 바람처럼 몸을 돌리더니 방금 내려오던 계단을 다시 엄청난 속도로 올라갔다. 사람들의 흐름을 거스르고 올라가는데도 어째서인지 아무에게도 부딪치지 않았다. 키시다 유키야 씨, 닌자 같은 발놀림……!

"어, 어라? 잠깐, 여보세요?"

"시놋치, 왜 그래? 윳키야?"

"맞는데 갑자기 끊어졌어. ……통신 상태가 안 좋은가?"

교대하듯이 이번에는 내 스마트폰에 착신음이 울렸다. 액정 화면에 표시된 이름은 말할 필요도 없다. 나는 황급히 세 사람에게서 떨어져 소리를 낮추고 전화를 받았다.

"여, 여보세요……?"

[방금 내가 목격한 불가사의하기 짝이 없는 상황을 설명해줄

래요?]

유키야 오빠의 목소리는 지독하게 낮고 빨랐다. 나는 머뭇머뭇하며 1층 로비에서 시노야 씨의 얘기를 듣다가 우연히 카가미 씨와 조우했고, 타카하시 선배가 카가미 씨에게 클레어 씨의 편지를 봐달라고 했다고 설명했다.

[—타카하시 주제에 쓸데없는 짓을.]

"유키야 오빠, 방금 혀 찼어요……?"

[일단 그 사람이 떠날 때까지 나는 2층에 있을게요. 돌아가면 알려줄래요?]

"그, 그게요……."

전화가 끊어지자 시노야 씨는 당황한 얼굴로 타카하시 선배, 카가미 씨와 얘기하고 있었다.

"알파벳이 어쩌고, 알파벳 표가 어쩌고 했는데……."

"알파벳이라면 그거? ABC 노래?"

"아—그렇구나, 그런 거였어. 재밌네요."

턱에 손가락을 댄 카가미 씨는 로비에 늘어난 사람들이 멀리서 자신을 보고 있는 것을 깨닫고 "근처에서 커피라도 마시며 얘기할까요?" 하고 두 사람에게 제안했다.

"사실은, 저기, 카가미 씨가 클레어 씨의 편지에 흥미를 보여서 어디 가까운 곳에서 좀 더 얘기하자는 쪽으로 흘러가고 있어서요."

[그게 무슨!]

"하지만 카가미 씨가 뭔가 알아낸 것 같은데—유, 유키야 오빠도 갈래요?"

돌아온 침묵은 숨이 막히도록 무거웠다. 나는 울상을 지으며 거북이처럼 목을 움츠렸다.

"경솔한 소리를 해서 정말 미안해요……."

[카노네 고등학교 문화제에서 카즈 형이 그 사람과 접촉했어요. 키시다라는 성이 아직 기억에 있을 테고 내 이름도 그 사람과 비슷해요. —외모도 닮았다는 말을 곧잘 들었어요. 그 사람은 내 존재를 모르니 기우라고는 생각하지만 리스크를 감수하고 싶지는 않아요.]

문득 시노야 씨가 해준 얘기가 떠올랐다. 작년에 유키야 오빠는 카가미 씨의 강의를 빠짐없이 열심히 청강했다. 그런데 시험날에는 결석해서 시노야 씨가 이유를 물었더니 '수강 신청을 하지 않았다'고 대답했다.

그것은 카가미 씨에게 자신의 이름을 보이고 싶지 않아서가 아닐까. 수강 신청한 학생의 이름은 출석표 같은 것으로 교수가 볼 것이다. 실제로 카가미 씨는 얼굴까지 일치시키지는 못해도 타카하시 선배를 기억하고 있었다. 하물며 유키야 오빠는 이름과 외모까지 그와 닮았다. 그러니 유키야 오빠는 만에 하나라도 자신이 누구인지 그가 알아채지 못하도록 수강 신청을 피했던 것이다.

그런데 이 사람은 피를 나눈 사람을 상대로 정말 그렇게까지 해야 하는 걸까. 예를 들어, 그와 짧게 얘기를 나누는 것조차 '리스크'라고 할 정도로.

[―딱히 내가 가지 않아도 클레어가 편지에 쓴 내용이 시노야에게 전해지면 그걸로 충분해요. 그 사람이 해독할 수 있다면 문제는 없어요. 막히는 것 같으면 연락 줘요.]

"저기, 제안이 있는데요."

전화를 끊으려는 기척을 느끼고 서둘러 말했다. 상상에 지나지 않지만 유키야 오빠가 검은색 스마트폰을 귀에 다시 대는 모습이 보이는 느낌이었다.

"전화를 끊지 말고 이대로 있어요. 스피커 모드로 돌릴 테니, 그러면 유키야 오빠에게도 얘기가 들리잖아요? 말하지 않아도 되니까 들어주세요."

[……그런 첩보원 같은 짓까지 할 필요가 있을까요?]

"첩보원 놀이 재밌겠다. 에헤헤……."

스스로도 그렇게까지 해서 뭐가 되는지는 몰랐지만 아무튼 지금은 유키야 오빠를 혼자 두기 싫었다. 숨이 막히는 침묵 공세를 견뎌내는데 희미한 한숨 소리가 들렸다.

[일단 끊을게요.]

"유키야 오빠, 저기……."

[인쇄할 이미지가 있어요. 편의점에서 프린트할 수 있도록 해 놓을 테니 지금 LAND로 보내는 번호를 어디든 가까운 편의점에 가서 프린터에 입력해요. 아마도 그게 있으면 작업이 빠를 거예요.]

"아, 네."

[데이터 보내고 5분 이내에 다시 전화할게요.]

업무 연락처럼 담담하게 지시한 뒤 한 박자 뜸을 두고 고마워요, 하는 작은 소리가 들렸다. 그리고 전화가 끊어졌다.

"카노, 방금 그 전화는 읏키야? 읏키한테 무슨 일 생겼어?"

내가 스마트폰을 내리고 돌아보자 타카하시 선배가 걱정하느라 눈꼬리가 처졌다.

"저기, 중요한 볼일이 생겼나 봐요……."

"아아, 그래서 그랬구나. 아까 갑자기 전화가 끊어져서 깜짝 놀랐거든."

"읏키라는 사람도 학생들 친구예요?"

카가미 씨가 고개를 갸웃하자 흠칫 놀란 내 옆에서 타카하시 선배가 방긋 웃었다.

"맞아요. 같이 교수님 강의도 들었어요. 본명은 키시—꾸웩?!"

"저기요, 인쇄하라는 전갈을 받았거든요! 저도 같이 갈게요!"

나는 미안하다고 마음속으로 사과하면서 타카하시 선배의 목덜미를 있는 힘껏 잡아당기며 일동에게 제안했다. 갑자기 큰 소리를 내는 나를 보고 카가미 씨는 눈이 동그래졌지만 온화하게 미소 지으며 말했다.

"그럼 갈까요?"

5

학습 센터를 나선 뒤 먼저 카마쿠라 역 앞 편의점으로 들어갔다.

지시를 받은 대로 유키야 오빠가 LAND로 보낸 번호를 프린터에 입력하자 자동으로 데이터가 프린트되었다. 따뜻한 복사용지를 집어 들자 그렇구나, 하고 나는 감탄이 나왔다.

52가지 겐지향도가 번호순으로 나열된 일람표였다. 인터넷으로 찾았을 것이다.

"그 친구는 아주 세심하네요."

카가미 씨도 감탄하며 말했고, 나는 내가 칭찬받은 것도 아닌데 얼굴의 난감한 기능이 발동하고 말았다. 들렸을까, 하고 하늘색 스마트폰을 꽉 쥐고 생각했다. 편의점에 들어가기 조금 전에 유키야 오빠에게서 전화가 걸려왔고, 그 뒤로 계속 스피커 통화 상태로 이어져 있다. 유키야 오빠가 지금 어디에 있는지는 모르지만 이쪽의 목소리는 들릴 것이다.

"그 편지도 다섯 장 정도 복사해 두는 게 좋겠어요. 소중한 사람이 줬을 테니 원본이 상하지 않게요."

"아, 네."

카가미 씨의 말에 시노야 씨가 프린터에 클레어 씨의 편지를 세팅했다. 복사비는 모두 카가미 씨가 내주었다. 시노야 씨의 작업이 끝나기를 기다리는 동안 나는 작은 소리로 카가미 씨에게 물었다.

"저기, 시간은 괜찮으세요? 사실은 바쁘신 게……."

"괜찮아요. 시간은 아직 여유가 있거든요."

"저기……, 왜 같이 봐주시는 거예요? 이렇게 친절하게……."

내 머리보다도 훨씬 높은 곳에서 나를 내려다보는 카가미 씨는 그 뒤로 "어, 왜 잘렸지?", "세팅 방법이 잘못된 거 아냐? 이렇게 아닌가?" 하고 프린터와 악전고투하는 시노야 씨와 타카하시 선배를 보며 밀담하듯 목소리를 낮췄다.

"큰 소리로는 말할 수 없지만—추리소설을 좋아하거든요."

"아."

"특히 암호 나오는 거요."

그 후 시노야 씨와 타카하시 선배는 무사히 클레어 씨의 편지 복사를 마쳤고, 요란하게 웃음을 뿜은 후유증으로 기침이 멈추지 않는 나를 보고 두 사람은 어리둥절했다.

편의점을 나온 뒤에는 역 앞의 빨간 토리이를 지나 코마치 길로 들어가 밖에서 빈자리를 확인하고 카페로 들어갔다. 미소가 예쁜 젊은 여직원이 맞이하며 안쪽의 둥근 테이블로 안내해주었다. 카가미 씨는 드립커피를, 시노야 씨는 진저에일을, 타카하시 선배는 핫초콜릿을 주문하고, 나는 어째선지 유키야 오빠가 좋아하는 홍차를 시켰다. 하늘색 스마트폰은 소리가 잘 들어가도록 테이블 구석에 놓았다.

"이런 데 시간을 쓰시게 해서 정말 죄송해요……."

"괜찮아요, 신경 쓰지 말아요. 오히려 재미있으니까요."

어디 보자, 하고 중얼거리며 카가미 씨가 비즈니스 가방에서 펜을 꺼내고 테이블에 몇 장의 종이를 펼쳤다. A4 용지에 복사한 클레어 씨의 편지와 유키야 오빠가 준비해준 겐지향도 일람표. 그 두 가지를 나란히 놓았다.

"먼저 확인하고 싶은데, 이 편지를 학생에게 준 유학생은 어느 나라 출신인가요?"

"네? 호주의……, 케언즈요."

카가미 씨는 예상한 대답을 들은 것처럼 입술에 미소를 지으며 끄덕였다. 그러더니 클레어 씨의 편지 사본에 펜을 댔다.

"이 편지는 몇 줄의 문장이 한 줄 띄우고 다섯 뭉치로 나뉘어 있어요. 따라서 편의상 위에서부터 첫 번째 블록, 두 번째 블록이라고 부를게요."

네, 하고 우리는 거북이처럼 목을 쭉 빼고 들여다보며 끄덕거렸다.

"각 블록의 행수도, 글자 수도, 사용되는 겐지향도도 언뜻 다 달라 보여요. 하지만 공통점도 있어요. 모든 블록이 첫머리 행은 숫자로 시작하고, 세 개의 겐지향도가 나열되어 있고, 마지막으로 마침표가 찍혀 있어요. 마침표를 사용했다는 점으로 보아 이건 아마도 일본어가 아니라고 추측할 수 있죠."

음……, 하고 우리는 이번에는 조금 전보다도 기운이 빠진 고갯짓을 하며 들었다.

"그럼 일본어가 아니라면 뭘까요? 그것을 생각해볼 힌트도 이 모두의 행에 있어요. 이 행, 어디서 본 적 있지 않아요?"

두 대학생과 한 고등학생은 동요하며 서로 마주 보았다. 카가미 씨는 "학생들은 대학 입시를 거치고 입학한 거 아니었어요?" 하고 한탄스럽게 말해 시노야 씨와 타카하시 선배를 기죽게 만든 뒤, 내게로 눈길을 옮겼다. 나는 힉, 하고 굳었다.

"글쎄요. 전선에서 물러난 지 오래인 이 친구들보다는 고등교육을 받는 중인 학생이 더 감이 올지도 모르겠네요."

"죄, 죄송해요. 저는 고등교육을 받는 중인데도 정말 면목 없어요……!"

"진정해요. 나도 조금 심술궂었네요. **이것**이 익숙하지 않은 건 학생 잘못이 아니에요. 왜냐하면 학생이 줄곧 배워온 것과는 형태가 다르거든요. 다만 이거라면 본 적 없어요?"

그렇게 말하며 카가미 씨는 편지 복사지 끄트머리에 펜을 술술 굴렸다.

'ㅁㅁㅁ. 30'

그것은 클레어 씨의 편지 첫 블록의 첫 줄을 조금 다르게 쓴 것이라고 알았다. 물끄러미 보다 보니 머리 구석에 무언가가 걸리는 느낌이 들었다. 앗, 하고 소리가 나왔다.

"영어 날짜……? 월을 생략형으로 쓴 거요."

"정답이에요."

유키야 오빠와 많이 닮은 외까풀 눈으로 미소 짓자 나는 빨개졌다.

"일본 학교에서는 미국식 영어를 가르치지만 클레어 학생의 조국 호주는 영국령이었던 시대가 있기 때문에 영국식 영어를 써요. 같은 영어라고 하더라도 영국식과 미국식은 미묘하게 차이가 있어요. 날짜도 그중 하나인데, 미국식은 '월' 다음에 '일'이 오는 표기법을 쓰지만, 영국식은 그 반대로 '일' 다음에 '월'이 와요. '월'의 생략형은 미국식이든 영국식이든 앞에서 세 글자 따오고 마지막에 마침표를 찍는 게 똑같지만요."

"그럼 이 편지의, 블록 맨 첫 행은……."

"맞아요. 아마도 날짜를 표시하고 있어요. 그렇게 생각하면 일을 표시하는 숫자 뒤에 나열된 세 개의 겐지향도—나아가 이 편지 전체의 겐지향도는 모두 알파벳에 대응한다고 추측할 수 있어요."

알파벳. 유키야 오빠가 한 말은 이것이었다.

"다음 문제는 이 겐지향도가 어느 알파벳에 대응하느냐는 건데—가장 쉽게 생각하면 52가지 겐지향도에 알파벳 표를 그대로 대응시켜 보는 거예요."

"하지만 알파벳 표를 대응한대도……."

A, B, C, D……, 하고 중얼거리며 손가락을 꼽던 타카하시 선배의 눈꼬리가 축 늘어졌다.

"겐지향도는 52가지지만 알파벳은……, 26개밖에 없잖아요?"

"맞아요, 26글자예요. 그게 대문자와 소문자 각각 두 종류가 존재하니 합계 52문자. 겐지향도의 52가지와 완전히 숫자가 똑같아요."

앗 하고 외치며 우리는 테이블의 겐지향도와 클레어 씨의 편지를 응시했다.

카가미 씨는 몇 장 인쇄한 겐지향도 일람표 중 한 장에 펜 끝을 탁 냈다.

"여기에 알파벳을 대응하려고 하면, A, B, C……처럼 대문자를 모두 나열한 뒤 소문자를 나열하는 방법과, A, a, B, b라고 대문자와 소문자를 교대로 나열하는 방법을 생각해볼 수 있는데, 대부분의 알파벳 표는 대문자와 소문자의 대응을 한눈에 알 수 있도록 교차해서 표기해요. 그러니 먼저 그 방법으로 해보죠."

카가미 씨는 겐지향도의 첫 번째 '하하키기(▥)'에 【A】, 두 번째 '매미 허물(▥)'에 【a】, 세 번째 '밤나팔꽃(▥)'에 【B】, 네 번째 '어린 무라사키(▥)'에 【b】처럼, 겐지향도의 순서에 따라 알파벳 대문자와 소문자를 번갈아 적어나갔다. 이미 알고 있었는데도 겐지향도의 마지막인 '습자(▥)'에 알파벳 【z】가 딱 맞아떨어지자 작은 술렁임이 일었다.

"이걸로 어느 겐지향도가 어느 알파벳을 나타내는지는 정해졌어요. 다음은 이 법칙을 사용해 클레어 학생의 편지에 적힌 겐지향도를 알파벳으로 변환해보죠. 혼자 작업하면 효율이 떨어지니 전원이 블록 별로 분담합시다."

카가미 씨는 클레어 씨의 편지 복사본을 시노야 씨, 타카하시 선배, 나에게 한 장씩 나눠주었다. 그는 이 국면을 내다보고 시노야 씨에게 편지를 여러 장 복사하라고 한 것이다. 첫 번째 블록을 시노야 씨, 두 번째 블록을 타카하시 선배, 문자 수가 가장 많은 네 번째 블록을 카가미 씨, 세 번째 블록과 가장 글자가 적은 다섯 번째 블록을 내가 맡기로 했다. 우리는 대응하는 알파벳이 적힌 겐지향도 일람표와 편지를 비교하며 작업에 몰두하느라 한동안 테이블에는 글씨를 쓰는 소리만 흘렀다.

편지의 겐지향도 위에 작게 알파벳을 적어 넣는 사이에 나는 떠오르는 말에 작은 감동을 느꼈다. 이윽고 전원이 작업을 마치고 해답을 통합하자 완전히 달라진 편지의 전모가 명확하게 드러났다.

30 Jun.
Kosokuji
Jojuin
Gokurakuji

14 Sep.
Kotokuin
Hasedera

27 Oct.
Hokokuji
Jomyoji

1 Dec.
Engakuji
Tokeiji
Meigetsuin

C h o j u j i

13 A p r .
R a i k o j i

역시 유키야 오빠와 카가미 씨의 추측은 옳았다. '30 Jun.'은 6월 30일이고 '14 Sep.'은 9월 14일. 마찬가지로 그다음 블록의 첫 행도 모두 10월 27일, 12월 1일, 4월 13일이라고 생략형 날짜로 되어 있다.

그리고 각 블록의 날짜 아래의 문장.

"이거, 전부 카마쿠라에 있는 절 이름이죠……?"

나는 편지에 적힌 알파벳들을 손가락 끝으로 훑었다. 'Kosokuji'는 '코소쿠지' 절이고 'Jojuin'은 '조주인' 절이고 'Gokurakuji'는 '코쿠라쿠지' 절이다. 대불이 유명한 '코토쿠인' 절과 관음보살상으로 유명한 '하세데라' 절도 있었다.

시노야 씨는 뚫어지게 나열된 절 이름을 보고 있었다. 가슴이 쿵쾅거리는 느낌과 머릿속의 상자에 담겨 있던 추억이 흘러넘치는 향기가 풍겼다. 시노야 씨는 바지 호주머니에서 스마트폰을 꺼내 액정 화면을 재빨리 조작했다.

"—역시, 그랬어."

조금 갈라진 목소리가 그의 입술에서 새어 나왔다.

"이거, 클레어와 함께 갔던 절이에요. 날짜도 다 맞아요."

그가 스마트폰을 테이블에 내려놓자 액정 화면에 띄운 것이 나에게도 보였다. 사진이었다. 그것도 아마 12월 무렵의 사진이다. 진홍색, 황금색, 눈부신 녹색, 가을에서 겨울로 넘어가는 계절이 마법처럼 만들어내는 아름다운 색채 속에 더플코트를 입고 머플러를 둘둘 싸맨 금발 머리 여자가 서 있었다.

마치 추위에 코가 빨개지도록 단풍에 넋을 잃고 있는데 뒤에서 누군가가 부드러운 목소리로 이름을 부른 것처럼 그녀는 얼굴만 이쪽으로 돌리고 미소 짓고 있었다.

의지가 강해 보이는 입술과 통찰력이 뛰어나고 사려 깊어 보이는 회색 눈동자. 이름만큼은 몇 번이나 들었던 클레어 씨를, 나는 그 사진에서 처음 보았다. 하지만 이 사진 한 장만으로 모든 것이 명료해졌다.

클레어 씨는 그 눈동자 끝에 있는 누군가가 진심으로 사랑스럽다는 듯이 미소 짓고 있었다. 사진은 시간과 정경을 담아내지만 향기까지는 남기지 못한다. 하지만 이때의 그녀에게서 풍기는 달콤한 향기, 신이 만든 꽃 같은 향기가 미소에서 느껴졌다. 그리고 그녀에게 카메라를 대고 있던 사람도 같은 향기를 풍겼을 것이다. 꿈처럼 아름다운 풍경 중심에서 그녀가 세상에서 가장 행복한 사람처럼 웃는, 이런 사진을 찍을 수 있으니까.

"작년 6월에 겐지향 워크숍에서 알게 된 뒤 카마쿠라에 수국을 보러 가지 않겠느냐고 했어요. 코소쿠지 절과 조주인 절, 코쿠라쿠지 절. 사실은 메이게츠인 절이나 하세데라 절도 유명하니까 데려갈 생각이었는데 클레어는 멋져, 훌륭해, 너무 아름다워 하고 어딜 가든 온 힘을 다해 감동해서 이 세 절을 다 돌았을 때는 완전히 녹초가 됐어요. 돌아오는 전철에서도 계속 꾸벅꾸벅 졸았고, 좋은 분위기로 이어질 낌새도 전혀 없었어요."

시노야 씨는 그때를 떠올리고 웃으며 편지 첫 블록에서 두 번째 블록으로 손가락을 내렸다. 수국 철인 6월에서 여름 끝자락과 가을의 시작이 교차하는 9월로.

"7월은 시험 전으로, 클레어는 힘이 잔뜩 들어가 있었기 때문에 놀러 가자고 할 수 있는 분위기가 아니었어요. 8월도 여름방학이 있었고, 괜히 어중간하게 시간이 생긴 탓에 오히려 권하기 어려웠죠. 하지만 그대로 단순한 친구로 남기도 싫어서 또 카마쿠라에 가지 않을래, 하고 9월에 말을 걸었어요. 그랬더니 클레어는 기다렸다는 듯이 기뻐했어요. 아직 대불을 보지 않았다고 해서 이번에는 코토쿠인 절과 하세데라 절처럼 유명한 곳을 공략해보자고 했어요. 하지만 인파가 정말 엄청나서 클레어는 기력이 다 빠지고 말았어요. 혼잡한 곳을 돌아다니는 게 힘들대요. 그래서 다음에는 조금 더 조용한 곳이 좋겠다고 해서 그럼 그렇게 하자고……."

시노야 씨의 손가락 끝이 또 움직였다. 9월에서 이번에는 바람이 맑고 차가워지는 10월로 이동했다.

"그래서 이번에는 호코쿠지 절과 조묘지 절에 가봤어요. 아, 그렇지. 이때 카게츠 향방 앞도 지나갔어요. 클레어가 향가게에 들어가 보고 싶다고 했지만 쉬는 날이었는지 이날은 갈 때도 올 때도 가게가 닫혀 있었어요."

"아, 맞아요. 그 무렵에는 사정이 있어서……."

"호코쿠지 절은 오전 중에 일찌감치 갔기 때문에 느긋하게 볼 수 있었어요. 대나무 정원이, 대나무 잎 사이로 빛이 쏟아지는 게 예뻐서 어쩐지 마음이 고요해지잖아요. 이날은 둘 다 별로 말이 없었지만 굳이 말을 하지 않아도 충분했어요. 경내에 있는 휴게소에서 말차를 마시며 처음으로 클레어가 자신에 대해 드문드문 말해줬어요. 아버지도 어머니도 좋은 분들이고, 그건 잘 아는데 어째서인지 결정적으로 서로 이해하기 힘든 부분이 있었대요. 그래서 괴로웠던 것도 유학을 결심한 이유였다고요. 나도 평범한 집에서 자라 딱히 부족한 것 없이 풍족하게 살아온 건 아는데 이따금 엄청나게 그곳에 있기 힘들 때가 있어서 클레어가 하는 말을 알 것 같았어요. 하지만 클레어는 귀국하면 제대로 취직해서 제 몫을 하면서 진정한 의미의 어른이 된 뒤에 다시 한번 가족과 제대로 마주하고 싶다고 했고, 그런 사고방식이 훌륭하다고 여겼어요. 그 뒤로 조묘지 절에도 가서 경내의 레스토랑에서 밥을 먹고 그날은 지금까지 같이 보낸 날 중에서 가장 오래 같이 있었어요. 처음으로 손을 잡고 돌아왔어요."

그리고 또 그의 손가락이 계절을 넘어갔다. 카마쿠라가 1년 중에서 가장 화려하게 물드는 12월이다.

"귀국하면, 이라고 전에 클레어가 말한 게 사실은 계속 걸렸어요. 그렇구나, 귀국하는구나 하고요. 그런 건 처음부터 알고 있었을 텐데. 이 이상 관계가 깊어지지 않는 게 낫다, 조금씩 거리를 둬야 한다고 생각했는데 이번에는 클레어가 얘기를 꺼냈어요. 새빨간 단풍과 아름다운 은행나무를 보러 가자고요. 그래서 키타카마쿠라를 돌았어요. 엔가쿠지 절과 토케이지 절, 메이게츠인 절, 초주지 절 같은 잘 알려지지 않은 곳까지. ……이 이상 사이가 깊어지면 안 된다고 결심했는데도 도저히 마음대로 안 되고 무척 즐겁고 이대로 계속 돌아가고 싶지 않아서, 클레어는 왜 하필 유학생일까, 하고 클레어가 웃을 때마다 생각했는데—."

그리고 그는 본인도 알 수 없는 복잡한 감정을 안고 키스를 했다. 깜짝 놀란 그녀의 얼굴. 흔들리는 회색 눈동자. 그 자신도 틀림없이 무척 당황했을 것이다.

"……해가 바뀌고 겨울방학도 끝나고 학교에서 얼굴을 마주하는 게 무서웠어요. 클레어는 화내지 않았지만 대신 무서울 정도로 진지한 얼굴로 물었어요."

—날 어떻게 생각해?

"모르겠다는 대답에……, 얼마나 실망하고 기가 찼을지 알아요. 나도 그런 말을 하는 남자한테는 환멸을 느끼니까요. 하지만 역시 지금 다시 같은 질문을 받더라도 역시 모르겠어요. 좋아하지만 좋아한다고 하면 그럼 앞으로 어떻게 할 건지 얘기해야 하고, 하지만 나는 그런 건 아직 아무것도 모르겠어요."

피를 토하듯이 목소리가 끊어지는 시노야 씨를 타카하시 선배가 위로하듯이 보았다. 나도 뭔가 말해주고 싶었지만 적당한 말이 전혀 나오지 않았다.

조용히 커피를 마신 카가미 씨가 클레어 씨의 편지에 기다란 손가락을 내려놓았다.

"이 다섯 번째 블록은요? 아직 얘기에 나오지 않았잖아요."

사실은 나도 그 점이 마음에 걸렸다. 다섯 번째 블록은 다른 블록과 달리 '13 Apr.'이라는 날짜 외에는 절의 이름이 딱 하나만 적혀 있었다. 그리고 그 절은 시노야 씨의 얘기에 나오지 않았다.

시노야 씨도 난감한 향기를 풍기며 작게 고개를 갸웃했다.

"그건 나두 잘 모르겠어요……. 클레어와 얘기하게 된 건 작년 6월로, 4월은 아직 얼굴만 아는 정도였거든요. 당연히 같이 어딜 가지도 않았고요."

"라, 이, 코……라이코지라는 절이 카마쿠라에 있나? 나는 모르겠는데……."

"있어. 아마 '내일' 할 때 내來 자와 '송영' 할 때 영迎 자를 써서 '라이코지來迎寺'라고 할 거야."

"불교 용어네요. 그렇다면 '라이고'라고 읽는 경우가 많아요. 불교에서는 사람이 숨을 거둘 때 영혼을 극락으로 인도하기 위해 부처님이 하늘에서 내려온다고 믿는데, 그걸 '내영來迎'이라고 하거든요."

"아, 그렇군요……, 카마쿠라에 같이 다니게 된 뒤로 클레어는 일부러 카마쿠라의 사찰 가이드북 같은 걸 사서 절 여기저기를 체크했거든요. 그래서 '라이코지 절의 라이코는 무슨 뜻이야?' 하고 물어본 적이 있는데 나도 잘 모르니까 '데리러 온다는 뜻'이라고 무척 대충 대답했거든요. '근사한 이름이야.'라고 클레어는 기뻐했는데 미안한 짓을 했네요……."

나무들의 가지 끝에서 갑자기 똑 떨어진 차갑고 맑은 아침이슬이 뺨을 적신 것 같은 느낌이었다.

"저기, 이 편지의 '13 Apr.'은 올해 4월 13일이 아닐까요?"

시노야 씨가 이해가 안 된다는 듯이 미간을 찡그렸다. 나는 애가 타서 클레어의 편지에서 'Raikoji' 부분을 가리켰다.

"작년 4월은 아직 클레어 씨와 친해지지 않았잖아요? 그렇다면 이건 작년 일이 아니라 올해를 말하는 거고, 여기 적힌 '라이코지'는 클레어 씨가 시노야 씨에게 보낸 메시지가 아닐까요?"

"메시지라면—."

"시노야 씨가 클레어 씨에게 가르쳐줬잖아요? '내영'은 '데리러 온다'는 뜻이라고."

시노야 씨의 눈이 대번에 커지며 짙은 갈색 눈동자가 살짝 흔들렸다.

편지에 적힌 '4월 13일'이 과거가 아니라 미래의 날짜라면 그 밑에 딱 하나 적힌 절의 이름은 그에게 이렇게 말하고 있는 게 아닐까.

'나를 데리러 와.'

"4월 13일은 오늘이야, 시놋치."

타카하시 선배의 목소리가 커졌다. 시노야 씨는 짙은 혼란의 향기를 풍기며 이마를 눌렀다.

"그러고 보니 4월 13일부터 카마쿠라 축제가 시작되니까 또 같이 카마쿠라에 가자고, 어색해지기 전에 클레어와 얘기하고……, 하지만, 아니, 오늘? 라이코지……?"

"그 친구는 거기서 학생이 데리러 와주기를 기다리고 있지 않을까요?"

카가미 씨가 조용히 말하자 시노야 씨의 혼란과 동요의 향기가 폭풍처럼 거칠어지더니 갑자기 태풍의 눈이 통과한 것처럼 문득 사라졌다.

시노야 씨는 의자를 끌며 일어났다. 이대로 달려 나갈 듯이 몸을 돌렸다.

하지만 그는 바로 끼익하고 삐걱거리듯이 움직임을 멈추고 다시 힘없이 의자에 주저앉았다.

"왜 안 가요? 그 친구는 지금도 학생을 기다리고 있을지도 몰라요."

시노야 씨가 테이블 위에서 손을 꽉 움켜쥐었다. 향기가 더욱 세게 삐걱거렸다. 안다, 그런 건 잘 안다고 하듯이. 하지만, 하고 말하듯이.

"……아까도 말했지만 저는 모르겠어요. 어떻게 하고 싶은지, 어떻게 해야 좋은지, 뭘 할 수 있는지—어쩐지 이제는 뭘 모르는지도 모를 정도로……."

대답을 찾아내지 못하는 괴로움과 결단을 내리지 못하는 자기혐오와, 지금도 그녀가 기다리고 있을지도 모른다는 초조함에 다시 그의 향기가 비명을 지를 듯이 삐걱거렸다. 그것을 느끼는 나까지 숨이 막힐 것 같은 향기였다.

그때였다. 나는 비강을 찌르는 향기에 깜짝 놀라 테이블 맞은편을 보았다.

카가미 씨는 팔짱을 끼고 무서울 정도로 무표정하게 시노야 씨를 보고 있었다.

기분 탓일까. 지금 한순간, 말할 수 없이 화가 치미는 향기를 느낀 것 같은데—.

"태평하네요."

미간을 찡그리며 시노야 씨가 고개를 들었다. 카가미 씨는 지금까지 보여주던 친밀한 태도와는 전혀 다른, 냉담하다고 해도 좋을 눈빛으로 돌변해 시노야 씨를 보았다.

"학생은 내일이 당연히 올 거라고 생각하죠? 지금 곁에 있는 사람이 내일도 아무 일 없이 그 자리에 있어줄 거라고."

"네……?"

"그렇다면 그건 단순히 낙관적인 착각이에요. 내일, 터무니없는 재앙이 이 세상을 뒤덮을지도 모르고, 소중한 사람이 어느 날 갑자기 사라질 수도 있어요. 우리가 살아가는 이 세상도 우리의 존재 자체도, 사실은 그런 불안정하고 불확실한 것에 지나지 않아요."

카가미 씨의 조용한 목소리 안에 있는 강철 같은 힘과 중량에 압도된 것처럼 시노야 씨는 입을 다물었다. 카가미 씨는 시노야 씨를 보며 말을 이었다.

"학생은 모르겠다고 했죠? 나도 지금의 학생 같은 시기를 경험했기 때문에 그 감정은 잘 알아요. 하지만 그렇다면 학생은, 그녀는 모든 걸 다 안다고 생각합니까? 고민하는 건 그녀도 마찬가지일지도 모른다는 생각은 안 해봤어요?"

가슴을 찔린 것처럼 시노야 씨의 향기가 크게 일렁였다. 그는 테이블에 흩어져 있는 복사 용지를 보았다. 아름다운 겐지향도로 그려진 그녀의 편지를.

만약 그녀에게 아무런 망설임도 없다면 이런 에두른 방법을 취했을까.

직접 마주 보고 말을 할 수 있다면 그렇게 하지 않았을까. 그러지 못하가 때문에 그녀는 두 사람이 만난 계기인 겐지향도를 사용해서 둘이 둘러본 카마쿠라의 추억을 담았다. 그리고 마지막으로 미래의 날짜를 적어 기다리고 있다고 메시지를 남겼다.

틀림없이 이 편지는 그녀의 진심과 미래를 건, 최선을 다한 그녀의 대답이다.

"고민하는 것도 좋아요. 그만큼 그녀를 진지하게 생각한다는 뜻이니까. 하지만 학생이 대답을 찾아서 데리러 갈 때까지 그녀가 거기서 기다려준다고 장담하지는 말아요. 지금 이 순간에도 그녀는 기다리다 지쳐서 떠날지도 몰라요. 그래도 학생은 후회하지 않을 자신 있어요?"

"그건—."

"실패해서 후회하는 것보다 행동하지 않아서 후회하는 게 더 크다고들 곧잘 말하죠? 선인들이 하나같이 그렇게 말하는 만큼, 그 말이 옳아요. 왜냐하면 행동하지 않아서 무언가를 잃으면 가능성이 우리를 괴롭히거든요. 그때 이렇게 했더라면 결과는 달라지지 않았을까, 잃지 않아도 되지 않았을까 하고, 이미 손에 닿지 않는 가능성을 몇 번이고 생각하고 또 생각해요. 하물며 그렇게 잃은 게 소중한 사람이라면 그 후회는 평생 지워지지 않아요."

나는 숨을 삼켰다. 하늘색 스마트폰을 보았다. ―지금 이 말이 들리고 있을까.

"그녀는 자신의 답을 내고 행동했어요. 다음은 학생 차례예요. 어떡할 거예요?"

참을 수 없는 감정이 치솟는지 시노야 씨의 향기가 크게 일렁였다.

그래도 마지막 한 걸음을 내딛지 못하고 얼굴을 일그러뜨리자 카가미 씨가 반듯한 눈썹을 쑥 끌어올렸다. 이번에는 기분 탓이 아니었다. 참을 수 없이 짜증스러운 향기가 그에게서 피어올라 내가 안절부절못하는데, 카가미 씨가 느닷없이 시노야 씨의 코끝에 집게손가락을 불쑥 내밀었다. 시노야 씨는 등받이에 달라붙었다.

"구질구질하게 고민할 시간이 있으면 가!"

무시무시한 목소리로 말하며 내민 손가락을 가게 출입구로 옮겼다.

"앞뒤 따지지 말고 달려가서 그 친구를 만나 둘이서 고민하면 되잖아요."

퍼즐의 마지막 조각이 들어맞은 것처럼 시노야 씨의 향기에서 망설임이 날아갔다.

어린 나뭇가지가 휘듯이 날렵하게 시노야 씨가 일어나 달려가려고 한 그 순간.

[라이코지는 카마쿠라에 두 곳 있어.]

공기를 가르듯이 울리는 목소리에 그 자리에 있는 전원이 움직임을 멈추고 먼저 나에게 눈길을 쏟았다가 다음으로 내 앞에 있는 하늘색 스마트폰을 응시했다.

"어? 어라? 윳키?"

"두 곳? 두 곳이라니, 무슨 말이야?"

"실례."

카가미 씨가 손을 뻗어 내 스마트폰을 테이블 중앙으로 옮겼다. 내가 "아."나 "우." 하면서 당황하는 사이에 그는 스마트폰 너머에 있는 사람에게 물었다.

"같은 이름을 가진 절이 있어요? 각각의 위치는요?"

한차례 침묵이 흐른 뒤 중저음의 목소리가 대답했다.

[니시미카도와 자이모쿠자.]

"그녀가 얘기했던 게 어느 라이코지 절인지 알아요?"

카가미 씨가 묻자 시노야 씨는 일어선 채 망연자실한 얼굴이었다.

"아뇨, 가이드북을 보면서 잡담하는 느낌이었고, 클레어도 같은 이름의 절이 있는지 몰랐을 거예요—앗! 그러고 보니 근처에 미나모토노 요리토모의 무덤이 있으니 거기도 가보고 싶다고 했던 것도 같은데……."

“미나모토노 요리토모의 무덤이라면 니시미카도! 어……, 여기서는 버스로 가야 하나?”

“버스보다 택시가 확실하죠. 돈은 있어요? 걱정된다면…….”

“괜찮아요.”

시노야 씨의 명료하고 힘찬 목소리는 돈 문제뿐만 아니라 다른 문제도 전부 포함해서 이제 괜찮다고 말하는 듯했다.

시노야 씨는 타카하시 선배와 나에게 재빨리 고맙다고 말한 뒤 카가미 씨에게 제대로 예의를 갖춰 인사했다. 그리고 몸을 돌리려고 하기 직전에 생각난 듯이 고마워, 하고 테이블 위의 하늘색 스마트폰을 향해 말했다.

시노야 씨가 카페를 나간 뒤 남은 세 사람은 동시에 한숨을 내쉬었다. 그리고 이상하다는 듯이 웃은 타카하시 선배가 내 하늘색 스마트폰에 얼굴을 불쑥 들이밀었다.

“여보세요? 윳키? ……어라, 끊어졌네.”

“계속 연결되어 있었어요?”

“저기, 그, 그게, 첩보원 놀이를…….”

나는 허둥지둥 하늘색 스마트폰을 두 사람 앞에서 거두었다. 가방에 넣기 전에 살짝 확인해 봤지만 타카하시 선배가 말한 대로 이미 통화는 끊어져 있었다.

“시놋치가 클레어를 무사히 만날 수 있을까요……?”

“글쎄요, 어떨지.”

"그건 그렇고 교수님, 사실은 의외로 열정적인 분이셨군요? 수업 중이나 텔레비전에 나올 때는 차분하고 온화한 느낌인데."

"그거야 그 일도 일종의 서비스업이니까 사근사근하게 행동하는 거죠."

"네에?"

"어른은 가면을 몇 개씩 나눠 쓰며 세상을 헤쳐 나가거든요. 학생들도 머지않아 그렇게 될 거예요."

"아, 네에……."

시원스러운 얼굴로 다 식은 커피를 마신 카가미 씨에게서는 이미 감정의 향기는 느껴지지 않았다. 순간 열린 창문이 다시 바로 닫힌 것 같았다.

스스로도 의식하지 못한 채 나는 할 말이 있다는 표정을 짓고 있었나 보다. 문득 눈이 마주치자 카가미 씨가 잔을 내려놓으면서 다시 온화한 말투로 물었다.

"왜요?"

나는 입술을 벌리려고 했다가 타카하시 선배도 있다는 걸 떠올리고 다시 입을 다물었다.

핫초콜릿을 마시던 타카하시 선배가 눈치를 챈 듯한 향기를 풍기며 일어났다.

"잠깐 화장실 다녀올게요. 어쩐지 안도했더니 위장까지 긴장이 풀린 것 같아요."

"그렇게 자세히 설명하지 않아도 괜찮아요. 그러고 보니 학생의 리포트는 오탈자 외에도 불필요한 설명이 이중 삼중으로 나오는 게 눈에 띄니 주의하세요."

"윽, 죄송해요……!"

타카하시 선배가 가게 안쪽으로 이어진 통로로 사라져 모습이 보이지 않게 되자, 그럼, 하듯이 카가미 씨가 나를 보았다. 타카하시 선배가 마음을 써준 것을 그도 알고 있는 것이다. 나는 테이블 밑에서 양손을 꽉 움켜쥐고 있는 힘껏 용기를 짜냈다.

"저기—좀 전에 말씀하셨죠? 실패했을 때보다 행동하지 않았을 때의 후회가 더 크다고. 그로 인해 소중한 사람을 잃으면 그 후회는 평생 사라지지 않는다고요."

"네. 말했죠."

"카가미 씨에게도 그런—후회하는 일이 있었어요? 평생 잊지 못하는 소중한 분이, 계세요……?"

그의 눈동자에서 미소가 천천히 사라지고 아무런 감정도 보이지 않게 되었다.

안다. 무례한 질문이다. 친절하게 정원으로 들였더니 신발을 신은 채로 집 안까지 쳐들어가는 짓이다. 대답해주지 않아도 당연하다.

하지만 그에게 물어볼 수 있는 기회는 분명 앞으로 다시는 없다. 아무것도 물어보지 못한 채 그와 헤어지면 나는 틀림없이 몇 번이고 오늘 일을 떠올리며 후회할 것이다.

[예쁘게 포장하려고 하지 않아도 괜찮아요.]

봄볕이 투과할 것 같은 옆얼굴로 당신은 말했다.

그럴지도 모른다. 나는 나를 위해 아름다운 얘기만 보고 싶어 하는지도 모른다. 하지만 이런 생각도 든다.

어떤 두 남녀가 만났고, 그리고 당신이 태어나기까지 둘 사이에 타산과 겁과 나약함과 비밀 같은 것만 있었던 게 아니라 한 조각이라도 좋으니 진실한 마음이 있었다면 당신은 자신의 존재에 긍지를 가질 수 있을지도 모른다.

총명하고 뭐든 잘하고 다정하지만 언제나 어딘가 고독하고 사라질 것 같은 무언가를 안고 있는 당신이 스스로를 좋아한다고 말할 수 있게 될지도 모른다.

새로운 손님이 들어왔는지 어서 오세요, 하고 밝은 여직원의 목소리가 들렸다. 자신의 행동에 확신이 없을 때 침묵의 시간은 짓누르듯이 무겁다. 그 무게를 견디지 못하고 죄송해요, 하는 말이 나올 뻔했을 때 그 사람과 많이 닮은 목소리가 들렸다.

"그래요—있었어요."

그는 불쾌하지도 않고 유쾌하지도 않은, 홀에서 청중에게 말하던 때와 같은 중립적인 눈빛으로 나를 보았다. 내가 물어봐 놓고 대답해준 게 믿어지지 않아서 반사적으로 나온 목소리가 갈라졌다.

"지금은 이미, 없나요……?"

"그래요. 고민하고 망설이는 사이에 사라져버렸어요."

그래서 시노야 씨에게 너는 앞뒤 따지지 말고 달려가라고 한 걸까. 혼자 고민하느라 종종거리지 말고 둘이서 같이 고민하라고 한 걸까. 과거의 자신에게 말하듯이.

"그분을 다시 만나고 싶으세요? 만약, 한 번 더, 이번에는—."

"글쎄요—어떨까요. 아마 학생은 상상도 하기 어려운, 너무나도 긴 시간이 흘렀어요. 이미 그 사람도 당시의 그 사람은 아닐 테고 나도 이미 그 시절의 나와는 달라요."

그는 마치 과거를 비추는 수경처럼 커피 수면을 아련하게 보았다.

"다만 그 사람을 잃은 건 확실히 타격이 컸고 후회도 하지만 의미는 있었다고, 지금은 생각해요."

"의미요?"

"그 사람을 만나기 전에 나는 진정한 의미의 내 인생을 살지 못했어요. 내 바람과는 다른 빌린 인생을 살았었다고, 그 사람을 만나고서야 깨달았어요. 그리고 그 사람이 갑자기 떠난 뒤로 이 세상에 확실하게 보증된 것은 어디에도 없고, 언젠가는 반드시 끝나는 인생을 살아가면서 스스로를 가장할 시간은 없다고 깨달았어요."

아아, 하고 하늘색 스마트폰을 넣은 가방에 손을 내려놓고 격렬하게 후회했다. 그는 지금 본래라면 오늘 알게 된 생판 남에게 털어놓을 리도 없는, 그의 내면에 있는, 믿을 수 없을 만큼 깊은 곳에 있는 말을 해주고 있다. 그런데 세상의 누구보다도 이 말을 들어야 할 사람이 여기에 없다.

"나는 결코 칭찬받아 마땅한 사람이 아니고, 실수를 범한 적도, 다른 사람에게 너무나도 깊은 상처를 준 적도 있어요. 내 뜻을 관철하기 위해 많은 희생을 치렀고, 남에게도 그만한 희생을 치르게 했어요. 그래도 적어도 지금 나는 내 삶을 후회하지는 않아요. 그녀와 만남으로써, 그리고 헤어짐으로써 지금의 나는 내가 정말로 원하는 일, 내가 해야 할 일을 하고 있거든요."

"……그건, 지금 하시는 활동을 말씀하시는 건가요?"

"그래요. 바로 지금, 이 순간에도, 이 세상에는 자신을 지켜줄 어른을 갑자기 잃고 아무것도 못하고 서 있는 아이들이 있어요. 나는 살아 있는 한, 무슨 일이 있어도 그 사실을 마주해야 해요. 한때 다른 사람이 내게 그래줬던 것처럼, 한 명이라도 더 많이, 그들을 절망에서 끌어 올려줘야 해요. 솔직히 내 힘이 미약한 건 진저리나도록 잘 알아요. 그래도 학생처럼, 내 목소리에 귀를 기울여주는 사람들도 있죠. 모두가 지나쳐 가지 않고 멈춰 서서 손을 내밀어주는 사람도 틀림없이 있어요. 그렇게 해서 울고 있던 아이들이 단 한 명이라도 좋으니 웃음을 되찾아준다면 나는 내게 일어난 모든 일에 예스라고 대답할 수 있어요. 내가 나라서 다행이라고 할 수 있어요."

환한 색조의 카페 풍경이 댐에 가라앉은 마을처럼 번졌다. 황급히 고개를 숙였지만 그에게서 얼굴을 숨기기 전에 이미 눈물이 뺨을 타고 흘러넘쳤다.

"곤란하네요. 이래서는 내가 어린 아가씨를 울리는 수상한 중년 남자로 보이잖아요."

"죄, 죄송해요……."

"나도 물어봐도 될까요? 학생은 왜 그렇게 필사적이죠? 처음부터 필사적으로 무슨 말을 하고 싶어 하는 것 같았어요. 학생은 나와 무슨 연관이 있나요?"

숨이 멈췄다. 심장 박동조차 멈춘 기분이었다.

그가 나를 지그시 보고 있다. 그 사람과 많이 닮은 외까풀의 검은 눈동자로.

내가 침묵에 질식하기 직전에 문득 그는 미소를 지으며 말투를 바꾸었다.

"아무튼 길어지면 곤란하니 그만할까요? 슬슬 타카하시 학생도 화장실에서 나오고 싶을 테고, 학생을 마중 나온 사람도 있는 것 같으니."

마중? 카가미 씨의 시선을 따라 옆 테이블을 돌아보고 화들짝 놀랐다.

벽돌색 카디건을 입은 유키야 오빠가 프로급 무표정으로 홍차를 마시고 있었다.

"아, 시원하다. 기다리게 해서 죄송해요. 어? 윳키도 있네. 이제 볼일 다 봤어? 여긴 어떻게 알았어?"

실로 기막힌 타이밍에 돌아온 타카하시 선배의 지나치게 또랑또랑한 연기로 볼 때 계속 우리 모습을 살피고 있었나 보다. 그사이에 유키야 오빠에게도 연락을 했을 것이다. 타카하시 선배는 일어선 유키야 오빠의 어깨를 안으며 환하게 웃었다.

"선생님, 이 친구가 아까 말한 내 절친, 키—쿠억?"

"그 유쾌한 별명으로 소개해줄래?"

채찍처럼 날렵하게 타카하시 선배의 입을 틀어막은 유키야 오빠가 말하자 눈을 끔뻑끔뻑하던 타카하시 선배는 "그렇게나 마음에 들었구나……?!" 하고 감동의 폭풍 같은 향기를 뿜으며 "윳키예요!" 하고 눈부시고 매력적인 미소로 소개했다.

유키야 오빠는 오래 있을 생각은 없는지 나를 눈짓으로 재촉하며 일으켜 세우더니 테이블에서 계산서를 집으며 카가미 씨에게 가볍게 인사했다.

"—자네."

발걸음을 돌리려던 유키야 오빠가 어깨를 흠칫하며 멈췄다.

카가미 씨는 비즈니스 가방을 들고 일어서며 유키야 오빠를 보았다.

"학생은 2년 전부터 내 강의를 들으러 왔죠? 그 무렵에는 아직 강의를 수강할 수 있는 학년이 아니었던 걸로 기억하는데. 늘 중앙 줄 세 번째 자리에 앉았었죠?"

"와, 교수님은 그런 것까지 기억하세요? 끝내준다."

"뭐, 별로 도움은 안 되는 특기예요. 그리고—."

그는 유키야 오빠의 손에서 계산서를 빼앗으며 온화하게 미소 지었다.

"학생은 언제나 열심히 수업을 들어줬고요. 그럼 또 학교에서 봅시다."

그는 부드러운 중저음 목소리로 말하고 떠나갔다.

유키야 오빠는 꼼짝도 하지 않고 그 뒷모습을 보고 있었다.

하염없이.

6

"시놋치 일로 뭔가 알게 되면 연락할게. 그럼 이제 둘이서 천천히 시간 보내."

카페를 나서자 타카하시 선배는 놀림 섞인 의미심장한 웃음을 지으며 손을 흔들었다. 그 모습이 거슬렸는지 유키야 오빠는 타카하시 선배의 코를 잡고 좌우로 비틀었고, "미야내, 미야내." 하고 타카하시 선배는 울상을 지으며 사과했다.

나와 유키야 오빠는 타카하시 선배와 헤어진 뒤 역으로 향하는 코마치 길을 걸었다. 일요일의 코마치 길은 해가 기울기 시작한 시간대라도 여전히 많은 사람으로 북적였고, 좌우에 무수한 상점이 늘어선 돌길을 남녀노소 다양한 사람들이 스쳐갔다.

이윽고 코마치 길 입구에 서 있는 빨간 토리이가 보였다. 그곳을 지나면 이제 카마쿠라 역으로, 유키야 오빠는 그대로 요코하마로 돌아갈 것이다.

그전에 말해야 한다.

토리이를 지나기 직전에 벽돌색 카디건을 양손으로 쭉 잡아당기자 허를 찔린 유키야 오빠가 비틀거리더니 흘러내린 안경을 밀어 올리며 돌아보았다.

"뭐 하는 거예요? 위험하니 그러지 말아요."

당신은 그런 식으로 아무렇지 않은 듯이 행동하니까 틀림없이 다른 사람도 당신의 마음을 알아채지 못한다. 그의 등을 하염없이 지켜보던 그때의 당신의 마음은 나밖에 모른다. 그러니 내가 말하자.

"유키야 오빠, 아버지를 좋아해도 괜찮아."

얇은 렌즈 너머에서 검은 눈동자가 천천히 커지며 흔들렸다.

"어머니를 위해서라든가 할아버지를 위해서라든가 카즈마 씨를 위해서라든가, 그런 것보다 유키야 오빠의 감정이 중요해. 유키야 오빠의 감정은 유키야 오빠 거니까 괜찮아. 누군가를 싫어하거나 미워하는 것보다 좋아하고 존경하는 게 당연히 훨씬 좋은 일이잖아. 전혀 나쁜 짓이 아니야. 그러니까 괜찮아."

멈춰서는 우리 옆을 사람들이 지나쳐 갔다. 빨간 토리이 밑에서, 유키야 오빠는 눈을 깜빡이는 것도 잊은 것처럼, 시간이 멈춘 것처럼 나를 보고 있었다.

불어오는 바람에 유키야 오빠의 새카만 머리카락이 이리저리 나부꼈다.

마치 그 바람에 밀린 것처럼 유키야 오빠의 머리가 살짝 앞으로 기울었다. 나는 쓰러지는 게 아닌가 싶어 순간적으로 공이 패스되기를 기다리는 것처럼 양손을 벌렸다. 하지만 유키야 오빠는 쓰러지지는 않았다. 새가 물을 마시기 위해 목을 빼듯 등을 굽히며 내 어깨에 이마를 기댔다.

나는 얼굴의 난감한 기능이 대폭발해 오히려 내가 쓰러질 것 같은 심정이었지만 슬금슬금 유키야 오빠의 등에 양팔을 둘렀다. 희미하게, 천천히, 유키야 오빠가 어깨의 힘을 빼며 숨을 내쉬는 것을 느꼈다.

"—처음으로 그 사람과 말을 해봤어요. 그렇게 가까이서 얼굴을 본 것도 처음이었어요. 계속 10미터 이내에는 다가가지 않도록 했거든요. 그래서 지금까지 몰랐어요."

"……뭘요?"

"그 사람의 향수요."

지금까지 둑에 갇혀 있던 온갖 마음이 흘러넘치듯 유키야 오빠의 마음이 향기를 뿜었다.

"어머니도 같은 향수를 썼어요. 계속 몇 년째 그것만. 아마 남자용인 듯하고 초등학교 교장 선생님도 비슷한 향수를 뿌렸기 때문에 아저씨 냄새 난다고 했더니 재미있다는 듯이 크게 웃으며 그래도 이걸 가장 좋아하니까 괜찮다고—."

중음역 건반만으로 연주하는 피아노 곡 같은 고요하고 우아한 향수. 아주 좋은 향이라고 한 나에게 그는 미소 지으며 이렇게 말했다.

[지인이 골라준 거예요. 나는 담배 연기나 냄새를 도저히 못 견뎌서 지금보다 흡연자가 많고 흡연 구역도 나눠져 있지 않던 옛날에는 고생이 심했는데, 그 지인이 이거라도 뿌리면 조금은 편해질 거라며 선물해줬어요.]

콧속이 찡해지고 주변 풍경이 물에 녹듯이 흐려졌다. 전혀 슬프지 않고 괴롭지도 않은데. 내 어깨에 이마를 기대고 움직이지 않는, 결코 울지 않는 사람의 눈물이 대신 내게 흘러들어온 것처럼.

모든 일이 소설처럼 아름답지는 않았을 것이다. 타산도, 배신도, 아집도 있었을지도 모른다.

그래도 좋았던 것도, 아름다운 것도 틀림없이 있었을 것이다. 물길을 거스르듯이 태어나 아무리 먼 거리나 시간에도 지워지지 않았던 것이. 그런 아름답고 강한 것이.

그리고 그런 것들이 당신을 이 세상에 태어나게 했다.

머리 뒤와 등에 조금 울툭불툭한 손이 닿으며 나를 끌어안았다. 나도 소중한 사람의 등에 팔을 둘러 끌어안았다. 따뜻했다. 단단한 가슴이 귀에 닿아 심장 소리가 들렸다. 다행이다, 하고 생명을 새기는 그 소리에 귀를 기울이며 생각했다.

내가 나라서 다행이다. 나로 태어나서 다행이다.

내 체질이 싫었다. 왜 이렇게 태어났을까 하고 몇 번이나 누군가에게 따지고 싶었다. 하지만 이런 나라서 그 어느 봄날, 슬픔을 안고 걸어가던 어린 당신에게 말을 걸 수 있었다. 지금 당신이 필요로 하는 말을 할 수 있었다.

지금 이 순간을 위해 지금까지 있었던 모든 일이 필요했던 거라면 나는 그 모든 것에 예스라고 할 수 있다. 누군가에게 상처주고 미워했던 모든 일들까지 받아들이고 나는 나라서 다행이라고 말할 수 있다.

당신도 그렇게 생각해줄까. 지금이 아니라도 상관없다. 아무리 시산이 오래 걸려도 괜찮다. 그저 언젠가 자신을 받아들이고 좋아해주면 된다.

그때 당신의 미소를 보기 위해서라면 나는 뭐든지 할 수 있다. 당신이 있어주면 나는 스스로도 깜짝 놀랄 만큼 강해질 수 있다.

코를 훌쩍이자 그제야 정신이 든 것처럼 유키야 오빠의 팔이 느슨해졌다. 나도 팔을 내리고 고개를 들었지만 서로 얼굴을 똑바로 보지 못하고 "……이런 곳에 서 있으면 통행에 방해가 돼요.", "그, 그렇네요, 방해가 되네요." 하고 엉뚱한 곳을 보며 말했다. 그리고 무언가를 얼버무리듯이 다시 걸음을 옮겼을 때 높은 전자음이 울려 퍼졌다.

내 가방에서 나는 소리였다. 스마트폰을 꺼내고 나는 히익, 하고 얼어붙었다. 화면을 들여다본 유키야 오빠도 미간에 협곡 같은 주름을 만들며 스피커 통화로 돌렸다.

[대중 앞에서 포옹이라니 아주 대담하구나.]

선동가 같은 사탄의 목소리는 평소보다도 더 무시무시해서 땅이 울릴 것 같았다. 보고 있었던 거야?! 나는 허둥지둥 주변을 둘러봤지만 사람이 너무 많아서 모르겠다.

전화 너머에 있는 키시다 카즈마 씨가 지옥의 파수꾼 같은 목소리로 말을 이었다.

[지금 그리로 간다. 둘 다 한 발짝도 움직이지 마.]

카즈마 씨는 깜짝 놀랄 만큼 가까이 있었다. 토리이 바로 옆에 있는 카페에서 회색 재킷을 입은 카즈마 씨가 나왔다. 미즈키 씨의 모습은 보이지 않았다. 그가 두른 험악한 오라를 느꼈는지 아주머니가 데리고 나온 소형견이 카즈마 씨를 보고 격렬하게 짖었다.

가죽구두 뒷굽을 울리며 발을 멈춘 카즈마 씨는 먼저 유키야 오빠가 아니라 나에게 작살 같은 날카로운 눈길을 던졌다. 나는 난폭한 악마를 조우한 마을 사람처럼 벌벌 떨었다.

“야시로를 이용해 내 발을 묶다니 순박해 보이는 얼굴을 한 주제에 너도 상당한 책사였구나. 네 배임행동에 대해서는 나중에 천천히 문책할 테니 기대해.”

“힉, 죄, 죄송해……!”

“아무리 그래도 변호사라는 사람이 그런 식으로 협박하고 부끄럽지도 않아요? 그리고 여기서 뭐 하는 거예요, 카즈 형?”

눈살을 찡그리는 유키야 오빠에게 카즈마 씨는 날카로운 시선을 던지며 코웃음을 쳤다.

“언제가 됐든 넌 전철을 타기 위해 역으로 돌아오게 되어 있어. 그래서 저기 2층 카페에서 감시하고 있었는데 젊은 애들 둘이 파렴치한 짓을 시작하는 바람에 나갈 타이밍을 놓쳤지만.”

“그거 말고요. 왜 카즈 형이 카마쿠라에 있냐고요.”

“그러는 너는 아르바이트까지 쉬면서 뭘 한 거야?”

서로 노려보는 유키야 오빠와 카즈마 씨. 되도록 방해가 되지 않도록 토리이 끝 쪽으로 비켜서기는 했지만 키가 큰 두 사람은 눈에 띄었고, 지나가는 사람들도 흘긋흘긋 이쪽을 보았다. 나는 “죄송해요, 죄송해요.” 하고 눈이 마주치는 사람들에게 머리를 숙였다.

"왜 그런 걸 카즈 형에게 말해야 하죠?"

"카가미의 강연회야?"

역시 카즈마 씨는 알고 있었다. 유키야 오빠는 신경이 거슬리는지 눈썹을 치켜 올렸다.

"이제 좀 나한테 간섭하지 말아줄래요? 분명히 말하지만 불쾌해요."

"너는 카가미에게 네가 아들이라고 알리고 싶은 거야?"

추궁하는 듯한 물음에 옆에서 듣고 있던 내가 숨을 삼키고 말았다. 유키야 오빠는 눈썹 하나 움직이지 않았다.

"그럴 생각은 없어요."

"그럼 나한테 말도 없이 대학교를 바꾸고 몰래 놈의 강의를 듣는 이유가 뭐야?"

"대답할 필요를 못 느끼겠군요."

"설에 아버지가 말씀하셨다지? 카가미와 관련해서는 너 하고 싶은 대로 하라고."

나는 숨을 죽였다. 카즈마 씨가 밀어붙이는 향기가 너무 강하고 날카로워서 괴로웠다.

"너, 설마 그 말을 곧이들은 건 아니겠지? 잘 들어, 이건 간섭이 아니라 외삼촌이 해주는 충고야. 이상한 망상은 버려. 그 인간에게 꿈을 꾸지 마."

불길이 타오르듯 그의 향기에 분노가 일렁였다.

“20년이나 존재조차 몰랐던 아들이 갑자기 나타났다고 기뻐한다면 그건 아주 도량이 큰 사람일 거야. 하지만 적어도 그 남자는 그렇지 않아. 그 인간이 정말로 누나를 진심으로 사랑했다고는 할 수 없어. 나이 차이나, 교수와 학생 입장이라는 장애물을 제외하더라도 그 인간은 해야 할 일을 하지 않았어. 안 그래? 누나가 아무 말도 하지 않고 물러났다 하더라도 느닷없이 모습을 감춘 이유 정도는 알려고 노력해야 해. 간단하잖아. 연락이 닿지 않으면 집으로 찾아오면 돼. 그리고 얼굴을 보고 무슨 일이 일어났는지 알면 돼. 놈은 그렇게 해서 누나와 너에 대한 인간으로서의 책임을 져야 했어. 하지만 놈은 그러지 않았지. 딱 그 정도의 인간인 거야.”

격렬한 말투와 향기에 무심코 숨이 멈췄다. 하지만—그 깊은 밑바닥에는 작은 촛불처럼 기댈 곳 없이 애처롭게 흔들리는 향기가 있었다.

“그 정도의 남자가, 누나를 그 정도로밖에 생각하지 않았던 남자가 이제 와서 네 존재를 안다고 해서 받아들일 리가 없어. 괜한 기대는 버려.”

“그러니까 말했잖아요. 나는 그럴 생각이 없다고요.”

“그럼 왜 그 남자를 뒤쫓는 거야? 내가 모를 줄 알아? 몰래 놈에 대해 알아보고 코딱지만 한 인터뷰 기사까지 다 찾아 읽고. 그럴 마음이 없으면 왜 그렇게까지 놈에게 집착하지? 아버지가 없어도 너한테는 엄마도 할아버지도 외삼촌도 있어. 그걸로는 부족해?"

화를 내는 것이 아니다. 이 사람은—두려운 것이다.

"너는!"

그저, 진심으로 유키야 오빠가 희망을 배신당하고 상처 입을까 봐 무서운 것이다.

"너는 나보다 한 번도 곁에 있어준 적 없는 아버지가 더 좋은 거야?!"

틀림없이 날카로운 말로 매섭게 반론하려고 했을 게 틀림없는 유키야 오빠가 입을 다물었다. 말을 잊은 것처럼 안경 너머의 눈을 크게 뜨고 외삼촌을 보았다.

카즈마 씨는 서서히 얼굴을 찡그리고 그 이상 찡그릴 수 없을 정도가 되자 고개를 돌렸다.

"—대체 내가 무슨 소리를 하는 건지."

"카즈 형."

"시끄러우니까 입 다물어. 지금 뭔가 말하면 「양들의 침묵」의 렉터 박사처럼 입만으로 죽고 싶어지게 만들어줄 테니까. 사무실의 변호사 하나가 쓰러져서 급하게 인계받은 안건을 정리하느라 어제는 밤을 샜어. 그래서 조금 이상해진 것뿐이야."

"나는 언제나 카즈 형이 시끄럽게 치근대니까 형제가 없어서

외로웠던 적도, 아버지가 있으면 좋겠다고 생각한 적도 없어요."

머리를 거칠게 쓸어 올리던 카즈마 씨가 그 자세 그대로 굳었다. 건전지가 다 된 것처럼 그대로 몇 초 멈췄다가 간신히 유키야 오빠의 얼굴을 똑바로 보았다.

"그럼 올해야말로 편입 시험을 보고 법학부에 들어가 대학원에도 진학하고 언젠가 변호사가 돼서 내 밑에서 일할 거지?"

"어디를 어떻게 해석하면 그렇게 돼요? 냉큼 돌아가서 좀 자고 이상해진 머리를 회복시켜요."

"이상한 건 너야. 그 정도로 날 좋아하면서 왜 나를 거부하는 거야?"

"지금 당장 돌아가요!"

유키야 오빠와 카즈마 씨는 다시 서로 노려보았고, 나는 의아한 얼굴로 돌아보는 행인들에게 "죄송합니다, 죄송합니다." 하고 머리를 숙였다.

결국 언변이 뛰어난 외삼촌과 조카는 그 뒤로도 10분 정도 입씨름을 이어갔다.

카즈마 씨와 유키야 오빠의 싸움이 간신히 수습되고, 카즈마 씨를 역으로 데려가 요코스카선에 태운 뒤(수면 부족이라 차는 가지고 오지 않은 듯했다), 내 가방에서 LAND 알림음이 울렸다. 하늘색 스마트폰을 꺼내 보자 할머니에게서 메시지가 들어와 있었다.

[유키야는 무사히 만났니? 혼자 쓸쓸하게 가게나 보는 할머니는 오늘 저녁에는 스키야키가 먹고 싶네. 올 때 고기와 두부와 파를 사 오렴. 비둘기 사블레도 먹고 싶구나(^^). 쉬는 날이지만 유키야도 같이 저녁 먹으러 와줄까? 안 와주면 할머니 울지도 몰라……(ㅠ.ㅠ).]

나는 유키야 오빠에게 스마트폰 화면을 보여주었다. 잠시 메시지를 읽은 유키야 오빠는 "사장님께서 친히 말씀하시는데 당연히 가야죠." 하고 엄숙하게 끄덕였다.

유키야 오빠와 함께 장을 본다는 생각에 좋아서 속으로 기쁨의 폴카를 춘 게 무색하게, 합리적이고 쿨 한 키시다 유키야 씨가 "둘이 분담하는 게 효율적이겠어요." 하고 충격 발언을 하시는 바람에 의논 끝에 유키야 오빠가 스키야키 재료를 사러 역 앞 슈퍼로, 침울해진 나는 비둘기 사블레를 사러 와카미야 대로로 향하기로 했다. 다만 유키야 오빠가 장을 다 보면 데리러 와서 같이 걸어가기로 했으므로, 나는 얼씨구나, 걸어서 가면 한동안 같이 있을 수 있다고 다시 기운을 차리며 실실 웃었다.

와카미야 대로에 있는 가게에서는 카마쿠라 명물 비둘기 사블레 외에도 알록달록한 고급생과자와 계절 한정 화과자도 판다. 나는 예쁘고 귀여운 과자들에 매료되어 머뭇머뭇하다 가게에 너무 오래 머물렀다. 퍼뜩 정신이 들어 황급히 비둘기 사블

레와 혼자서 가게를 본 할머니를 위해 인사차 귀여운 비둘기 모양의 건과자를 한 상자 샀다. 이미 와 있을까, 하고 서둘러 가게 밖으로 나가자 출입구에서 왼쪽으로 조금 떨어진 돌길에 슈퍼 비닐 봉투를 든 유키야 오빠의 뒷모습이 보였다.

"—요전에 카즈 형에게 얘기를 들었어요."

주위에 울리지 않도록 낮춘 가느다란 목소리에 나는 걸음을 멈췄다.

"……몸은 괜찮아요?"

유키야 오빠가 검은 스마트폰을 귀에 대고 있다는 것을 뒤늦게 깨닫고 통화 중이었구나 하고 초조해졌다. 슬금슬금 발을 돌리려고 했을 때 조용한 목소리가 바람처럼 귀에 닿았다.

"태어나서 다행이에요."

유키야 오빠는 저녁노을로 물든 아름다운 하늘을 보고 있었다. 교회에 메아리치는 투명한 노래처럼, 그 말이 다시 한번 내 안에 울려 퍼졌다. 태어나서, 다행이에요.

"—지금은 그렇게 생각해요. 틀림없이 많이 힘들었을 텐데, 그래도 낳아줘서 고마워요. 만약 나 때문에 걱정하거나 후회하는 게 있다면, 그건 이제 괜찮아요. 이제 다 괜찮으니까 행복하세요."

그러고 유키야 오빠는 스마트폰을 귀에 댄 채 오랫동안 아무 말도 하지 않았다. 전화기 너머 누군가의 말에 귀를 기울이는 것처럼. 혹은 그 사람이 우는 소리를 듣는 것처럼.

이윽고 그럼 끊을게요, 하고 작게 말하고 유키야 오빠가 전화를 끊으려고 귀에서 떼려던 스마트폰을 다시 댔다.

"……태어나면 알려줘요. 이름도요."

이번에야말로 전화를 끊은 유키야 오빠는 바지 호주머니에 스마트폰을 넣고 파가 튀어나온 비닐 봉투를 고쳐 들고 돌아서면서 떨어져 서 있는 나를 알아챘다.

"미안해요—기다렸어요?"

"아뇨, 방금 나왔어요."

언제나 말을 더듬는 나는 이때만큼은 망설임 없이 작은 거짓말을 할 수 있었다. 유키야 오빠는 조금 안심한 듯이 눈가를 누그러뜨리고 갈까요? 하고 걸음을 옮겼다. 하지만 이내 멈춰 서서 춤을 신청하듯 정중하게 손을 내밀었다.

"손 줘요."

나는 얼굴의 난감한 기능이 이번에는 세기 최대치라고 해도 과언이 아닐 만큼 폭발적으로 발동해 뻣뻣하게 손을 잡았다.

아직 북적이는 거리의 상공에서 파도가 물러가듯이 낮의 기운이 옅어지고 푸른 저녁이 펼쳐졌다. 수국 같은 청자색 하늘에 금색을 띤 고래 같은 커다란 구름이 흘러갔다.

와카미야 대로를 츠루가오카하치만구 신사 방향을 향해 걸으며 나는 어지러이 고민했다. 물어본다면 지금이 아닐까? 지금밖에 없지 않을까? 엄청나게 갈등한 끝에 눈 딱 감고 숨을 들이마셨다.

"……저, 저기요. 물어보고 싶은 게 좀, 있는데요……."

"뭔데요?"

"나와 유키야 오빠는 이른바 사귀는, 사이인가요……?"

유키야 오빠는 갑자기 발이 강력한 자석에 의해 땅에 달라붙은 것처럼 멈췄다.

확실히 앞의 츠루가오카하치만구 신사 앞의 횡단보도는 빨간불이 켜져 있었다. 하지만 멈춰 서서 기다리기에는 조금 거리가 먼 감이 있지 않나? 당황하고 있는데 신호가 청색으로 바뀌고 주변 사람들이 일제히 걸어 나가자 한 박자 늦게 유키야 오빠도 움직였다.

"—미안해요, 후방에서 생각지 못한 기습을 받은 심정이라 살짝 정신이 혼란스러웠어요."

"네? 기습? 네……?"

"나는 2월에 그러고 싶다고 말했다고 생각했거든요."

유키야 오빠는 중요사항을 전달하는 것처럼 천천히, 또렷하게, 그리고 단호히 말했다. 그 순간 내 얼굴이나 심장이 요동을 친 것은 말할 필요도 없고, 큰일 났다, 큰일 났어, 하고 머릿속에서 내 작은 분신들이 동요의 춤을 마구 춰대는 가운데 "물론." 하고 유키야 오빠가 중얼거리듯이 덧붙였다.

"나는 조금 더 장기적인 전망을 염두에 두고 한 말이에요."

"네?"

"다만, 카노는 아직 어리니까 앞으로 10년 정도 시간을 갖고 검토해주면 좋겠어요."

"시, 십 년……?"

보도 맞은편에서 즐겁게 웃으며 관광객으로 보이는 여자들이 걸어왔다. 우리는 좁은 길을 서로 양보하며 가벼운 인사를 나누고 지나쳤다.

나는 미열이 가시지 않는 뺨에 손을 대고 10년 후를 상상하려고 했지만 잘 되지 않았다. 시노야 씨가 그랬듯이, 나한테도 그것은 수평선 너머보다도 멀게 느껴졌다. 그때 나는 어디에 있을까. 뭘 하고 있을까.

하지만 어디에 있든 무엇을 선택하든, 당신이 같이 있어주면 좋겠다.

10년이 조금 안 되는 9년 전, 지금과 같은 계절이었던 그날을 떠올렸다. 카마쿠라로 이사 온 직후라 친구도 없었던 나는 가게 앞 주차장에서 길고양이와 놀고 있었다. 할아버지 할머니를 좋아하고 카마쿠라의 거리도 좋아했지만 어쩐지 늘 외로웠다.

그때 검은 책가방을 멘 깡마른 남자애가 땅만 보며 지나갔다. 그에게서 느낀 향기에 가슴이 먹먹해져서 나는 무심코 물었다. 왜 그렇게 슬퍼해? 하고. 남자애는 깜작 놀라 멈춰 서더니 갑자기 뚝 부러지듯 쭈그리고 앉아 울었다. 나는 안절부절못하다 결국에는 같이 울었고, 놀라서 달려 나온 할아버지와 할머니가 우리를 달래주었다.

모든 것이 그때부터 시작되었다. 많은 일이 있었다. 즐거운 날도, 슬픈 날도, 소중한 것을 잃고 울었던 날도, 그것을 되찾기 위해 필사적으로 달렸던 날도 있었다.

틀림없이 앞으로도 많은 일이 있을 것이다. 어쩌면 지금까지 이상으로 힘든 일도, 때로는 모든 것을 던져버리고 싶어지는 날도 있을 것이다.

그래도 지금 당신은 약속해주었다. 당신은 특별한 사람이라고, 앞으로도 같이 있어주겠다고, 같이 있을 수 있도록 서로 노력하겠다고.

나는 그 약속을 소중히 가슴에 안고 어떤 어려움이 닥쳐도 전력으로 극복해나갈 것이다. 그리고 당신이 어려움에 처하면 작지만 이 손을 필사적으로 내밀 것이다. 틀림없이 당신도 나에게 그렇게 해줄 것이다.

저녁 햇살이 감싸는 아름다운 옆얼굴을 보고 있었더니 유키야 오빠가 그것을 깨닫고 왜요? 하고 묻듯이 눈썹을 올렸다. 나는 빨개지며 허둥지둥 고개를 가로저었고, 유키야 오빠는 신기한 동물 보듯 나를 뚫어지게 보다가 풉 하고 유쾌하게 웃었다.

이윽고 길 너머에 하얀 포렴이 걸린 오래되고 큰 가게가 보였다. 신이 만든 꽃 같은 달콤한 향기가 나는 봄바람에 포렴이 펄럭 나부끼자 붓글씨로 쓴 '향'이라는 글자가 보였다.

칠하지 않은 미닫이문을 드르륵 열고 빗자루를 든 할머니가 나왔다. 폐점 전 청소를 시작하려다 나와 유키야 오빠를 알아보고 작게 손을 흔들었다. 그러고는 그 손으로 입가를 가리고 쾌활한 목소리로 말했다.

"이제 오니?"

다녀왔어요, 하고 나와 유키야 오빠는 한목소리로 인사하며 손을 잡고 카게츠 향방으로 걸었다.

겐지향도 일람표

7	6	5	4	3	2	1
단풍놀이	잇꽃	어린 무라사키	밤나팔꽃	매미 허물	하하키기	기리쓰보
14	13	12	11	10	9	8
수로 말뚝	아카시	스마	꽃 지는 고을	비쭈기 나무	접시꽃 축제	꽃놀이
21	20	19	18	17	16	15
무희	나팔꽃	실구름	솔바람	그림 겨루기	관문	무성한 쑥
28	27	26	25	24	23	22
태풍	화톳불	패랭이꽃	반딧불	나비	첫 새 울음소리	머리 장식
35	34	33	32	31	30	29
봄나물	봄나물	등나무 어린 잎	매화나무 가지	노송나무 기둥	등골나물	행차
42	41	40	39	38	37	36
향내 나는 분	환술사	법회	저녁 안개	방울벌레	젓대	떡갈나무
49	48	47	46	45	44	43
겨우살이	햇고사리	갈래머리	메밀잣 밤나무	하시히메	다케 강	홍매
		54	53	52	51	50
		헛된 꿈의 배다리	습자	하루살이	떠다니는 배	정자

※참조: 『겐지 이야기』(무라사키 시키부 지음, 김난주 옮김, 한길사, 2007)

카마쿠라 향방 메모리즈 ⑤

2022년 1월 15일 초판 발행

저자 아베 아키코
역자 이희정

발행인 정동훈
편집인 여영아
편집국장 최유성
편집 양정희 김지용 김혜정 안희주
디자인 형태와내용사이

발행처 (주)학산문화사
등록 1995년 7월 1일
등록번호 제3-632호
주소 서울특별시 동작구 상도로 282
편집부 02-828-8834
마케팅 02-828-8985~7

ISBN 979-11-88988-76-1 04830
ISBN 979-11-88988-71-6 (세트)

값 11,000원

북홀릭은 ㈜학산문화사에서 발행하는 일반 소설 브랜드입니다.